한국 다문화 소설의 서사 담론 연구

김 민 라

한국 다문화 소설의 서사 담론 연구

김 민 라

국학자료원

머리말

우리 사회의 다문화적 현실이 소설 속에서 재현되는 과정을 우리 안에 내면화되어 있는 타자를 통해 탐색하고 연구하는 것이 무엇보다 시급하다고 본다. 다문화 소설 속에 형상화된 이주노동자의 정체성이 말살된 참혹한 서사를 타자 인식 차원에서 들여다보려고 한다.

다문화 소설의 서사 속에서 주체—타자가 서사 담론의 조건에서 어떻게 형상화 되었는지 알아보고, 다문화 사회의 타자에 대한 바람직한 인식의 방향을 제시하고자 한다. 전 지구적 자본주의는 새로운 소수자들을 등장시키고 있는 상황이다. 이러한 자본주의로 인해 인종과 민족, 국가라는 단일성이 사라지면서 인류는 주체성의 위기를 겪고 있다. 따라서 이주자의 타자성은 주체와의 권력 관계에 의해 새롭게 설정되고 있다. 다문화 소설 속에 나타난 이주노동자는 한국 사회에서 단일민족이라는 자부심을 갖는 주체에 의해 타자로서 심리적인 거부의 대상이 되었고, 이들은 여기에 공포감을 느끼고 있다. 이주노동자들의 공포감은 바로 낯선 주체와 타자의 권력 관계에서 비롯되는 정체성 혼란을 경험한 결과이다.

다문화 소설 속에서 이주노동자는 변화와 소통을 이끌어 나갈 매개자이자 타자성을 지닌 존재이다. 다문화 소설에 재현된 이주노동자는 신체 폭행과 언어폭력, 감금, 협박, 임금 체불, 열악한 노동과 주거 환경

등의 위험에 노출되어 있다. 이주노동자가 바라본 한국인의 비인간적이고 반윤리적인 모습은 우리 사회가 아직은 타자에 대한 다름의 차이를 인식하지 못한 한계점으로 드러난다.

문학은 당대의 사회와 문화적 가치들을 반영하는 창이다. 이와 동시에 문학은 자신을 돌아보고 세상의 가치들을 내면화하는 수단으로 작용한다. 따라서 다문화 사회라는 새로운 환경으로 인해 발생한 문제 해결 차원에서 이주노동자를 다룬 소설이 등장했다. 이주노동자라는 타자는 결코 우리와 같은 성질로 용해될 수 없는 고유한 개성을 가진 존재이다. 이주노동자는 현대 한국 사회라는 시·공간과 긴밀히 연결되어 일정한 계급적·사회적 지위로 분류하여 설명할 수 있다. 이주노동자의 인권 유린과 차별은 한국 사회의 배타적 민족의식의 결과로 우리 사회의 모순을 드러낸다.

이 연구에서 다루게 될 작품은 다문화 단편소설 7편과 장편소설 2편 등이다. 그 작품을 대상으로 한 타자의 유형은 이주노동자, 이주자, 혼혈인 등이다.

아감벤의 『호모 사케르』의 부제 '주권 권력과 벌거벗은 생명'은 절대 권력 앞에 무기력하게 내맡겨진 힘없는 생명을 말한다. 그에 반해서 레비나스 『윤리와 무한』의 타자윤리학은 윤리적 차원에서 우리와 그들의 관계가 책임감을 동반한 인격적인 만남을 제시하고 있다. 여기에서 타자는 어떠한 경우라도 나에게 통합될 수 없는 절대적 타자성을 갖는다. 스피박은 『서발턴은 말할 수 있는가』에서 하위수체 의식을 하위주체의 존재가 아니라, 그것을 억압하는 자들의 존재에 대한 의식이라고 주장한다.

다문화 사회라는 새로운 환경 속에서 서로 다른 문화적인 차이를 '호모 사케르'(벌거벗은 생명)에서 인간의 자유와 행복을 실현시켜야 한다. 한 인간의 생명이나 인권은 차별받지 않고 보호되어야 하며 더 이상의 폭력이 개입되어서는 안 될 것으로 본다.

이와 같이 소설 속에 나타난 서사 담론을 통해 서로 다름을 인정하고 타자와 소통하며 공감하는 장을 열게 하는 데 미흡하나마 조금이라도 도움이 되었으면 하는 바람이다.

이러한 연구를 할 수 있도록 무한한 사랑과 아낌없는 배려로 지도해주신 박배식 교수님, 채희윤 교수님, 김혜영 교수님, 김동근 교수님, 신희삼 교수님, 손춘섭 교수님, 그 외에 많은 분들에게 감사드린다. 그리고 항상 믿어주고 격려해준 가족들에게도 고마운 마음을 전한다. 이 책이 나올 수 있도록 많은 도움을 주신 국학자료원 정구형 사장님께도 감사한 마음을 전한다.

2018년 12월
김 민 라

목 차

I

서 론

1. 연구 목적

서사 담론에 관한 관심은 오래 전부터 전승된 것이다. 서사 담론이란 이야기가 전달되는 표현 양식을 말한다. 즉 서사 담론은 서사적 형태, 서사적 전달 구조와 그것의 발현인 언어, 영상, 발레, 음악, 팬터마임 등 물리적인 매체를 통해 나타난다. 또한 서사 담론은 이야기를 진술하는 시간과 저작적 특성인 화자의 목소리, 시점 등과 연관된다.[1] 따라서 이 논문은 다문화 소설의 서사 담론에 관한 연구이다. 이 논문의 목적은 다문화 소설 속에서 주체―타자가 서사 담론의 조건에 의해 어떻게 형상화되었는지를 살펴보고, 그 담론의 의미를 해석하는 데에 있다.

---

[1] S. 채트먼, 한용환 역, 『이야기와 담론』, 고려원, 1990, 27쪽.

우리나라는 다문화 사회로 진입함에 따라 사회적으로 많은 변화를 가져왔다. 또한 현대 사회의 전 지구적 자본주의 상황이 새로운 소수자들을 등장시키고 있다. 이러한 자본주의로 인해 인종과 민족, 국가라는 단일성이 사라지면서, 인류는 주체성의 위기를 겪고 있다. 이로 인해 이주자의 타자성은 주체의 권력 관계에 의해 새롭게 설정되고 있다. 즉 그들의 타자성은 주체에 의해 규정된 타자성이라고 볼 수 있다. 다문화 소설 속에 나타난 이주노동자는 낯선 한국 사회의 현실 속에서 공포와 두려움 등의 심리적 반응을 일으킨다. 이는 이주노동자들이 낯선 환경 속에서 정체성에 관한 단일성 또는 동질성이 무너지는 것을 경험한 결과이다.

현재 다문화와 다문화적 소재를 다룬 소설들이 적지 않게 등장하고 있다. 다문화적 현상을 표현한 작품들을 넓은 차원에서 접근하는 인식 방법 중의 하나가 바로 다문화 서사라고 본다.

문학의 사회적 대응은 다른 예술보다 훨씬 깊은 수준에서 행해진다. 동시에 폭넓은 이해의 전망을 동시대인에게 요구한다는 점에서, 문학에서의 다문화 현상에 대한 접근은 가치가 있다. 또한 다문화 소설의 서사를 통해 우리가 수행해야 할 과제들에 대한 인식의 지평을 더욱 넓혀야 한다는 연구의 필요성도 제기된다. 따라서 이 논문은 다문화 사회에서 일어나는 다양한 문제에 대해 서사적 전망들을 담아내고 있는 소설을 통해 타자들의 소외 현상 등을 탐색하는 데 연구의 목적을 두고자 한다.

한국 사회는 오랫동안 단일민족으로서의 정체성을 유지해 온 것이다. 하지만 근래 들어 다문화 사회로 급속하게 변화되어 가는 시점이다. 오늘날 다문화 현상은 순혈주의 전통이 백의민족의 강한 정체성을 지닌 우리 내부에 급속하게 파급되어 정체성의 혼동을 불러온다. 이런 현실에서 무엇보다 시급한 것은 다문화주의에 대한 수용이다. 다문화주의는 한 나라 안에 다양한 문화가 공존함을 인식하는 데서 출발한다. 다문화주의란 인간 사회의 문화적 다양성을 인정하는 인구학적이고 문화적인 다양화를 말한다. 이러한 내적인 이국 취향은 사라진 과거를 되살려 존속시키거나 지역문화의 정체성을 추구하는 것으로 나타난다.[2) 오늘날 대부분의 사람들은 다문화주의를 인식하고 있으며, 나아가 다문화 현실이 관심의 대상이 되고 있다. 뱅크스[3)는 다문화 사회가 시민들의 다양성을 반영하는 동시에 모든 시민이 헌신할 수 있는 보편적인 가치, 이상, 목표를 보유한 국민 국가를 건설해야 한다고 주장한다. 그들이 문화적 민주주의와 자유를 누리기 위해서는 정의와 평등 같은 민주적 가치를 중심으로 국가가 통합되어야만 다양한 문화·인종·언어·종교 집단 등의 권리를 보호 받을 수 있다고 본다.

다문화 사회는 다양한 문화적 배경을 가진 사람들이 의사소통을 하며 살아가는 공동체 사회이다. 다문화 사회로 진입함에 따라 문화적 다양성이 증가하면서 사회 통합 문제가 부각되고 있다. 다문화주의는 사회의 다문화성을 기반으로 나타난 시대적 현상을 포함하여 문화적 다양성을 인식하고 사회적 담론을 이해하는 것을 목적으로 한 이론이다. 다문화주의는 각 계층의 문화, 남성과 여성의 문화, 이민 계층의 문화, 소수민족의 문화에 대한 차이와 다름에 대한 생각이 중심을 이룬다. 한 사회 내 다양한 인종이나 민족 집단들의 문화를 단일한 문화

---

2) 마르코 마르티니엘로, 윤진 역, 『현대사회와 다문화주의』, 한울, 2002, 88~89쪽.
3) 제임스 A. 뱅크스, 모경환 외 역, 『다문화교육 입문』, 아카데미프레스, 2008, 26~28쪽.

로 동화시키지 않는다. 따라서 서로 다름에 대해 인정하고 공존하는 것을 목적으로 한다. 문화사에서 증명된 것처럼 다양성이 결여된 통일성은 문화적 억압과 헤게모니로 귀결된다. 반대로 통일성이 결여된 다양성은 분파주의와 균열을 야기한다. 그러므로 다양성과 통일성은 다문화 사회 내에서 조화와 균형을 이룬 상호공존을 요구한다. 다문화주의는 문화적인 차이를 이해하고 수용하는 데에 목표를 둔다. 이러한 목표를 통해 모든 인종과 민족이 공동생활이나 정치에 참여하여 소속감을 갖게 한다.4) 또한 다문화주의의 목표는 모든 문화들 간에 사회적 동등함과 정의를 위해 사회적 질서를 변형하는데 있다. 여기에는 권력구조와의 투쟁을 함의하고 있다는 단점이 드러난다. 이 경우 다문화주의는 다양한 문화를 의미한다기보다는 주류 문화의 권력을 탈중심화하는 데에 핵심을 둔다. 대표적으로 외국인 이주자와 이주노동자들에 관한 것이다. 그들은 이 땅에서 다중의 고통에 시달리고 있다. 그들은 장시간 노동을 강요당하고 저임금, 임금 체불, 폭행, 언어와 문화의 장벽, 육체적 고통, 인종적인 편견 등 여러 형태의 폭력에 노출되어 있다. 특히 이주노동자는 한국 사회의 신자본주의 맥락에서 3D 업종에 종사하면서도 문화적, 인종적 차별을 받는다. 여기에는 다양한 사회적 문제들이 복합적으로 연결되어 있다.

이러한 문제를 해결하기 위한 방안으로 다문화 정책이 필요한 시점이다. 다문화 정책은 인종주의와 외국인 혐오증을 타파하기 위한 여러 정책을 채택하는 것을 목적으로 한다. 국가가 특별법을 제정할 수 있고, 나라에 따라서는 공적·초공적 기구를 통해서 적용 실태를 감

---

4) 윤인진, 「한국적 다문화주의의 전개와 특성」, 『한국사회학』 42, 한국사회학회, 2008, 73~74쪽.

시한다. 영국의 '인종 평등을 위한 위원회', 벨기에의 '기회균등과 인종주의에 맞선 투쟁을 위한 모임' 등 공립학교에서 반인종주의 교육을 위한 프로그램이 시행되기도 한다. 또한 직업 현장이나 학교에서 어떤 어휘를 사용할 것인지에 대한 권장 사항을 규정하는 법규를 제정하는 나라도 있다. 그것은 미국에서 말하는 '정치적으로 흠 없음(political correctness)'과 연관되고, 영국에서도 유사하게 시행되고 있다.[5] 이 모든 정책은 직접적으로 문화적 다양성을 유지하도록 장려하지는 않지만 각자에게 민족적·문화적 차별을 당하지 않도록 권리를 보장한다. 국제 사회의 이러한 다문화 정책들은 다문화 사회에 진입한 우리나라도 그 도입의 필요성이 강조되고 있는 실정이다.

다문화 소설 속에 등장하는 이주자와 이주노동자는 자본주의 사회 구조의 모순을 가장 첨예하게 드러내주는 인물로 적합하다. 그 이유는 자본가와 노동자의 갈등 관계가 소설의 주요 모티프가 되기 때문이다. 또한 그들의 인물 지위는 소설 속에서 노동자와 소외 계층 서사를 통해 대변해 주기에 충분한 요소가 된다. 다문화 사회 현상을 인식하면서 이주노동자의 문제를 서사 내용으로 확장해 가는 것은 자연스러운 문학적 현상이라고 본다. 그들의 삶은 문학의 중요한 대상이 된다. 다문화 소설의 주안점은 대상 인물들의 다양한 삶의 양상에 대해 탐색하고 개선점을 찾아가는 데 있다.

이 논문에서는 다문화 소설에 형상화되어 있는 서사를 통해 외국인 이주자의 정체성과 그들의 삶을 다양한 측면에서 살펴보고자 한다. 또한 우리의 다문화 사회 현실이 다문화 소설 속에서 서사화 되는 과정을

---

5) 마르코 마르티니엘로, 윤진 역, 앞의 책, 95~96쪽.

통해 우리 안에 내면화된 다문화 담론 양상을 구체적으로 분석해보고
자 한다.

다문화 문학에 대한 일반적인 정의는 다문화 사회를 다루는 문학 작
품으로 구성되거나 다른 문화권의 독자들을 염두에 두고 창작된 것을
의미한다. 그러나 다문화 문학6)을 문제 삼은 구미에서도 다문화 문학
의 개념에 대해서는 여러 견해를 보여준다.

송현호는 다문화 문학이란 사회의 주류 계층과는 다른 비주류 계층
의 등장을 가장 큰 특징으로 여기고, 이들을 위주로 기술하는 문학이
라고 주장한다.7) 주류 계층과 비주류 계층을 분류할 때에는 국적과
인종, 문화의 차이에 대한 인물 기준으로 분류가 가능하다. 다문화 소
설은 다문화 시대의 형상을 플롯의 구성이나 인물의 시선을 통해 현
실을 조명하므로 다문화 문학의 특성과 밀접하게 관련된다. 소설은
집단적 존재로서가 아니라 사회의 고정된 질서와 의식에 영향을 받는
다. 또한 거기에 대응하는 개인적인 차원에서 이주민의 존재 의미와
내면적 변화를 다룬다. 이는 이주에 대한 외형적 연구에서 이주민의

---

6) 다문화 문학의 정의는 문학이 성취하도록 되어 있는 목표에 내포되어 있다. 따라서
문학 그 자체의 본질보다는 교육에서 문학의 역할에 관심을 둔다. 다문화 문학에 대
한 접근으로 다문화주의를 다양함과 문화들(multiple+cultures =ilticulturalism)의
합으로 보는 관점을 들 수 있다. 따라서 다문화 문학은 지배 문화와 피지배 문화의
구별 없이 많은 문화들을 포함해야 한다. 이 경우 문화가 많이 포함될수록 문학은 더
욱 다양해진다. 그러므로 다문화 문학은 지배적인 주류 문화의 문학과 주변화한 문
화의 문학 사이의 경계를 지어야 한다. 또한 다문화 문학이 모든 문화를 포함한다면,
그 용어는 의미를 잃고 만다. 모든 것을 포함한다는 것은 다문화 문학을 단순한 문학
으로 축소시켜 버린다는 것이다. (임경순, 「다문화 시대 소설교육의 한 방향」, 『문
학교육학』 36, 한국문학교육학회, 2011, 395~397쪽.)
7) 송현호, 「다문화 사회의 서사 유형과 서사 전략에 관한 연구」, 『현대소설연구』 44,
한국현대소설학회, 2010, 179~192쪽, 참조.

개인성과 인간성에 초점을 맞춘 내면적 연구로 전환할 수 있는 가능성이다.

　본격적으로 다문화 사회에 진입한 2000년대 이후 외국인 이주민의 문제는 다문화 소설 속에서 서사를 통해 다양하게 등장한다. 다문화 소설은 낯선 이주민에 대한 배려와 수용을 기본 전제로 타자에 대한 이해의 폭을 넓혀 준다. 하지만 이주민을 형상화하는 방식과 그 포용 양상을 분석해 볼 때 타자에 대한 인식은 일정한 한계를 지니고 있다. 다문화 소설 중에서도 단편소설을 주로 연구 대상으로 선정한 이유는 다문화 사회로 진입하면서 발생하는 현재의 문제나 상황을 예리한 시각으로 포착하여 집약적으로 보여줄 수 있기 때문이다. 메이8)는 상업성과 대중성에 일정 부분 기댈 수밖에 없는 장편소설보다는 순수성이나 미학성에 가치를 부여하고 있는 단편소설을 분석하는 게 적합하다고 본다. 또한 당대를 살아가는 이주자들의 삶의 재현 양상에 따라 서사 전략을 연구하는데 의미를 둔다. 장편소설의 장점은 시간이라는 상수로 인간의 삶에 대해 총체적으로 재현하는 문학 매체이기 때문에 이주자들의 삶을 이해하는 데 유리하다고 볼 수 있다. 이에 반해 단편소설은 현재 우리가 당면하고 있는 이방인들의 총체적 삶에 대한 정보의 양이 적을 수 있지만, 이주자들의 삶을 사실적으로 드러내기에는 오히려 적합할 것이라고 본다. 이런 측면에서 한국 다문화 소설은 다문화의 개별적인 다양성을 조화, 융합하는 방법에 대한 모색을 서

---

8) 메이는 단편소설의 비상업성에 대해 먹고 사는 문제를 언급한 결과 단편소설은 가장 자연스러우면서도 예술적인 의미에서 힘든 소설형식이라고 높이 평가한다. 하지만 거의 전부가 단편소설을 써 가지고는 살아나갈 수가 없음을 인정하고 개탄한다. (찰스 E. 메이, 최상규 역, 『단편소설의 이론』, 정음사, 1990, 11~12쪽.)

사로 보여주어야 한다. 다문화 소설에서는 하위주체9)인 외국인 이주자의 정체성을 어떤 방식으로 형상화 하는지 다문화 서사 속 플롯의 구성을 통해 알 수 있다. 나아가 주체—타자 간 권력적인 억압의 논리를 고발하고, 어떻게 객관화할 것인가라는 담론의 문제가 중요하게 다루어져야 한다. 이처럼 주체—타자 간의 인종, 문화의 이질적인 요소들을 편견을 갖지 않고 서로 인정하려는 인식을 가져야 한다. 이런 의미에서 레비나스(Levinas)는 타자와 타자의 만남을 얼굴(존재자)과 얼굴(존재자)의 만남으로 간주하고 인격과 인격의 만남을 진정한 타자라고 본 것이다.10) 정주자인 우리와 이주자들은 수평적인 관계보다 수직적인 관계를 이룬 현실적 실태이다. 이런 불평등한 인간관계를 수평적으로 이끌기 위해서는 타자에 대한 차이를 강조하거나 동일화를 강요해서는 부작용만 커질 우려가 있다. 따라서 그들도 우리 사회에 공존하는 다양한 개인 중 하나라는 시각에서 접근해야 한다. 더 나

---

9) 스피박은 하위주체의식을 하위주체의 존재가 아니라, 그것을 억압하는 자들의 존재에 대한 의식으로 본다. 모호한 헤겔적 묘사에는 타자의 힘을 향한 욕망이 언제나 자기(self)의 이미지를 생산한다는 반휴머니즘적·반실증주의적 입장이 들어 있다. 이 입장을 일반화한다면 바로 하위주체가 의식의 일반이론을 위한 모델을 제공한다. 하지만 하위주체는 엘리트의 사유 없이는 출현할 수 없으므로 이 일반화는 정의상 불완전하다. 하위주체는 비기원적이거나 비근원적(non-primordial)이다. 이렇게 제도화된 흔적이 단순한 기원들에 대한 해체론적 비판을 재현한다. (가야트리 스피박, 태혜숙 역, 『다른 세상에서』, 여이연, 2003, 414~415쪽.)

10) 레비나스는 얼굴과의 관계는 바로 윤리라고 말한다. 원래 얼굴이라는 것은 지각되는 것이 아니다. 얼굴이란 누구도 죽일 수 없는 것이다. 그런데도 얼굴은 위협 앞에 노출되어 폭력을 저지르도록 끌어들이는 듯하다. 동시에 얼굴은 살인을 금지한다. 얼굴과 말은 서로 연결되어 있다. 참된 관계란 말에 대한 응답이자 책임이다. 우리가 어떤 사람을 마음에 들지 않는다고 해서 유령 취급해 버리면 타자를 지워버린 것이 된다. (엠마누엘 레비나스, 양명수 역, 『윤리와 무한』, 다산글방, 2000, 110~113쪽.)

아가 우리는 공동의 문화를 형성하는데 요구되는 사회적 연대감이나 결속력을 갖기 위해 부단한 노력을 기울여야 한다. 또한 다문화 사회의 구성원들이 국가 수준에서 공유되는 문화에 대해 효과적으로 참여할 수 있도록 다양한 정책들을 모색해야 한다. 이러한 국가의 시스템이 잘 구축되어서, 그들이 다문화 사회의 긍정적인 구성원이 되는데 조력자 역할을 해야 한다.

이 논문은 다문화 소설이 다양한 문화의 공존을 인정하고, 소수 이주민에 대한 편견이나 차별을 배제하며, 타자에 대한 동정에서 벗어나 관용으로 인도할 수 있는 인식의 지평을 넓히고자 한다. 그 담론적 의미를 해석해 내는 데 목적을 둔다. 이를 위해 외국인 이주자들을 주제로 한 다문화 소설에서 그들의 정체성이 형상화 되는 서사 전략을 분석할 것이다. 그 담론적 의미를 아감벤의 호모 사케르,[11] 레비나스의 타자성과 스피박의 하위주체 이론에 기대어 해석하고자 한다.

---

11) 호모 사케르란 사람들이 범죄자로 판정한 자를 말한다. 그를 희생물로 바치는 것은 허용되지 않지만 그를 죽이더라도 살인죄로 처벌받지는 않는다. 사실 최초의 호민 관법은 "만약 누군가 평민 의결을 통해 신성한 자로 공표된 사람을 죽여도 이는 살인이 되지 않는다는" 점을 명기하고 있다. 즉 나쁘거나 불량한 자를 신성한 자라 부르는 풍습이 유래한 것이다. (조르조 아감벤, 박진우 역, 『호모 사케르』, 새물결, 155~156쪽.)

2. 선행 연구 검토

다문화 사회로 진입하고 있는 한국 사회에서 이주노동자에 대한 관심이 급증하고 있다. 이주노동자들에 대한 차별, 노동 착취, 저임금, 임금 착취 등의 인권 유린을 다룬 매체로 다문화 소설이 등장했다. 그동안 단일민족, 단일국가 등을 주장하던 순혈주의적 인식 체계의 대변화를 경험한 시점에서 '타자'에 대한 다양한 다문화 담론들이 나타나고 있다. 이러한 다문화 담론이 현대소설에서 어떻게 서사화 되고 있는지 기존의 연구 성과를 검토해 보면 다음과 같다.

첫째, 다문화 소설 속에 재현된 이주민의 삶의 양상에 대한 연구가 있다.

송현호[12]는 『이무기 사냥꾼』에 나타난 이주 담론 연구를 통해 이주민이 꿈꾸는 이무기 사냥은 사회적 소외 속에서 벗어나고픈 개인적인 욕망을 상징한다고 말한다. 이주 노동자를 소외된 계층과 동질화를 강요하고, 그 속에서 그들의 삶과 욕망을 개인적인 차원에서 들여다봄으로써 한국 사회의 중심적 문제로 확장하고 있다. 이 작품에서 정체성의 문제로 혼란을 겪는 이주노동자의 모습을 빌어 노동의 소외나 집단의 배제 문제를 다룬다. 그것은 이주노동자만의 문제가 아니라, 고향을 떠나 노동 시장에서 밥벌이를 하는 모든 노동자에게 가해지는 문제라는 것을 제시한다. 또한 이주노동자 문제는 특정한 집단의 문제나 국지적인 상황이 아닌 한국 사회에 심화된 중심적 문제로 접근해야 함을 제기한다.

---

12) 송현호, 「<이무기 사냥꾼>에 나타난 이주 담론 연구」, 『한중인문학연구』 29, 한중인문학회, 2010, 21~39쪽.

정재림[13]은 언어의 문제를 중심으로 최근 문학 담론에서 이주노동자의 재현 양상을 살피고 있다. 그는 연민의 윤리학이란 측면에서 이주노동자가 등장하는 소설을 비판한다. 즉 이주노동자를 재현하는 소설이 빠지기 쉬운 함정은 타자에게 말 걸기가 타자의 타자성을 훼손하는 방식으로 수행되기 쉽다는 것이다. 그는 이주노동자를 다룬 한국 소설들을 크게 나누어 한국의 민중 계급을 대체할 새로운 용병으로 외국인 노동자를 선택하거나, 한국인과 외국인의 의사소통 단절을 지나치게 사변적이고 상징적으로 표현하고 있음을 지적한다. 즉 작가의 상상력이 섣부른 연민이나 연대를 넘어 다문화, 다민족에 대한 진지한 고민으로 이어져야 한다고 주장한다.

둘째, 다문화 소설의 대상 인물이라고 할 수 있는 이주노동자, 결혼이주 여성, 혼혈인 등의 타자성을 아감벤의 '호모 사케르' 개념으로 분석한 연구가 있다.

최남건[14]은 『나마스테』에 재현된 이주노동자들의 불법체류자적 삶을 비극적으로 표상화한 공간적 타자화라는 관점에서 연구했다. 그들 삶의 현장인 수도권 변방이 사회의 중심부와 주변부 경계이자 정주민과 이주민 사이가 이질화된 공간임을 밝혀 이주민의 간고한 삶을 분석한 것이다. 나아가 수도권 변두리를 삶의 터전으로 살고 있는 한국인 노동자들도 이주노동자들의 삶과 크게 다르지 않다는 사실을 밝히고 있다. 『나마스테』에서는 다문화 사회의 현실에 대해 아감벤의 '호모 사

---

13) 정재림, 「타자·마이너리티·디아스포라」, 『작가와 비평』 6, 여름언덕, 2007, 39~55쪽.

14) 최남건, 「다문화 소설에 나타난 공간적 타자화 연구—박범신의 <나마스테>를 중심으로」, 『글로벌문화콘텐츠』 11, 글로벌문화콘텐츠학회, 2013. 173~198쪽.

케르'를 적용하여 윤리의 한계점에 대한 단점을 지적하는 데 기여한 것이다. 이 소설이 지나치게 한 쪽으로 치우치다보니 소설의 재현적 측면을 비롯해 타자를 바라보는 인식 차이에서 나타나는 한계를 갖는다고 지적한다.

박진[15]은 『나마스테』에 나타난 이주노동자의 재현 이미지와 국민 국가 문제를 분석해 타자 윤리의 한계를 지적하면서 아감벤의 '호모 사케르'를 적용하여 주권 권력 전반에 대한 통찰이 필요함을 주장한다.

셋째, 혼혈인과 관련된 연구는 다음과 같다. 최현식[16]은 혼혈·혼종을 바라보는 시선과 태도의 양가성에 대해 연구한다. 바바가 문화적 혼종성 개념에 대해 식민주체와 피식민 주체 상호 모방과 혼성에 따른 식민화된 문화의 탈안정화를 드러내는 현상에 집중한다고 비판한다. 그것은 어느 지점에 도달하면 문화 간 취향의 차이와 혼합에 대한 인정으로 귀착하는 경향이 드러난다고 주장한다. 바바가 주장한 혼혈인의 고유한 유사성과 모방에 대한 아이러니는 식민 지배 인종적 차별에 막대한 혼란과 장애를 초래하는 혼종적 저항이 된다는 것이다. 모방의 위협은 식민지 담론의 양가성을 전개하여 권위 역시 분열시키는 이중적 전망에 있다. 식민지 대상의 부분적 재현과 인식이라고 주장하는 것이 바로 이중적 전망이라고 본다. 모방은 식민지적 재현의 권위부여의 문제를 제기한다. 즉 통제 권력 대상이자 인종적·문화적·

---

15) 박진, 「박범신의 <나마스테>에 나타난 이주노동자의 재현 이미지와 국민국가의 문제」, 『현대문학이론연구』 40, 현대문학이론학회, 2010, 224~227쪽.

16) 최현식, 「혼혈·혼종과 주체의 문제」, 『민족문학사연구』 23, 민족문학사학회, 2003, 139~142쪽.

민족적 재현에 대한 주체적 우월성의 결핍을 넘어서는 권위 문제라고 본 것이다.

설동훈[17]은 혼혈인의 정의, 집단형성과정, 타자화의 메카니즘 등을 사회학적 측면에서 탐색한다. 한국 사회에서는 같은 민족인 혼혈인을 타자화한 메커니즘을 양산한다고 전제하고 순혈 민족주의, 인종주의, 위계적 민족성 개념으로 설명한다. 아울러 혼혈인 개념이 존재하지 않는 사회를 만들기 위한 이론적·실천적 방안을 제시한다. 사람들은 순수 인종, 순수 종족, 순수 혈통이 존재한다고 본다. 그러나 순수한 인종·종족은 현실적으로 존재하지 않을 뿐더러 분석상의 개념으로만 존재한다고 본 것이다. 즉 종족적 특징들에 대해서 거의 무한한 범위의 단계와 편차를 내포한다고 주장한다. 한국 사회에서 국제결혼 가족의 자녀를 모두 혼혈인으로 규정하여 중국 조선족과 한민족 한국인 부부의 자녀도 혼혈인 범주에 포함된다고 한다. 그렇지만 한국 사회의 일반적인 인식의 변화로 인해 그들을 혼혈인으로 간주하지 않기 때문에 국적은 결코 타당한 기준이 되지 못한다고 본 것이다. 또한 인종·종족의 구획에 대해서는 합의된 것이 없다고 한다. 그러므로 혼혈인도 우리 민족의 일원이라는 점에 편견 없는 동의와 인식이 필요한 시점이라고 주장한다.

박광현[18]은 혼혈이 과거 식민지 경험의 참혹한 기억인 동시에 순혈 사회의 신화에 감염된 다수의 묵인된 폭력을 통해 지속적으로 배제되

---

17) 설동훈, 「혼혈인의 사회학 : 한국인의 위계적 민족성」, 『인문연구』 52, 영남대학교 인문과학연구소, 2007, 125~129쪽.
18) 박광현, 「식민지 제국의 경계와 혼혈의 기억」, 『일어일문학연구』 70, 한국일어일문학회, 2009, 341~344쪽.

어온 현재적 존재임을 나타낸다. 한국의 식민지 문학에서 혼혈 문제가 거의 외면된 것은 당시 조선이 이중언어 문화 사회라는 역사적 사실이다. 정치력의 불균형이 전제되고, 민족이 위계화 된 식민지 상황 속에서 당시 조선 작가들은 혼혈인의 문제를 다루기 어려웠을 것이라는 점을 들 수 있다. 순혈주의 사회에서 혼혈의 문제는 그들이 동정과 관용의 시선에서 타자화 되고, 동일화하는 맥락에서 다뤄진다는 점이다. 바로 그런 이유로 인해 조선어 작품에서 다루는 혼혈의 문제는 한계점을 지닌다고 본 것이다. 당시 조선 작가들이 피식민의 피해의식을 공통적으로 가졌다고 가정하면, 그들에게 혼혈 문제는 더욱 주변화 될 수밖에 없는 문제라고 지적한다.

연남경[19]은 『나마스테』, 『잘 가라, 서커스』, 『나의 이복형제들』에 나타난 다문화 주체들이 이방인이라는 자리에서 벗어나 선언, 탈주, 전복을 꾀하는 정치적 주체로 변모하는 양상을 추적하고 있다.

넷째, 서사 전략에 관한 연구가 있다. 김인경[20]은 서사 전략으로 양가성 연구와 혼종성·정체성을 탐색하여 시점의 교차를 통해 소외된 인간들에 대한 삶의 문제를 다루고 있다. 그는 바흐찐이 말하는 카니발적 다성성이 두 목소리의 말이나 말의 다양성, 또는 언어의 다양성, 혼종화를 의미한다고 전제한다. 이문구, 조세희의 작품을 통해 전지적 입장에서 작중 인물의 삶을 제시하는 것이 아니라, 70년대를 개인적 방식을 통해 인식한다고 설명한다. 그들의 작품이 시점의 교차라는 서

---

19) 연남경, 「다문화 소설의 탈경계적 주체 연구—'이방인'의 정체성을 중심으로」, 『현대문학이론연구』 49, 현대문학이론학회, 2012, 222쪽.

20) 김인경, 「1970년대 연작소설에 나타난 서사 전략의 '양가성' 연구」, 『인문연구』 59, 영남대학교 인문과학 연구소, 2010, 38~49쪽.

사 전략의 양가성을 통해 70년대 산업사회의 현실 인식 문제를 확대하고 있다고 본다. 그들이 공간의 의미 확장을 통한 대안적 전망을 제시하기 위해 시도한 연작 구성의 원리와 양상은 동일한 문제를 해결하고자 했던 모색의 결과이다. 따라서 이 두 작가의 연작소설에 대한 서사 전략의 양가성은 통합 지향의 근대화를 추구하는 작가의식 반영으로 나타나고 있다.

오윤호[21)는 2000년대 소설이 외국인 이주자의 삶을 가난과 결부시킴으로써 그들의 소외되고 차별된 문제의 해결책을 제시하지 않고 연민에 대한 동정을 부른다고 지적한다. 다문화 사회의 외국인에 대한 관심은 유예된 사회적 갈등에 대한 공포 혹은 예방의 차원에 놓여 있다. 또 다른 문제점은 한국 사회가 일제 식민지를 거치는 과정에서 왜곡된 민족주의와 인종주의가 내면화되어 있어서 외국인 이주자들에 대한 인종, 국가, 민족적 평등을 내세우기에는 일정한 한계가 있다는 점을 지적한다.

김혜영[22)은 다문화 사회에 필요한 이주자들의 의사소통을 위해 정보 제공 자료 측면에서 문학이 어떤 역할을 해야 하는지를 탐색한다. 다문화 사회에서 개인들의 의사소통은 사회구조의 제도적 틀 안에서 이루어지는 사회적 상호작용과 밀접하게 관련되어 있다. 즉 다문화 사회에서의 의사소통은 개인이 처한 사회적, 역사적 맥락 안에서 이해되어야 한다고 주장한다. 그에 따르면, 다문화 사회를 문학 작품으로 읽

---

21) 오윤호, 「디아스포라의 플롯 ─ 2000년대 소설에 형상화된 다문화 사회의 외국인 이주자」, 『시학과 언어학』 17, 시학과 언어학회, 2009, 232~247쪽.
22) 김혜영, 「다문화 사회의 의사소통을 위한 문학의 역할─비판적 의사소통을 가능하게 하는 정보자료로서의 문학」, 『이중언어학』 49호, 이중언어학회, 2012, 112~134쪽.

는 활동을 통해 독자로 하여금 다문화 사회를 인지하고 그에 대한 정보도 얻게 하는 하나의 방법이 될 수 있다고 주장한다. 그렇지만 이 과정에서도 문학은 먼저 문학 자체로 읽힐 뿐이다. 우리가 문학을 읽는 경우에 그것은 어떤 목적 달성을 위한 수단으로 읽기 시작하는 것이 아니다. 그것은 문학을 읽음으로써 그 과정에서 새로운 정보를 얻고 그를 바탕으로 한 성찰의 기회를 얻는 것이 자연스러운 순서일 것이라고 한다. 또한 문학작품을 읽는 과정에서 얻은 정보의 신빙성 문제 또한 의문을 제기할 수 있는 사항이다. 이는 객관적 자료 제시를 통해 보완해 나가야 할 부분으로 본 것이다.

이정숙[23]은 다문화 사회의 면모에 대해 소설을 통시적으로 개관한다. 그 속에 재현된 이주민의 삶을 통해 다문화 사회에서 지향해야 할 방안을 모색한 것이다. 그는 글로벌리제이션(Globalization)이 사회 전반에 걸쳐서 통용되고 경제, 문화, 국가와 민족의 정체성에도 적용되면서 한국 사회가 매우 다양한 양상을 보이고 있다고 판단한다. 이제 '디아스포라'의 용어가 국가의 장벽을 넘어 여러 민족들에 의해 인식된 것에 대해 오늘의 세계적 현상으로 본 것이다. 미국과 같은 다인종, 다민족 국가의 다문화교육 정책은 대체로 동화를 앞세우는 '용광로 정책(melting pot policy)'에서 '샐러드 볼 정책(salad bowl policy)'으로 이행해 온 것이라고 한다. 물론 강제적 폭력과 일방적인 흡수 등 용광로 정책과 같은 동화 정책에는 문제가 있다. 실제로 이런 정책들은 많은 문제점들이 야기되기도 하지만 샐러드로 조화로운 요소를 형성하면서 자생력, 접목, 조화 등에 초점이 맞추어지기를 기대한다고 본 것이다.

---

23) 이정숙, 「다문화 사회와 한국 현대소설」, 『한성어문학』 30, 한성어문학회, 2011, 6~22쪽.

이상의 선행연구에 대한 검토 결과, 다문화 사회의 구성 주체인 이주민들은 다문화 소설에서 타자화된 인물로 형상화된 것이 일반적이다. 타자에 대한 인식이 글쓰기에 반영되는 양상은 다문화 담론에서 중요한 위치를 차지한다. 타자를 바라보는 주체로서 그들과 관계를 어떻게 설정하는가는 윤리나 정치의 문제로 확장되거나 축소된다. 결국 문화의 언어로 타자를 어떻게 재현하는지가 관건인 것이며, 이는 곧 다문화 소설의 문제로 귀결되는 것이다.

3. 연구 방법 및 대상

이 논문에서는 레비나스의 타자성 이론과 포스트모던 현상을 분석한 스피박의 하위 주체, 주권 권력을 가진 자본가 사이에서 노동자는 '살아있으나 죽은 생명'처럼 살아갈 수밖에 없는 아감벤의 호모 사케르(벌거벗은 생명) 개념 등 다문화 사회를 설명할 수 있는 원형적 틀을 가져와 연구하고자 한다. 또한 다문화 사회의 전망을 밝히는데 유용한 서사학적 개념들을 결합시키는 방식으로 연구해 나가려고 한다.

토도로프에 따르면, 서사 논리는 관념적으로 우리가 '영원한 현재'라고 부를 수 있는 일시성을 암시한다고 주장한다. 여기에서 시간은 셀 수도 없이 많은 담화의 예들로 연쇄되어 있다. 현재라는 바로 그 관념을 정의하는 것은 후자이다. 우리는 발화 행위 도중에 일어난 사건에 대해 이야기한다. 즉 말하고 있는 사건의 연속과 담화의 예가 연속되는 것 사이에는 정확한 대응관계가 있다. 담화는 결코 그것을 발생시키는 것의 뒤나 앞에 있지 않다. 작중 인물 역시, 혼자서 현재에 살고 있다. 사건의 연속은 각각의 알맞은 논리에 의해 지배되며 어떠한 외부적 사항에 의해서도 영향을 받지 않는다.[24] 하나의 소설은 수평적으로 구성되는 동시에 수직적으로도 구성된다. 여기에서 수평적이라함은 여러 가지 에피소드가 차례로 이어진 것을 말한다. 그 연속을 통하여 여러 가지 상황들이 전개된다. 또 그 상황들은 다양한 인물, 모티프, 주제를 필요로 한다. 그 인물이나 모티프, 주제들 자체는 반복해서 나타난다. 그러한 결과 변형되어 한덩어리가 되기도 하고 서로 갈라지기도 한다.

소설을 수직적으로 구성하는 것은 각 페이지와 각각의 에피소드에서 인물, 모티프, 테마 등의 요소들을 어떤 순서와 비율에 따라 분배하고 조직하는 일을 의미한다.[25] 스토리의 수준에서 리몬 캐넌[26]은 심층적 서사 구조를 레비─스트로스의 상동 이론과 그레마스의 기호학의 사각형 이론으로 들여다본다. 그에 따르면, 스토리는 사건들의 참여자와 텍스트에서의 배치로부터 요약된다고 주장한다. 또 시간적인 순서에 따라 재구성되고 서술된 사건들을 가리킨다. 스토리가 일련의 사건인 반면에 텍스트는 그 사건들을 이야기하는 행위의 기능을 하는 구술 또는 기술된 담화이다. 즉 텍스트란 우리가 읽는 대상물이다. 그속에서는 사건들은 반드시 시간적인 순서대로 나타나지도 않고, 참여자의 특성들은 작품 전체에 흩어져 있다. 또 서술내용을 이루는 모든 사항들은 어떤 프리즘이나 원근법의 여과 장치를 통과한 것들이다.

---

24) 츠베탕 토도로프, 신동욱 역, 『산문의 시학』, 문예출판사, 1992, 157쪽.
25) 롤랑 부르뇌프·레알 월레, 김화영 역, 『현대소설론』, 문학사상사, 1990, 83쪽.
26) S. 리몬─캐넌, 최상규 역, 『소설의 현대 시학』, 예림기획, 1999, 12~13쪽.

텍스트 층위에서는 시간과 초점화를, 서술 층위에서는 서술 수준, 화자, 피화자, 자유 간접화법 등을 말한다. 텍스트 내에서는 하나의 서사물을 허구적 청자에게 전달하는 허구적 화자가 소통의 책임을 지는 것이다.

쥬네트는 기의 혹은 서사내용에 '스토리'라는 단어를 쓰고, 기표, 진술, 담론, 서사 텍스트 그 자체에 '서사'라는 단어를 사용한다. 또한 서술 행위를 생산해 내는 것, 인물의 행동이 일어나는 사실과 허구적인 상황 전체에 대해 '서술하기'라는 단어를 사용한다. 서사 담론은 문학에서의 서사 '텍스트'를 분석하는 것이다. 서사 담론의 분석이란 서사와 스토리의 관계, 서사와 서술하기의 관계, 서사 담론 속에 새겨진 스토리와 서술하기의 관계 등이다. 즉 서사 담론 분석이란 서사 담론 속에 새겨진 스토리와 서술하기의 관계를 연구하는 학문이다.[27] 서술된 담론[28]이란 오직 그것이 어떤 스토리를 말하는 한 존재이고, 스토리 없이는 서사가 아니기 때문에 반드시 누군가에 의해 말해져야만 한다. 즉 말하는 사람 없이는 담론이 될 수 없다. 서사는 그것이 얘기하는 스토리와의 관계이고, 담론은 그것을 말하는 서술 행위와의 관계 속에서 어떻게 표현되는가 하는 전달 방식이다. 즉 서사란 하나 또는 여러 개의 사건들을 얘기하는 언어학의 산물이다. 사건과 서술 행위에 대한 우리의 정보는 서사 담론에 의해 간접적으로 피할 수 없이 중계된다. 또한 사건이 바로 그 담론의 주제일수록, 쓰는 행위에서 흔적이나 기호와 표지를 많이 남기게 된다.

채트먼[29]은 이야기와 담론으로 서사 텍스트를 양분화 한다. 이야기

---

27) 제라르 쥬네트, 권택영 역, 『서사 담론』, 교보문고, 1992, 16~18쪽.
28) 위의 책, 18~19쪽.

란 묘사된 서사물 속의 <무엇>이고, 담론이란 시사가 <어떻게> 표현되는지 전달 방식에 해당한다. 구조주의 이론에 의하면 각각의 서사물은 이야기와 담론으로 구성되어 있다는 것이다. 이야기에는 사건들의 행위를 통한 돌발사의 내용과 등장인물이나 배경의 사물적 요소가 있다. 반면에 담론은 서사의 내용이 표현되는 전달 방식을 말한다. 이러한 형태의 구분은 <시학> 이래로 꾸준히 인식되어 온 것이다. 아리스토텔레스는 세계 내에서의 행위들에 대한 모방이 이야기의 줄거리를 형성하며, 여기에서 다시 플롯을 형성하는 단위들이 선택된다고 본 것이다. 서사적 담론은 서사적 전달 구조에 의한 담론으로, 어떤 매체에 의한 것이든 간에 동일한 방식 속에서 동일한 수준을 나타낸다. 서사화 된다는 것은 자체의 고유한 의미 있는 이야기의 요소들이다. 그것들은 말과 영상, 몸짓들에 의해 암시되는 사건들, 상황들, 행위들이다.

채트먼은 모든 서사물을 이야기와 담론의 구조라고 본다.30) 담론은 서사적 진술로 어떤 특정한 발현보다 독립적이고 추상적인 표현 형식의 기본적인 구성요소이다. 즉 예술의 형태에 따라 달라지는 표현의 질료이다. 이러한 것을 토대로 다문화 소설을 통해 이주자와 이주노동자의 타자성 서사를 작가가 어떻게 담론화 하는지 살펴볼 수 있다.

이상에서 살펴 본 쥬네트와 채트먼의 서사 담론 이론은 소설의 구조와 담론적 의미를 해명하는 데 기본적인 단초를 제공해 준다. 소설

---

29) S. 채트먼, 한용환 역, 앞의 책, 23~25쪽.
30) 앞의 책, 172~173쪽.

의 담론 구조는 시간의 양상, 서술법, 음성 등 다양하게 살펴볼 수 있다. 시간의 문제를 예로 들면 이야기 시간(Story time)과 담론적 시간(discourse time)으로 나누어 복잡한 구성을 이룬다. 소설의 담론 분석[31]은 생산이나 반영, 수용 측면이 아닌 텍스트 구조의 측면에 대한 소설의 접근이다. 소실의 구조와 그 서술은 서로 분리할 수 없는 문학의 장치이기 때문에 담론적 구조는 구조와 서술의 양면을 포괄한다. 또한 제재를 통한 작가의 세계인식이나 서정을 형상화 한다. 이와 같은 과정을 거쳐 한국 다문화 소설의 서사 전략과 담론적 의미를 밝히고자 한 것이 본 논문의 방법론적 의도이다. 그 분석과 해석의 단계에서는 아감벤의 '호모 사케르', 레비나스의 '타자성', 스피박의 '하위주체' 개념을 각각 적용하고자 한다. 이러한 개념들이야말로 다문화 사회의 제반 현상들을 규정할 수 있는 담론적 틀이라 할 수 있기 때문이다.

이 논문에서는 이주자들의 열악한 작업환경이나 부당한 대우, 편견과 차별적인 시선 등을 소설화한 작품을 다루기로 한다. 다문화 소설에 나타난 타자성을 확장시킬 수 있는 제재를 선정했다. 연구할 작품은 2000년대 이후의 다문화 소설 9편을 연구 대상으로 삼고자 한다. 이 중에서 문학잡지에 실린 작품은 이혜경의 『물 한모금』(문학과 사회, 2003), 강영숙의 『갈색 눈물방울』(문학과 사회, 2004), 손홍규의 『이무기 사냥꾼』(문학동네, 2005), 천운영의 『알리의 줄넘기』(세계의 문학, 2007), 김연수의 『모두에게 복된 새해』(현대문학, 2007) 등 5편이 있다. 김재영의 『코끼리』(실천문학사, 2005), 홍양순의 『동거인』(문이당, 2005) 등 2편이 있다. 장편소설로는 한겨레신문에 연재한 박

---

31) 구인환, 『소설론』, 삼지환, 1996, 108쪽.

범신의『나마스테』(한겨레출판, 2005), 이명랑의『나의 이복형제들』(실천문학사, 2004) 등 2편의 작품을 선정하였다.

다문화 사회의 구성원인 이주노동자와 국외에서 이주자의 삶을 살다가 국내로 돌아온 인물을 다루고 있는 작품을 대상으로, 이주민의 현실이 다문화 소설 속에 서사로 등장하면서 타자와 배타적 문화 수용의 문제가 어떻게 담론화 되는지 다음의 과정으로 논하게 될 것이다.

II장 다문화 사회의 담론 조건과 서사적 전망을 토대로 다문화 사회에서 타자의 문제와 다문화 소설의 유형을 서사 담론의 관점에서 살펴보고자 한다.

III장 배타적 문화의 서사와 호모 사케르의 담론에서는 김재영의『코끼리』, 이혜경의『물 한모금』, 박범신의『나마스테』등 세 편의 작품을 통해 다문화 사회의 모순과 저항의 서사에 대한 문제를 자본주의적 현실 수용과 더불어 역차별에 대한 반성적 담론이라는 관점에서 살펴볼 것이다.

IV장 경계 허물기의 서사와 타자성의 담론에서는 홍양순의『동거인』, 강영숙의『갈색 눈물방울』, 천운영의『알리의 줄넘기』에 대한 분석을 통해 다문화 소설 속에 나타난 이주자와 이주노동자들이 경계 허물기의 주체로서 관계를 회복해 나가는 방법과, 언어 장벽을 뛰어넘어 공동체적 서사를 추구하는 모습을 살펴볼 것이다.

V장 소통과 연대의 서사와 하위주체의 담론에서는 김연수의『모두에게 복된 새해』, 이명랑의『나의 이복형제들』, 손홍규의『이무기 사냥꾼』을 분석하여 이주민들이 타자로서의 소통 부재를 극복하고 하위주체들의 연대를 통해 구원 의식과 개인적 욕망을 추구해 나가는 방식에 대해 살펴볼 것이다.

VI장에서는 다문화 소설의 담론적 특질과 의의에 대해서 종합적으로 검토하게 될 것이다.

Ⅱ

다문화 사회의
담론 조건과 서사적 전망

1. 다문화 사회 담론 조건으로서의 타자성

다문화 사회의 담론은 타자의 문제를 기본 조건으로 내포한다. 한국에서 타자 윤리에 관심을 갖게 된 것은 우리 사회가 다문화 사회로 진입함에 따른 제반 현상에 대한 담론적 문제가 결부되어 있기 때문이다. 한국 사회는 지난 20년 이래로 이전까지 보이지 않는 곳에서 배제되고 소외된 여성, 동성애자, 외국인 노동자 등 사회적 소수자들이 자신들의 권리 확장을 요구하며 동질성 사회에서 이질성을 포용하는 사회로 변모하고 있다. 인종 차별주의란 인종이 같지 않은 사람들을 차별하고 억압하며 배제시키는 것을 말한다. 하지만 이들은 피부색과 문화가 다를 뿐 그들도 어느 한 인종에 속해 있는 것이다. 세계화 경향으로 인해 민족적·인종적·문화적 차이에 대해 우리가 어떤 윤리적 태도를 가져야 하는지가 절박한 실천적 문제로 대두되고 있다. 이러한 문제가 해결되지 않는 한 다문화 사회의 다양한 조화와 융화를 기대할 수 없을 것이다.

특히 여기서 문제가 되는 것은 개인의 다양한 정체성을 무시하고 이를 단 하나의 정체성에 귀속시키는 행위이다. 예를 들어 한 개인은 인종, 민족, 국적, 성별, 종교, 직업, 성적 취향 등 무한히 분화될 수 있는 다양한 정체성을 갖고 있다. 그럼에도 불구하고 개인의 정체성을 하나로 단일화한 것은, 그것을 부정하는 행위이다. 이러한 타자에 대한 폭력은 보편주의적 사고와 관련되어 있다. 보편주의란 개별자들을 동일화시킬 수 있는 보편적인 것이 존재한다는 철학적 입장이다. 이는 인식론적 의미에서 개별적 사물을 통해 규정하도록 할 뿐만 아니라 실천적 의미에서 모든 인간에게 동일한 원칙을 적용한다. 개별자를 보편자로 동일화한 보편주의는 개별자 자체의 동일성을 전제로 한다. 보편주의는 근대적 이성이나 주체적 개념과 결합되어 있는데, 여기서 주체란 이성적 능력을 갖춘 이성적 존재를 말한다. 또한 주체란 개념적 사고를 통해 세계에 대한 인식을 구성해내는 존재로 보편적 원칙에 근거하여 자기 자신을 통제[1]할 수 있는 자율적 존재를 의미한다.

타자는 두 가지의 의미를 지닌다. 먼저 타자란 다른 것, 즉 동일 범주로 취급될 수 없음을 말한다. 사람일 경우 나를 중심으로 보면 나와 다른 사람, 우리를 중심으로 보면 우리와 다른 사람, 남성과 여성, 백인종과 유색인종, 자국민과 이주민, 부르조아와 프롤레타리아, 이성애자와 동성애자가 서로에게 타자가 되는 것이다. 다음으로 타자는 인격적 동일화로부터 끊임없이 벗어나는 개인의 다양하고 이질적인 속성을 말한다. 타자는 보편적 개념을 매개로 동일화될 수 없는 개별적 존재자들

---

1) 악셀 호네트, 문성훈 외 역, 『정의의 타자』, 나남, 2009, 291쪽.

간의 차이, 동일한 원칙의 적용을 부당하게 만드는 개개인 간의 차이를 말한다. 개인의 차이를 무시하고 동일하게 적용되는 보편적 원칙이 인간을 평가하는 절대적 기준으로 상향됨으로써 이에 벗어난 타자를 단죄하고 억압을 강요하며 배제하는 실제적 폭력을 행사한다. 이러한 보편주의에 내재된 폭력은 아마르티아 센이 지적하고 있는 정체성 폭력을 통해 가장 첨예하게 드러난다.[2]

타자는 그들 자신의 권리로 윤리적 관계들을 구성하는 방식을 통해 자아와 친밀하게 얽혀 있다. 우리가 인식하는 것은 현상뿐이고 물자체는 알 수 없다는 것이 불가지론은 아니다. 타자에 대한 인식이 보편적이기 위해서는 수행해야 할 과제가 있다. 즉 이쪽이 마음대로 상정할 수 있는 타자가 아니라, 불투명한 타자인 '자유로운' 타자를 상정해야만 하는 것이다.[3]

이주노동자는 노동현장에서 사회적·개인적 갈등을 극복하지 못하고 타자로서 겪는 온갖 편견과 차별을 당하는 존재이다. 그러므로 이주노동자는 타자화된 공간을 넘어 탈타자화를 시도하는 인물들이다. 탈타자화는 객체뿐만 아니라 주체와 더불어 이루어져야 달성된다. 열등의식·식민의식·인종적·경제적·우월주의 등 다양한 타자화 기제를 제거하기 위한 방안을 모색하는 것이 탈 타자화의 기본적인 방향이다. 따라서 우리에게는 무엇보다 이주노동자를 대하는 불합리한 의식과 시선, 행동이 어떤 것이었는지에 대한 자기성찰의 자세가 필요하다. 또한 끌림과 혐오가 동시에 일어나는 식민적 양가성[4]으로부터 벗어나 그들도 우

---

2) 문성훈, 「폭력개념의 인정 이론적 재구성」, 『사회와철학』 20, 사회와철학연구회, 2010, 75쪽.

3) 가라타니 고진, 송태욱 역, 『윤리 21』, 사회평론, 2001, 88~191쪽.

리와 똑같은 인간이라는 인식이 내면화되어야 한다. 이를 토대로 우리는 다른 인간을 타자화한 다양한 종류의 식민주의와 자신 속의 내면화된 식민성도 비판적으로 숙고해야 한다. 현실적으로 관계가 회복되면서 생산적인 주체로서의 정체성을 향해 나아가야 할 것이다.

2. 다문화 소설의 형성 배경과 서사적 전망

단일문화에서 다문화 사회로의 전이는 산업사회가 후기 산업사회로 이행되면서 사회주의 체제가 몰락하고 자본주의가 승리함으로써 이념 갈등이 종식을 고한 것에 부응한다.5) 하지만 문화와 정체성의 다양성은 새로운 현상이 아니다. 인간사회는 그 다양성의 정도가 다를 뿐 언제나 다양화되어 있기 때문이다. 문화의 모든 영역의 정체성과 관련하여 "다양성이란 삶의 동의어"인 것이다. 단일한 정체성을 갖는 사회는 오직 "강자들이 강요하는 틀에 맞추어 모든 인간을 획일적으로 키워낼" 때에만 존재할 수 있다. 하지만 그러한 획일화된 사회는 사회생활이라는 원칙 자체에 반하는 것이기 때문에 결코 오래 지속될 수 없다고 본다.

그런 현실은 2000년대에 들어오면서 미시 담론을 바탕으로 세계화

---

4) 식민적 양가성(colonial ambivalence)은 정신분석학의 통찰을 활용한 것으로서 하나의 것을 원하면서도 동시에 그 반대의 것을 원하는 심리상태를 말한다. 식민지배자와 피식민지배자 사이는 단순히 일방적인 관계가 아니라, 끌림과 혐오가 동시에 일어나는 양가적 관계가 성립한다. (호미 K. 바바, 나병철 역, 『문화의 위치』, 소명출판, 2002, 195~198쪽.)

5) 마르코 마르티니엘로, 윤진 역, 앞의 책, 21~22쪽.

와 결합하여 전 세계의 이야기들을 빠른 시간 안에 공유할 수 있게 되었다. 이와 같은 분위기 속에서 외국인 이주노동자와 결혼이민자의 유입 등으로 다양한 문화가 공존하는 사회가 이루어진 것[6]이다. 또한 이런 우리 사회의 현실을 반영하는 소설이 새로운 흐름으로 등장한다. 다문화 현실을 소재로 한 소설의 등장으로 인해 기존의 소설에서 다루던 소재의 폭 역시 확장되었다. 다문화 소설은 다문화 문학에 포함되는 개념이지만 다양한 문화가 공존하는 사회를 반영하는 소설이기 때문에 일정하게 범주화된 장르로 규정하기가 어렵다. 다문화 시대는 이주자들이 시민적 권리를 가지고 행사할 수 있는 주체로 거듭날 수 있도록 살아가는 현장을 표상하되, 소설을 통해 그들의 목소리를 대변하고 재현하는 데 작가의 노력을 요구한다. 이주자들의 출현으로 인해 우리가 경험하지 못했던 다문화 사회는 새로운 다문화 환경을 불러온다. 이는 그들의 삶을 재현[7]해야 하는 한국 소설에도 새로운 변화로 추동된 근본적인 소재이면서 힘이 될 것으로 전망된다.

어떤 소설을 대상으로 하든지 간에 그 소설을 분석하는 데에는 하나의 관점만 허용되는 것이 아니라 다양한 관점이 필요하다. 이 점에서 다양성의 조화를 이루어야 할 다문화 소설이 가능성의 가치를 증명해 줄 것이다. 다문화 소설에서 인물과 플롯의 갈등 구조를 상승시키기 위해 공간적 배경을 활용하기도 한다. 다문화 환경에서 공간적 배경은 소설에서 공간 확장을 가능하게 한다. 소설에서 다문화적인 소재를 다루

---

6) 안남연, 「현대 소설 속에 나타난 다문화 현상 연구」, 『한국문예비평연구』 40, 한국현대문예비평학회, 2013, 164~166쪽.

7) 우한용, 「21세기 한국사회의 다양성과 소설적 전망」, 『현대소설연구』 40, 한국현대소설학회, 2009, 30~32쪽.

기 위해서는 우선 지리적 경계를 확대해야 한다. 작중 인물의 행동 무대가 서로 다른 문화 사이에 오가는 것을 전제하기 때문이다. 이와 같이 다문화를 다룬 다문화 소설은 주변부의 소외된 인물들과 부정적인 현실을 구체적으로 묘사함으로써 우리 사회의 모순과 부조리를 비판한다. 하지만 한국 다문화 소설이 양적·질적인 면에서 크게 성과를 이루었다고 할 수는 없다. 궁극적으로 어떤 사회적 현상을 재현한 작품의 편수가 작품의 질을 결정하는 것은 아닐뿐더러 작가가 당위적으로 다문화 현실을 재현해야만 한다는 것도 옳은 논의라고 볼 수 없다.

한국 사회가 그동안 경험하지 못했던 다문화 사회의 도래는 당대를 반영하고 창조하는 역할자로서 소설이 서사의 질료로 활용할 수밖에 없는 필연적인 상황을 초래한 것이다. 이주민을 대상으로 하는 다문화 소설의 인물들은 대부분 경제적 빈곤의 문제를 해결하고자 영토적 경계와 피부색으로 대표되는 인종적 편견을 뛰어넘어 이주를 감행한 사람들이다. 우리나라는 일제의 식민지를 통해 자본주의 시대의 제3세계를 경험한 것이다. 이러한 경험을 토대로 서구의 경제 구조와 지식 담론을 답습하는데 그치지 않고, 뛰어난 과학 기술과 경제활동으로 세계를 선도하고 있다. 이런 측면에서 자본과 노동의 역학적 관계 속에서 제3세계 노동자들에 대해 철저하게 자본주의적 주체[8]로 기능하는 우리 자신을 쉽게 발견할 수 있게 된다.

이런 문제를 극복하기 위해서는 소통의 주제나 강도 혹은 방법의 변화를 꾀하는 것만으로는 불가능하다. 오히려 타자의 인정 혹은 주체의 유한성에 대한 근본적 인식과 성찰이 요구된다. 일반적으로 타자의 문

---

8) 오윤호, 「외국인 이주자의 형상화와 우리 안의 타자담론」, 『현대문학이론연구』 40권, 현대문학이론학회, 2010, 245~246쪽.

제는 철학적인 차이와 동일성의 사고에서 비롯된다. 차이와 동일성의 사고는 보편성과 특수성에 대해 '전체와 부분의 문제'라는 철학의 본질적인 과제와 결합된다. 이런 사고의 토대 위에서 동일성과 다양성이 조화와 구별이라는 현실적인 문제로 제기된다. 이런 문제는 입장 차이에 따라 인간과 다른 존재자들 간의 관계, 인간과 문화의 공통점과 차이점, 개인과 사회의 관계가 정립된다. 결국 동일성과 차이의 사고에 따라서 존재론적·인식론적 귀결뿐만 아니라 실천적인 삶의 문제가 동시에 결정된다.[9] 즉 사물 자체의 특성이 아니라 세계관의 차이에 따라 각기 다른 존재와 삶의 질서가 부여된다.

외국인 이주자를 다루는 문학에서 가난 역시 자국에서의 가난의 연장일 뿐만 아니라, 자본주의화 된 세계화의 그늘이 만들어낸 필연적인 현상으로 보아야 할 것이다. 외국인 이주자의 가난에 대한 형상화는 강대국과 약소국의 권력적 관계, 공간 지리적 경제구조, 인종적 차별에 기반한 정체성 문제, 가족이라는 사회 최소 공동체의 위기 등을 다양하게 내포하고 있다. 이처럼 다문화 소설은 아직 학문적으로 장르의 개념화가 이루어지지 않은 상황이다. 앞으로 한국 다문화 소설은 다문화의 개별적인 다양성을 조화, 융합하는 방법에 대한 모색을 서사 전략으로 구축해야 할 것이다.

다문화 소설의 내용적 특성을 살펴보면, 다른 문화의 생활권으로 이동하여 주류 문화권에서 벗어나게 된 타자들이 서로 상호작용하는 양상을 보여준다. 다문화 소설은 "사회의 여러 가지 특성 중 문화의 현상"에 초점을 맞춘 다양한 문화 공존 현상을 배경으로 한 소설을 말한다.

---

9) 오경석 외,『한국에서의 다문화주의─현실과 쟁점』, 한울아카데미, 2009, 324쪽.

다문화 소설의 가장 특징적인 점은 지배문화와는 다른 소수 문화를 향유하는 주체가 등장한다는 점이다. 이들은 "다문화 소설에서 주류로부터 소외된 계층인 타자"로 작용한다. 즉 이들과 "주류 계층 사이에 존재하는 차별의 양상"이 드러나는 소설을 다문화 소설로 분류할 수 있다. 작가는 소설에서 서술자를 통하여 말하게 하고, 작품 속에 직접적으로 개입하지 않는다. 하지만 타자가 등장하는 다문화 소설은 일정 정도 목적을 가지고 창작된다. 그 때문에 작가가 서술자를 통하여 "누구의 시각에 초점을 맞춰야 할 것인가를 제한할 경우 독자에게 전달되는 이야기의 효과"가 크게 달라질 수 있다. 따라서 작가가 처해 있는 입장도 다문화 소설에 중요한 영향을 끼치게 된다. 그러므로 작가는 평정심을 갖고 객관적인 시각에서 서사를 구성해야 할 의무를 지닌다.

다문화 소설의 서사 유형은 이주노동자의 서사, 이주자의 서사, 다문화 가정의 혼혈인 서사로 나눌 수 있다. 이러한 서사 유형은 주변인과 타자의 관계를 중심으로 다양한 서사를 이끌어 갈 수 있다. 다문화 소설은 이주노동자, 이주자, 다문화가정의 혼혈인 등 정주민과 대응되는 이주민을 대상으로 한다. 여기에서는 서사 공간을 한국으로 설정하여 제한하거나 한국 외의 공간에서 이주자로 살아가는 한국인을 형상화한 서사문학을 말한다. 90년대 후반 이후 이주노동자 계급은 사회구조의 변화에 따라 구조의 하층부를 형성한 타자로서 기능해 온 것이다. 이런 현실을 배태한 자본주의 시대의 갈등 구조 중 하나가 다문화 문제이며, 이를 문학적 모티브로 한 다문화 서사가 등장한다. 다문화 소설의 서사 중에서 "이주노동자는 자본주의 사회 구조의 모순을 가장 첨예"하게 드러내주는 인물이다. 그들의 인물 지위는 노동자와 이주자의 소외 계층을 대변할 수 있기에 자본가와 노동자의 갈등 관계는 소설의 주요 모티프가 될 수 있다. 따라서 빈곤과 소외현상의 주제를 다루는 작가들에게 '이주노동자'라는 인물은 새로운 관심의 대상이 될 수밖에 없는 것이다.

Ⅲ

배타적 문화의 서사와
호모 사케르의 담론

아감벤의 '호모 사케르'[1]란 터부시되어 추방령을 받고 쫓겨난 위험스러운 자이다. 사케르(Sacer)는 라틴어로 '신성하고 저주받은' 것을 말한다. '사케르'라는 용어는 절대적인 살해 가능성에 노출된 생명, 법과 희생 제의의 영역 모두를 초월하는 어떤 폭력의 대상을 가리킨다. 이는 배제된 채로 포함되는 '호모 사케르'의 이중적 구조를 드러낸다. '호모 사케르'는 신의 법과 인간의 법질서에서 보호받지 못하는 존재, 즉 제단의 희생물로서의 자격을 갖지 못한 자이다. 호모 사케르는 로마 제정 시대에 추방된 범죄자를 가리킨다. 추방된 자로서의 '호모 사케르'는 법적인 보호망에 의해 보호받을 수 없으며 언제나 죽음의 위협에 처해 있는 사람이다. '호모 사케르'는 실제로 그 사회의 구성원임에도 불구

---

1) 오늘날 자연 생명이 폴리스에 완전히 포함되어 버린 시대에 그러한 경계선들은 새로운 살아있는 죽은 자, 새로운 신성한 인간을 찾아서 삶과 죽음을 가르는 어두운 경계들 너머로 이동해 간다. (조르조 아감벤, 박진우 역, 앞의 책, 255쪽.)

하고 시민권을 보장받지 못하는 '살아있는 죽은 자'이다. 즉 국가의 법 질서 밖으로 내버려진 자를 말한다. '추방'은 법의 보호망에서 배제되어 있는 동시에 법의 구속에 종속되어 있기에 배제와 포함의 의미를 함축한다. 여기에서 주권적 예외와 신성화 사이의 구조적 유사성이라는 온전한 의미가 드러난다. 즉 생명은 오로지 주권적 예외 속에 사로잡혀 있는 한에서만 신성한 것이다. 호모 사케르는 근원적인 '정치적' 관계에 해당하는 것, 주권적 결정의 참조 대상을 포함한 배제 속에서 작동하는 벌거벗은 생명을 가리킨다. 주권자와 호모 사케르는 법질서의 양극단에 위치한 두 가지 대칭적인 형상들로서, 동일한 구조로 서로 결합되어 있다. 모든 사람을 잠재적인 호모 사케르로 간주하는 자가 바로 주권자이다. 죽은 것도 산 것도 아닌 존재가 바로 호모 사케르이다. 이런 점에서 호모 사케르의 개념은 이주노동자를 규정하는 유용한 담론 틀이라 할 수 있다.

1. 이주자들의 역차별에 대한 반성 : 『나마스테』[2)]

여기에서 다루고자 하는 장편소설 『나마스테』의 창작 배경은 작가 박범신의 원체험에서 비롯된다. 박범신은 2003년 11월 11일 한 청년이 달려오는 전철을 향해 뛰어드는 장면을 텔레비전 9시 뉴스를 통해 시청하게 되었다. 성남의 단대오거리역 감시카메라에 잡힌 화면이다. 그 청년은 서른 한 살의 크리켓 선수 출신으로 코리안 드림을 쫓아 한국에

---

2) 박범신, 『나마스테』, 한겨레출판, 2005.

온 스리랑카 사람 다르카이다. 박범신은 이 사태를 보고 충격을 받아 그 길로 부의금 봉투를 챙겨들고 방송국에서 알려준 성남의 중앙병원 영안실로 찾아간다. 그곳에는 스리랑카 대사관에서 나온 사람, 고용인, 시민 단체 사람들이 장례 절차를 놓고 옥신각신 중이었다. 비행기에 시신을 실으려면 금속관을 사용해야 하는데 실랑이 끝에 가장 저렴한 나무관에 함석을 두르는 방법을 선택한 것이다. 이를 목격한 박범신은 삶과 죽음 사이에서도 천대 받는 외국인 이주노동자의 문제를 소설로 쓰고자 결심을 하게 된다. 그런 일을 목격한 후에 한겨레신문에 『나마스테』 연재를 시작한 것이다. 이주노동자에 대한 한국인들의 차별과 소통 부재의 현실을 비판하여 고발하고, 다문화 사회에서 서로 다른 문화를 이해하기 위한 소통의 필요성을 강조하기 위해 집필을 시작한 것이다. 그가 이주노동자의 부당한 삶을 문제 삼아 다문화 서사를 통해 고발하고, 반성적 시선으로 담론화 하는 과정을 배타적 문화의식과 반성의 서사로 의미화 할 수 있다.

『나마스테』에서 네팔 청년 '카밀'은 '코리안드림'의 포부를 안고 히말라야 마르파 마을에서 한국으로 온 것이다. 나, 신우는 로스앤젤레스 흑인 폭동으로 인해서 아버지와 작은 오빠를 잃은 후 한국으로 돌아온다. 이러한 상황들로 인해 나는 카밀을 깊이 이해하게 되는 계기가 된다. 흑인 폭동에 대한 기억으로 외국인에게 배타적인 '나'의 오빠는 카밀과의 관계를 반대한다. '나'는 오빠의 반대에도 불구하고 카밀과 결혼하여 딸, 애린을 낳는다. 그러나 불법 체류 노동자에 대한 정부 단속이 시작되자 카밀은 외국인 노동자 대표로 농성을 하던 중 분신자살을 한다. 그 사건으로 그들의 행복은 끝이 난다. 신우와 카밀의 딸, 애린은 네팔을 방문하여 부모님의 추억을 되새기며 자신의 정체성을 찾는 여행을 시작한다. 이 소설은 이주노동자들에 대한 차별적 현실을 고발하는 성격이 강한 작품이라고 볼 수 있다.

> 슬픈 소식만 있었던 건 아니었다.
> 오빠가 모두에게 오리털 파카와 귀까지 덮어쓸 수 있는 모자를 선물해 준 기쁜 일도 있었다. 오빠가 그것을 차에 싣고 왔을 때 나는 너무도 흐뭇해서 눈시울이 뜨거워졌다. 카밀을 염두에 두고 그랬는지. 오빠는 모든 파카와 모자 중앙에 '나마스테'라는 문자를 프린트해서 가져왔다. 가슴에도 '나마스테' 정수리에도 '나마스테'였다. 농성장에선 그 때문에 그날부터 거의 모두가 인사말을 '나마스테'로 통일했다. 두 손 합장해서 머리 위까지 올렸다가 내리면서.
> "오빠가 어떻게 나마스테를 알았어?"
> 나는 기쁨의 눈물을 흘리며 말했다.
> "그놈 때문이 아냐. 애린이 때문이야. 내 조카 핏줄이 거기니까 그 나라에 관심을 갖는 거지. 나마스테, 발음도 부드럽고 좋잖니."
> (『나마스테』, 309~310쪽)

여기에서 탈타자화를 시도하는 공간으로 신우가 임시 거처로 사용하고 있는 부천 집은 그녀가 세상에 정착할 수 없는 현실을 반영한 장소이다. 그곳은 미국 이민 생활의 실패에 따른 좌절의 연장선상에 놓인 소외된 공간이다. 그러나 우연히 네팔 청년 카밀이 들어오면서 새로운 삶을 생각해 볼 수 있는 꿈이 잉태되는 공간으로 변모한다. 신우는 카밀과의 특별한 인연이 시작되면서 세상을 긍정적으로 보기 시작한다. 소외된 공간에서 아무런 소망도 삶의 의미도 찾을 수 없었던 무적자 '신우'가 카밀과의 만남을 통해 세상과 다시 소통을 시작한다. 네팔인 이주노동자 카밀에게 보여주는 시혜적 관계는 신우가 미국에서 겪은 인종 차별을 한국의 상황에서 반복할 수 있는 가능성으로 연결된다. 그것은 근본적으로 지배 문화, 중심 문화를 전제로 하기 때문이다.

위의 대화에는 새로 태어난 아이가 조카라는 이유로 살붙이에 대한 오빠의 애정이 잘 나타나 있다. 하지만 오빠의 마음에는 카밀에 대해 "타자로서의 혐오와 동생의 남편으로서의 끌림"이 동시에 일어난다. 이는 "식민적 양가성이 작동"하고 있는 것이다. 올케가 다녀간 다음 날 오빠는 아이를 보려고 병실로 찾아간다. 기본적인 인간 취급조차도 거부하던 오빠의 태도가 카밀에 대한 이해로 바뀌면서 새로운 국면을 맞이한다. 여기에는 외국인 자체로 이해하는 것이 아니라, 동생의 자식인 조카라는 가족주의적 혈연 의식이 매개하고 있음을 알 수 있다.

'나마스테'는 힌두어로 '그대에게 보내는 경례'라는 뜻으로 상대방을 갈등의 대상이 아닌 존경과 예를 갖추어 인사를 하는 대상으로 본다. 이제 신우의 오빠는 카밀을 비롯한 이주노동자들에 대한 배타적 시선을 조금씩 거두고 인격을 가진 한 인간으로 바라보기 시작한다.

> "물론 여기 와 한국 사람들 부지런한 것, 많이 배웠지만요, 안 부지런한 한국 사람도 많아요. 회사에서 일하다 보면요, 한국 직원들, 사장님, 부장님, 과장님 있을 땐 부지런한데요, 높은 사람 없으면 그냥 노는 사람도 있는데요, 그런 사람들조차 외국인 노동자들은 무조건 게으르다, 더럽다 생각하니 미쳐요. 빠른 거하고 부지런한 거하고 꼭 같은 건 아니라고 봐요. 한국 사람들은 세상에서 부지런한 것은 자기들밖에 없는 줄 알아요."
>
> "그래. 우린 단일민족이니까. 배달민족, 백의민족이니까. 국민학교 다닐 때 매일 아침 조회 시간에 듣는 소리가 그거야. 단일민족의 우수성. 내가 지금 하려고 했던 말이 바로 그거라구. 미국으로 이민 가서 사는 교포들까지 무의식 속에 배달민족, 단일민족 박혀 있으니까 흑인, 맥시칸, 무시하게 돼. 여러 민족 여러 인종이 어울려 살아가

는 방법 모르는 거야. 우리 가족이 겪은 비극도 그런 의미에서 보면
자업자득인 면도 있어. 도대체 다르다는 걸 인정하지 않으려고 하거
든. 백인들은 우리와 다르기 때문에 오히려 존중하면서 말야. 카밀도
그런 말 했잖아. 왜? 미국인, 영국인 대하는 것과 네팔 사람, 방글라데
시 사람 대하는 것, 천지 차이라구. 그 말, 나도 알아. 미국에 살면서
도 수없이 보고 느껴온 게 그거니깐."

"아버지 돌아가시고 곧 한국에 돌아왔나요?"

"우리 가족은…… 뿔뿔이 흩어졌어."

갑자기 내 목소리가 잦아들었다.

(『나마스테』, 133쪽)

한국은 단일민족 국가에 대한 긍지와 자부심이 높은 나라이다. 하지
만 이러한 것들로 인해 서로 다른 문화의 다양성을 배척하고 인정하지
않는 경향이 있다. 그에 반해 네팔은 신앙이나 생활에 특별한 경계를
두지 않는 나라로 다른 민족에 대한 배타성이 별로 없는 나라이다. 단
일민족만을 강조하는 논리는 나아가 다른 민족을 무시하는 경향으로
공동체 삶을 방해할 수 있다. 이 논리가 문제가 되는 것은 '우리'는 '너'
와 다른 "우수한 민족이라는 것을 내세워 폭력적인 방법으로 타민족을
배제"하는 결과를 가져오기 때문이다.

화자인 나, 신우에게 사랑하는 남자가 이주노동자라는 사실은 언제
라도 배타 의식이 폭발할 가능성을 내포하고 있다. 즉 문화적인 차이에
서 생성되는 사랑과 미움의 감정으로 인해 "배타적 시선의 식민적 양가
성이 교차"하고 있다.

신우와 카밀은 미국과 한국이라는 "서로 다른 공간에서 공통의 디아
스포라를 경험한 타자화 된" 인물이다. 따라서 그들은 서로의 얼굴에서
고난과 희망이라는 공통의 경험을 느낀다. 고난과 희망을 공유한 "사랑

이라는 매개를 통해 객체인 카밀에 대한 타자화를 거둬들임"과 동시에 주체인 신우 자신의 타자화가 극복되는 장면이다. 이는 미국 이민 생활에서 겪은 신우의 소외와 타자화가 똑같은 상황에 처한 외국인 카밀을 통해 극복되고 있음을 보여준다.

영업 부장님, 특히 마리오 미워해요. 아니 얼굴 검은 사람 미워해요. 흑인 제일 미워하고 아시아 사람도 얼굴 검은 순서대로 미워하는 사람이에요. 이유는 없어요. 깜둥이만 보면 무조건 패고 싶다고 영업 부장님, 직접 말하는 기 들은 일도 있어요. 다른 사람한테 들은 이야기인데요, 영업부장님 군대에서 미군 장교 돕는, 그래요, 카투사, 그거였었대요. 흑인 장교 밑에 있어서 그 흑인 장교한테 복수할 거 있을 거라고, 한국 직원이 말해주었어요.

너 이 새끼, 일부러 넘어졌지?

영업 부장님 소리치는 소리 들렸어요. 내가 고개 내밀고 봤을 땐 마리오, 벌써 무릎 꿇고 있었는데요, 다짜고짜 발길이 마리오 배로 날아가는 것이었어요.

이 깜둥이 새끼, 내 찬 줄 알고 그랬지?

영업 부장님, 엎어진 마리오 머리통 구둣발로 짓이겼어요. 자기를 욕보이려고 일부러 넘어졌다. 그런데, 마리오는 그럴 생각조차 할 수 없는 바보같이 착한 애였다구요. 마리오가 흑인이고 착해서 만날 영업 부장한테 걸리는 것, 우리 모두 알고 있었어요. 밖에서 기분 나쁜 일 있었는지 영업 부장님 화는 그러고도 멈추질 않았어요.

아주 죽여버려야지, 이 깜둥이 새끼.

영업 부장님, 근처에 있는 끊어진 철봉대 들고 왔어요. 무릎 꿇고 있던 마리오는 철봉대 주워 드는 영업 부장님 보곤 납작 엎드렸어요. 우리들은 일손을 놓고 있었지요.

(『나마스테』, 108쪽)

카밀은 마리오의 머리를 구둣발로 짓이기며 욕을 해대는 영업 부장의 폭력적인 행동에 분개한다. 사장의 처남이라는 영업 부장은 청바지를 만드는 공장에서 근무하는 외국인 노동자 열여섯 명 중에서도 마리오를 가장 미워한다. 그 이유는 마리오가 외국인 노동자들 중에 가장 얼굴이 검기 때문이다. 영업 부장은 흑인을 제일 미워하고 아시아 사람도 얼굴 검은 순서대로 미워한다. 그 중에서도 나이지리아에서 온 마리오가 눈에 거슬렸던 것이다. 영업부장은 박스를 들고 들어오는 마리오를 향해 기다렸다는 듯이 차를 일부러 들이댄다. 그리고 마리오가 차에 부딪히자 자신을 욕보이려고 마리오가 일부러 넘어졌다며 "깜둥이 새끼"라고 욕설을 하고 사정없이 구타를 한다. 하지만 이주노동자들이 합세해서 영업부장을 위협한 것처럼 상황이 돌아가자 어쩔 수 없이 모두 흩어진다.

결국 카밀은 이 사건이 도화선이 되어 신우가 사는 동네까지 도망쳐오게 된다. 이주노동자는 자본주의 사회 구조의 모순을 가장 첨예하게 드러내주는 인물이다. 이주노동자 제도는 이민의 시대가 종료된 후에 출현된 것이다. 20세기 들어 국제 노동력 이동의 형태는 외국인에게 국적을 제공하지 않고, 노동력만 이용하는 이주노동자 제도로 정착된 것이다. 이민자는 이주한 나라의 국민이 되어 영주하는 것을 보장받는다. 하지만 이주노동자는 '외국인으로서 일정 기간 일한 후 본국으로 귀국'하는 것을 조건3)으로 정했기 때문에 불리한 처지에 놓여있다.

"인종, 사회 계급, 직업 형태 등 사회집단에 대한 사회적 거리를 측정하기 위한 보가더스 척도를 이용한 사회적 거리감을 조사한 연구에 의

---

3) 설동훈, 「외국인 노동자 문제의 배경」, 『실천문학』 74, 실천문학사, 2004, 222쪽.

하면, 우리나라 사람들은 미국인을 가장 가깝게 느끼고 남아시아인과 몽고인들에는 거리감"[4]을 갖는다는 것이다. 이처럼 한국인들의 동남아인들에 대한 멸시와 차별 문제는 심각할 정도이다. 인간의 가장 기본적인 도덕적 손상은 한 개인이 자신의 신체적 안녕에 대해 스스로 결정할 수 있다는 확신을 빼앗는 것이다. 이는 더 나아가 "신체적 안녕의 조건을 완전히 무시하는 극단적인 사례인 살인과 고문뿐만" 아니라, 영업부장의 이주노동자인 마리오를 향한 폭행과 같은 물리적 학대 역시 이를 보여주는 전형적인 경우이다.[5]

사비나는 대부분의 이주자와 이주노동자들처럼 한국으로 돈을 벌겠다는 욕망을 품고 온 것이다. 사비나는 초지일관 한국에 온 목적이 변하지 않는 전형적인 인물이다. 사비나는 아픈 부모님과 일곱이나 되는 동생을 위해 돈이 되는 일이라면 무엇이든 한다. 심지어 과거 애인이었던 카밀의 돈을 훔쳐 달아나기까지 한다. 사비나의 이런 행동들은 집에서 경제 활동을 할 수 있는 사람이 사비나 밖에 없기 때문이라고 변명을 한다.

> 사비나가 온 것은 카밀보다 빨라 6년째였다. 카밀의 말에 따르면, 병든 부모와 줄줄이 딸린 동생들 뒷바라지에 사비나는 모든 걸 바치며 살아왔을 터, 아무리 가족 사랑이 깊다 할망정 더 이상 일방적 회생은 가혹한 일이었다. 그러나 사비나는 내 말에 얼른 눈물을 훔치곤 수줍게 웃었다.
> "이 동생, 대학 다녀요."

---

4) 황정미 외, 「한국사회의 다민족·다문화 지향성에 대한 조사연구」, 『한국여성정책연구원』, 한국여성정책연구원 연구보고서, 2007, 55~86쪽.
5) 악셀 호네트, 문성훈 외 역, 앞의 책, 230~231쪽.

"여동생 옆에 선? 여동생 남편 아니고 남동생이야, 그럼?"

"일 년, 공부 더 해야 돼요. 남동생이 하나밖에 없어요. 공부도 일
등, 해요. 남동생 대학 졸업하면 네파리, 돌아갈 거예요. 카펫 공장 하
는 거, 꿈이에요. 남동생 영어 아주 잘하고, 경제, 경영 배우니까 미국
에도 수출할 수 있다고 했거든요. 앞으로, 일 년이에요."

"⋯⋯."

"남동생, 정말 멋있지요?"

사비나의 표정에 어느새 다시 환하게 복사꽃이 피어났다. 나는 순
간 사비나가 홀연히 내 마음속으로 들어와 앉는 듯한 따뜻한 느낌을
받았다. 볼 때마다 사비나를 낯설게 하던, 어떤 벽의 일부가 손쉽게
허물어지는 것 같은 느낌이었다.

"사비나 성공할 거야, 잘할 것 같아."

(『나마스테』, 267~268쪽)

사비나에게 가족이란 자신을 희생하여 먹여 살려야만 하는 거추장
스러운 존재가 아니라, 삶을 지탱해 주는 하나의 버팀목인 것이다. 그
렇다고 해서 사비나가 돈에 대해 지나치리만큼 집착하는 파렴치한 행
동들이 정당화될 수 없는 일이다. 하지만 사비나는 가족 부양이라는 분
명한 목표의식과 네팔로 돌아가 이루어야할 꿈이 있기 때문에 돈에 집
착할 수밖에 없는 현실을 정당화하고 싶어한다. 사비나가 한국에서 인
종차별을 겪으며 고생을 견딜 수 있었던 것도 꿈을 이루기 위한 희망
때문이다. 사비나는 그 후에도 농성장으로 가는 대신 공장에서 돈을 버
는 길을 택한다.

나는 그렇지만 내가 모르는 카트만두의 다른 시간 속에서 그녀와
카밀이 만나고 있는 추억 때문에 더 이상 화가 나거나 하진 않았다.
화가 나기는커녕 오히려 조금씩 그녀에게 미안한 마음이 들었다.

"카밀과 나, 이렇게 된 거, 어땠어?"

"무슨 말인지 모르겠어요."

"내 말은, 내가 없었으면 사비나도 카밀 따라서 농성장으로 갔지 않았을까, 뭐 그런 말이야. 나와 애린이 없었으면 말이야, 두 사람이……."

"농성장, 나는 안 가요. 나는 일하러 한국 왔어요. 돈 벌러 왔어요. 단속이 조금 덜해지면, 우리 사장님, 내게 전화한다고 했어요. 그럼 돈 벌러 가야지요."

(『나마스테』, 272쪽)

사비나는 돈을 아끼기 위해 카밀을 배신하고도 모자라 다른 남자와 동거를 한다. 또 돈을 벌기 위해서 유흥가에서 술을 따르는 아르바이트를 하기도 한다. 사비나의 이러한 행동들이 지극히 개인적이고 이기적인 행동으로 비춰질 수도 있다. 하지만 사비나의 이러한 행동은 본인의 의지에 의한 행동이지 누군가 강제로 요구한 것이 아니다. 사비나는 고생한 대가로 몸이 망가지고 힘들어도 가족이 행복해질 수 있다면 기꺼이 자신을 던지는 인물이다. 사비나는 이주노동자이지만 가족 부양이라는 목표의식이 분명하고 신념이 강한 인물이다. 따라서 불법 체류자를 구속하는 현실에 대한 분노의 표출로 농성장에 가는 대신 돈 버는 일에만 집착을 한다. 사비나에게 한국은 고향인 네팔에 돌아가서 가족들과 행복한 꿈을 꾸며 살 수 있는 밑천을 만들 수 있는 기회의 땅이다. 사비나에게 한국은 가족의 미래에 대한 희망을 꿈꾸게 하는 곳이다. 사비나의 행동을 통해 살펴본 "이주 여성들은 동정과 연민의 대상이 아니라 가족을 위해, 자신들이 선택하여 희망을 품고" 사는 사람들이라는 것이다.

사비나에게 돈은 단순히 버는 것에만 목적을 둔 게 아니라 가족 개개인의 자아성취와 성공을 위한 것이다. 사비나는 단지 부자가 되는 것이

목표가 아니다. 사비나는 가족에게 관음보살 우유의 바다에서 현현한 여신 락슈미이다. 사비나는 절대 불행한 여인도 가족에 의해 희생당한 여인도 아니다. 사비나는 "꿈을 향해 달리는 주체적 여성으로 인종차별적 현실에 당당히 이의를 제기" 하는 인물이다.

"마리가 몸이 그렇잖아요."

펠르는 마지못해 설명했다.

"청소하는데 마리가 좀 누워 있었거든요. 처음부터 마리가 좀 미웠었나봐요. 스리랑카가 싫대요. 사비나는 마리 욕만 해도 그럴 텐데. 자꾸 스리랑카 사람이 어떻다, 욕을 하니까 마리로선 속이 상할 수밖에요."

"여기서도 나라 따라 편을 갈라?"

"농성장에선 안 그래요. 다 조심하지요. 모두 우리 편이다. 그러는데요, 사비나는 좀 다른 것 같아요. 같은 네파리 사람끼리도 높은 사람 낮은 사람 있대요. 사비나는 원래 네파리 사람 봐도 그거, 따져보고 그래요."

"말도 안돼."

카스트 제도가 네팔 사람에게도 깊숙이 침윤되어 있다는 건 나도 물론 잘 알고 있었다.

……중략……

"저 가겠어요."

"무슨 말이야, 그게?"

"농성장 간다구요. 오늘 밤에요."

사비나는 새침하게 눈을 깔고 말했다.

"사비나는 돈 벌러 왔다고 하지 않았어? 그래서 농성 같은 건 안 한다고 분명히 말했잖아. 왜 갑자기 농성장엘 간다는 거야?

"여기 있음 나…… 미쳐요……."

"왜? 마리 때문에?"

"왜 언니는 그쪽만 편들려고 그래요? 그 애, 여기 와서 설거지 하나

안 해요. 마치 저는 한국 사람이고 내가 스리랑카 사람인 것 같아요. 거만하고 못됐어요."

"아파서 그런 거잖아? 똑같은 처지인데, 동생 같은 마리가 아프니까 좀 너그럽게 봐주면 안돼? 내가 여태껏…… 한국 사람처럼 굴었어, 사비나한테? 나는 못된 한국 사람, 사비나는 억울한 네팔 사람, 그랬던 거냐구. 맞아?"

"저…… 농성장에 가요!"

"가고 싶으면 가. 막지 않을게.

(『나마스테』, 288~289쪽)

네팔 사람에 대해 차별적 언행을 한 신우에게 화를 내던 사비나가 스리랑카인 마리에게 자신이 당한 차별을 그대로 재현하는 장면이다. "사비나 말대로 못된 한국 사람한테 그렇게 당하고 살아왔으면 못된 한국 사람하고 좀 달라야 하잖아. 그러자고 농성도 하고 그러는 거잖아?"라고 하자 사비나가 똑바로 '나'를 노려보았다. 사비나는 마리에게 자신이 들었던 그대로 '스리랑카 사람이 어쩌고'라는 식의 비난을 한다. 사비나는 네팔에 비해 상대적으로 가난한 스리랑카 사람을 더 열등한 민족으로 여기면서 배척하고 차별적 시선을 갖는다.

세상이 차가울수록 그래도 믿고 의지할 데는 피붙이뿐이었다. 성산동 나의 아파트는 1월에 접어들면서부터 명실상부 요양소 노릇을 했다. 카밀이 있는 농성장 환자만 쉬어가는 것이 아니라 다른 농성장 환자나 숨어서 일하다 다친 환자들도 들어왔다. 민혜주 씨를 도와왔던 의사 두 분이 필요하면 왕진도 와주었다. 많을 땐 10여 명이나 되는 환자들이 기거할 때도 있었다. 사비나의 말도 있었고 해서, 나는 애린이와 창고방을 썼다. 안방을 그들에게 내주는 것이야 상관없지만 잘못해 이웃 사람이라도 알고 신고를 할까 봐, 늘 노심초사하며 지내야 했다. 장보기는 물론 약을 사오는 일도 나 혼자 도맡아야 했는데, 환자들 속에서 지내기 때문인지, 애린이가 자주 아파 그것 또한 걱정이었다.

어쨌든 나는 종일 앉을 새도 없었다.

틈만 나면 카밀이 있는 농성장으로 달려가는 것도 그 무렵의 내 습관이었다. 카밀처럼 헌신에 대한 신념 때문에 그렇게 한 것은 아니었다. 밤낮없이 그때 내 머릿속을 지배했던 것은 오직 한 가지, 카밀을 지키겠다는 것뿐이었다. 미국 땅에서 아버지와 오빠를 잃은 것만 해도 뼈에 사무치는데, 내 조국에서 더 이상 나의 가족을 잃을 수는 없었다.

나는 농성장과 집을 왔다갔다하면서 잤다.

(『나마스테』, 315~316쪽)

신우는 안방을 자신의 가족들 방이라고 여긴 탓에 이주노동자 십여 명이 함께 생활할 때에도 안방에 재울 생각은 하지 않는다. 또한 자신은 한국 사람이고 이 집의 주인이므로 그들이 좁은 방에서 여럿이 뒤섞여 생활하는 것을 당연하게 여긴다. 그들은 신우가 아메리칸드림을 꿈꾸다가 좌절한 모습을 두고 "그렇게 당하고 살았으면 알 텐데도 한국 사람이기 때문에 넓은 방에서 혼자 자지 않았냐"고 대응한다. 신우는 겉으로 이주노동자들을 가족처럼 대하는 것 같지만 이주노동자와 섞이고 싶지 않은 태도가 엿보임을 알 수 있다. 사비나는 그런 신우를 지켜보면서 이주노동자를 외면하는 행동이라고 비난을 한다.

신우가 "한국 사람한테 그렇게 당하고 살았으면 좀 달라야 하는 것 아니냐"라고 하면서 인종차별에 대한 화해의 시선을 강요하자, 사비나는 위선적인 태도를 꼬집어 대응한다. 뒤르켐은 <기본 형태>에서 신우처럼 동일한 대상이 본성을 바꾸지 않고서도 하나에서 다른 하나로

옮겨 갈 수 있다고 주장한다. 즉 불순함을 통해 순수함을 만들 수 있으며, 그 역도 성립한다고 본 것이다. 이런 전환의 가능성에 신성함의 양가성6)이 존재한다고 본 것이다. 신우는 미국 땅에서 아버지와 오빠를 잃은 것만 해도 뼈에 사무치는 아픔이 남아 있다. 그래서 신우는 내 조국에서 가족을 잃고 싶지 않아서 카밀의 의견에 따라 이주노동자들을 집으로 데려와 보호하게 된다.

왈쩌는 타자에 대한 윤리적 태도로 관용을 주장한다.7) 레비나스가 말하는 타자에 대한 책임이란 자신을 버리고 타자에게로 다가가는 것이다. 그에 반해서 관용은 나를 버리지도 않고, 타자를 지배하고 소유하는 것도 아닌 타자와의 공존을 모색하는 것을 말한다. 여기서 왈쩌가 말하는 타자란 나와 다른 사람, 혹은 내가 소속된 집단과 다른 집단으로서 관용의 대상이 되는 사람을 말한다. 이것을 왈쩌는 '차이'라고 한다. 왈쩌가 말하는 차이에 대한 관용은 신우가 원하지 않는 상황에서도 이주노동자들과 함께 살아가려고 생활공간을 허용하는 것이다. 관용이란 내적으로는 참기 어려운 것을 참고 견디고, 외적으로는 표현하지 않고 허용하고 용납하는 것이다. 이처럼 비록 출발점은 달라도 그들은 상처가 많은 이주노동자인 카밀을 감싸 안는 인물로 독자의 기억 속에서 반복된다. 신우는 미국에서 "십대를 보내면서 받은 정신적 상처로 인해 카밀과 내가 다른 것은 아무것도 없다"라고 인식한다. 따라서 신우가 카밀을 돕고 사랑하는 것은 공감대를 형성하면서 동시에 자신의 상처를 어루만지는 행위이다. 신우는 자신의 상처를 카밀의 상처와 동일시한다.

---

6) 조르조 아감벤, 박진우 역, 앞의 책, 166쪽.
7) 김용환, 『관용과 열린사회』, 철학과현실사, 1997, 22~68쪽.

"그럼 우리가 다ㅣ가야 된다!"

뗀징의 목소리가 쨍 솟아올랐다.

그곳에 모인 사람 중에서 3년이 넘지 않은 사람은 로리의 아내 펠르뿐이었다. 카밀도 벌써 5년째였다. 3년이든 4년이든, 그것은 합리적 논리에 의해 만들어진 기준이 아니라 그냥 편의에 따라 딱 잘라놓겠다는 것이었다. 4년 이상 체류자만 해도 대략 20여 만 명이 넘을 거라고 했다.

"미리 절망할 건 없어요."

민혜주가 계속 말을 이어나갔다.

"4년 이상 된 사람은 떠나라고 선을 긋는 건 대표적인 탁상행정이라는 게 우리 같은 사람들 생각이에요. 외국인 근로자를 대략 40만 명쯤이라고 볼 때 4년 이상 된 사람만 반이 훨씬 넘거든요. 게다가 오래된 사람일수록 산업현장에선 숙련공인데, 어떻게 한꺼번에 쫓아낼 수가 있겠어요? 어렵고, 더럽고, 위험한 3D 업종에 종사하는 숙련공이 24만 명이나 한꺼번에 나가봐요. 아마 중소기업들, 큰 곤란을 겪을 거라고 봐요. 그래서 우리는 이미 국내에 들어와 있는 사람 전부를 이 기회에 합법화하라고 주장하는 거예요. 현실에도 그렇게 해야 맞으니까요."

아무도 대꾸하는 사람이 없었다.

(『나마스테』, 229쪽)

신우의 가족은 아메리칸 드림에 끌려 미국에서 살다가 중남미계 폭도들의 총격으로 막내 오빠를 잃게 된다. 게다가 로스엔젤레스 흑인 폭동 때 총상을 입은 아버지마저 그 후유증으로 사망하자 신우는 한국으로 돌아와 옷가게를 하면서 살고 있다. 미국에서 가혹한 인종 차별을 경험한 신우는 이방인으로 살고 있는 카밀의 입장을 공감할 수 있었다. 그래서 카밀의 팔이 부러진 데다 감기 몸살을 앓고 있을 때 정성으로 보살피게 된다. 신우는 카밀의 다친 곳을 치료하는 중에 순수하고 밝은 성격이라 호감이 생겨 딸, 애린을 낳게 된다. 신우와 카밀은 서로의 상처를 들여다보며 시간을 같이 보낸다. 스리랑카 출신의 다르카는 불법 체류자를 단속한다는 뉴스를 듣고, 단속에 앞서 자살을 하게 된다. 카밀은 다르카의 시신이 병원을 떠날 때까지 지켜보고, 그 길로 외국인 이주노동자 강체 추방 반대 농성에 합류한다. 하지만 2003년 국회를 통과한 외국인 근로자 고용법을 적용해 합동 단속반이 출동한다. 4년 이상 된 불법체류자들을 대대적으로 단속을 시작하자 그 행복은 불행으로 전복된다. 카밀은 자살로 이어지는 동료들의 죽음을 막기 위해 '더 이상 죽이지 마라'는 현수막을 내건 후 끝내 자신도 분신자살 한다.

> 카밀이 받은 상처는 내가 나가라고 소리쳤기 때문이 아니었다. 거실로 나가 달라는 내 말을 내 집에서 나가 달라는 말로 오해하지도 않았다고 했다. 카밀이 결정적으로 상처받은 것은, 나가…… 니네들…… 그렇게 가증스러운 인간인지 몰랐어, 라고 부르짖은 내 말 때문이었다. 니네들……이라는 말에 카밀은 민족적인 수치심을 느꼈다. 그것은 일터를 전전하며 편견에 사로잡힌 한국인들에게 수없이 들어온 말이기도 했다. 니네들과 우리…… 사이엔 건널 수 없는 피부색의 강, 민족의 강, 그리고 우열의 강이 흐르고 있었다. 카밀은 그래서, 니네들……을 찾아갔다고 했다.
>
> (『나마스테』, 259쪽)

이 소설은 만나는 사람마다 '나마스테'를 외치며 인사하는 카밀에게 다르카를 투사한 것이다. "그곳엔 죽은 다르카만 있는 게 아니라 살아 있는 다른 다르카들도 있다. 한국인들보다 얼굴색이 조금 검은데다 가난하면서도 더럽고 위험한 한국 산업의 일을 대신해 온, 열등한 니네들" 가운데 다르카가 있고 카밀이 존재한다. 한국인보다 얼굴이 더 검다는 인종적인 편견과 더불어 한국인들이 기피하는 일을 한다는 계급적 차별로 인해 '우리'는 외국인 이주노동자를 '열등한 니네들'로 주변화 한다. 타자 배제의 편견이 다른 문화와 소통을 막는다면, 앞으로 탈근대화 시대에 '우리'의 정체성은 한층 더 퇴보하여 자민족중심주의에 머무를 수밖에 없다. 작가는 소설에서 서사를 통해 "외국인 이주노동자를 열등한 '그'가 아니라 순순한 '너'라는 점"을 강조한다.

신우와 카밀이 간절히 원하는 것은 "고통을 통해 일상의 카르마를 깨끗이 쓸어낸 사람이 되어 '샹그리'라는 이상향에 안착"하는 일이다. 그들은 고통을 모르는 사랑과 행복만이 가득한 유년의 기억이 가득한 고향으로 가기 위해 현실의 고통을 참아내며 희생을 한다. 카밀과 신우의 상처를 치유하는 방식은 좀 독특하다. 그들은 결국 차별의 벽을 넘지 못하고 죽음을 선택할 수밖에 없었다. 그들은 그것을 통해 이상향에 도달하고 만다.

소설에 형상화된 네팔의 공간이 갖고 있는 다양성에 대한 포용은 현실의 상처를 치유하는 하나의 방식으로 제시된다. 네팔은 문화, 종교가 달라도 그 자체의 개성을 존중하고 인정한 결과 편견이나 차별로 배척하지 않기 때문에 경계가 생기지 않는다. 파농에 의하면 자아의식은 타자로부터의 저항에 부딪힐 때 욕망을 경험한다고 본 것이다. 욕망하는 순간 이미 내가 존중받기를 요구하고 있는 것이다. 나는 단지 지금—여기라는 즉물성 속에 갇힌 존재만은 아니다. 나는 여기 이외의 다른 곳에 대해 존재[8]하며, 그 밖의 다른 것에 대해 존재한다.

---

8) 호미 K. 바바, 나병철 역, 앞의 책, 127쪽, 재인용.

"무슨 말버릇이 그래? 내가 뭐 못할 말 했어? 부엌이든 세탁기든 남의 것을 쓰려면 최소한의 예절은 있어야지. 자기가 잘못해놓고선 뭐, 돌겠어? 네팔 여자들은 이럴 때 돌아?"

"네팔…… 들먹이지 마세요. 난 네팔의 대표 선수, 아니에요. 왜 한 국 사람들, 걸핏하면 네팔 네팔 하는지 모르겠어요. 네팔은 죄 없어 요. 죄는 사비나에게 있어요."

"네팔 여자잖아!"

"그래요. 네팔, 못살고 가난해요. 그렇다고 우리, 여기서 공짜로 사 나요? 일하고 월급받아요. 월세도 내잖아요?"

"방을 달라고 한 건 그쪽이야."

"우리 과장님은 물어봐요. 어제도 물어보고 오늘도 물어봐요. 네 팔에도 해가 뜨냐, 니네 나라에 달이 뜨냐, 니네 나라 여자들도 애를 낳냐. 나, 그럼 돌아요."

"과장 얘긴 거기서 왜 나와?"

"한국 사람이니까요. 다들…… 치, 치사해요."

사비나는 휑 방으로 들어갔다.

(『나마스테』, 56~57쪽)

과장은 이주노동자들을 향해 "니네 나라 여자들도 애를 낳냐"와 같은 인격 모독적인 발언을 하며 멸시한다. 단지 가난한 나라의 사람이라 고, 그들의 인간성과 나라까지도 의심하면서 조롱하는 장면이다. 한국 인들은 가난한 나라에서 온 이주자들을 경제적인 열세로 인해 문화적, 인종적으로도 열등한 사람이라고 인식한다.

신우는 자신의 집에 머물면서 집안 살림을 돕지 않는 사비나에게 질 책을 한다. 그 과정에서 신우는 사비나 개인의 잘못을 그의 출신 '국가' 와 동일시하는 모습을 드러낸다. "네팔 여자들은 모두 그런식으로 사느 냐"는 신우의 말 속에서 사비나라는 한 개인이 실수 한 것을 놓고, '네팔 여성' 모두가 게을러서 살림을 잘 돕지 않는 것처럼 일반화한 사실이 드러난 장면이다.

사비나는 가난한 국가인 네팔에서 온 이주노동자이지만 한국에서 일하고 받은 보수로 월세와 세금도 지불하며 사는데 뭐가 문제냐고 호소한다. 사비나는 가난한 국가의 인종을 무시하는 한국인의 주권적 태도에 맞서 "인종주의적 시각에서 벗어나 동일한 인격을 가진 인간"으로서 대우를 요구한다.

사비나는 개인과 국가를 동일시하는 신우의 언행에 이의를 제기하듯 "돌겠어, 이 나라에서 돌겠어."라고 발언을 한다. 그런데 특이한 것은 사비나가 한국인의 이주자에 대한 인종차별적 현실을 몹시 못마땅해 하면서도, 그것을 내면화하여 다른 '인종'들에게 똑같은 차별적인 태도와 행동을 하면서 이율배반적이 모습을 보여주고 있음을 알 수 있다.

> 무섭다. 한국으로 가자.
> 병원에서 깨어난 아버지가 처음 내뱉은 말이었다.
> 악몽 같았던 약탈과 방화와 총격이 난무할 때 강력한 미국 경찰은 밤새 코빼기조차 보이지 않았다. 도대체 경찰은 어디에 있는가, 라고 많은 사람들은 울부짖었다. 아시안계 이민자들의 용도는 미국 백인 주류사회에서 볼 때 흑인과 백인 사이의 중간 방화벽 같은 존재였다. 아버지는 그것을 알지 못했다. 가령, 한국인들의 주업종인 소매업과 서비스업은 유통 구조의 마지막 단계로 흑인과 라틴계 고객을 최종적으로 상대해야 되기 때문에 갈등이 필연적일 수밖에 없었다. 제조업이나 도매업에 종사하는 백인과 최저층 흑인 사이에 쳐진 방화벽, 혹은 방패 같은 역할을 바로 한국인을 비롯한 소수이민자들이 감당하고 있는 셈이었다.

> (『나마스테』, 131쪽)

신우의 아버지가 흑인 폭동에서 총을 맞고 병상에서 보낸 6개월 동안, 인종차별에 대한 공포와 회한을 느꼈다. 그처럼 미국이 자유롭고 평등한 나라여서 동양계 이민자들을 받아들인 것은 아니다. 폭동의 현장에 밤새 경찰이 투입되지 않은 것만 봐도 알 수 있다. 미국에서 신우의 가족들은 백인과 흑인 사이에 방화벽 혹은 방패 같은 역할을 감당하면서도 백인 중심사상을 배우며 내면화된 삶을 지향했다. 그때의 치욕스런 기억이 한국으로 돌아온 후에도 잊히지 않고 오래 남았다. 그들이 보여준 아시아 사람에 대한 무시는 바로 백인 중심 사상을 내면화한 결과로 이어진다. 서구는 백인 중심으로 인종주의9)를 기획하고, 자신들이 식민화하여 개항시키는 나라에 전파를 한다. 제국주의자들의 이데올로기를 피지배 국가들은 그저 받아들이고 내면화할 수밖에 없다. 이것이 급속도로 확산되어 세계적으로 당연한 추세처럼 되었다. 이러한 백인 우월 사상은 여러 민족이 섞여 사는 나라에서 정점을 이루었다. 주권적 추방령의 대상자에게 적용되는 '국외자로서의 지위'는 외국인에게 적용된 '외국인의 지위'10)보다 더 은밀하고 근원적이다. 그들은 백인 우월 사상을 전파해 소수를 지배한 후, 자신들의 힘을 더 강력하게 키우게 되었다.

　　한국에는 법, 없어요.
　　한국 사람 지켜주는 법만 있어요. 미국 사람, 불란서 사람, 영국 사

---

9) 인종주의는 근대에 서구에서 나타난 현상으로, 서구가 비서구 지역을 식민화하는 과정에서 백인을 가장 높은 곳에 흑인을 가장 낮은 곳에 두면서 시작한 것이다. 소수자를 억압함으로써 실리를 챙기기 위한 이 정책은 소수자로부터 무엇인가를 착취하거나 약탈하기 위한 것에 불과하다. (박경태,『인종주의』, 책세상, 2009, 15~33쪽.)
10) 조르조 아감벤, 박진우 역, 앞의 책, 224쪽.

람, 지켜주는 법 있어요. 그러나 네팔 사람, 스리랑카 사람, 필리핀 사람, 방글라데시 사람 지켜주는 법 없어요. 관리회사도 마찬가지고 중기협도 마찬가지고 노동부도 마찬가지예요. 자기들도 아시아 사람인데 왜 그러는지 모르겠다고, 학바가 울면서 하던 말이 생각나요. 개나 고양이만도 못하다면서요. 학바의 아버지는 공무원이고 학바는 2년짜리 대학에서 컴퓨터 배웠어요. 영어도 잘하고 자격증 두 개나 있어요. 그렇지만 한국 사람들, 학바를 사람이 아니라 짐승이라고 생각해요. 왜냐하면 네팔 사람이니까요. 자기들하고 다른 종자니까요. 다른 종자를 보면 괜히 화가 난대요. 학바 회사 관리 부장이 한 말이에요.

(『나마스테』, 84쪽)

카밀을 사랑하기 전에 신우는 이주노동자들에 대해 선입견을 갖고 있었다. 그들을 "돈벌이 욕심에 제 나라도 등지고 여기까지 떠밀려 온 주제"라고 하는가 하면, 그들의 나라에 관해 "멍청하고 자신감이라고는 없는, 네팔이 어떤 나라인가. 세계 최빈국이 아닌가."(54쪽)라며 비웃는다. 이는 그들이 미국에서 배운 자본주의의 인종차별에 내면화된 결과이다.

누군가 이방인에게 당신은 누구인지에 대해 물을 때 현실을 지배하는 환대의 권리가 생긴다. 만일 대답을 하지 못할 경우 그가 가질 수 있었던 환대의 권리는 취소된다. 왜냐하면 이름을 갖지 못한 이방인은 야만적 타자로 취급되기 때문이다.[11] 여기서 타인의 이름을 묻는다는 것은 자기성을 고집하는 행위이다. 그런 의미에서 이름을 묻고 대답한다는 것은 내부인 인가를 묻는 것이다. 즉 다른 것은 배제한다는 근대의

---

11) 서용순, 「탈경계의 주체성과 이방인의 문제 : 레비나스, 데리다, 바디우를 중심으로」, 『인문연구』 57호, 영남대학교 인문과학연구소, 2009, 110쪽.

이분법적 사유를 근저에 깔고, 국가가 부여한 신분증을 획득한 자인가를 알아보는 행위에 해당된다.

카밀의 행위 속에서 외국인 이주노동자가 정치적 주체로 거듭나는 과정을 발견할 수 있다. 정부 합동단속반의 단속이 시작되는 상황에서 불법체류 6년째로 임금을 6개월 동안 주지 않았던 염색공장이 부도가 난다. 실업자 신세인 구룽은 절망한 나머지 음독자살을 시도한다. 불법체류자로 경찰에 쫓기다 다쳐 다리를 절룩거리게 된 카밀은 친구의 자살 시도에 그때까지 참아온 분노가 폭발한다. 즉 국가에 의해 '불법체류자'라고 낙인찍힌 '미등록 이주민'은 처벌과 추방을 전제하고 있는 것이다.12) "체포와 강제 추방의 형태로 지배 권력의 억압 기제가 강력"해지자 오랜 불법체류자 신세로서 억압 받아온 외국인 노동자들은 "지배 담론과 지배 권력에 대항하는 저항의 에너지로 똘똘 뭉쳐 사회적인 변혁을 지향하는 혁명의 주체"로 거듭난다. 이로부터 정치적인 사건이 도래하게 된다.

명동성당에서 불법체류 이주노동자 강제 추방 반대 농성13)이 시작되자, 다르카와 방글라데시인 비쿠가 연속 자살한 그 다음날 카밀도 농성에 합류하게 된다. '강제 추방 저지', '미등록 외국 근로자 완전 합법화' 등이 쓰인 피켓을 든 시위가 장기화되고, 해결의 기미가 보이지 않는 상태에서 카밀은 자신들의 입장을 전달한다.

나중에 안 일이지만, 그것은 그들이 직접 만든 추모의 노래였다.

---

12) 위의 글, 118쪽.
13) 실제로 2003년 11월 강제추방 위기에 몰린 불법체류 외국인 노동자 200여 명이 서울 명동성당에서 강제추방 저지와 미등록 이주노동자들을 전면 합법화할 것을 요구한 것이다.

호소력 짙은 굵은 남자의 목소리를 선창으로 곧 슬프고 장중한 노랫소리가 퍼져 나왔다. 간간이 코를 훌쩍이는 소리가 섞였고 눈물을 닦느라 촛불들이 흔들리는 게 보였다. 우리의 친구여, 동지여……라고, 그들은 노래 부르고 있었다.

우리의 친구여 동지여. 편안하게 가시오.
저 세상 끝에서 보아라. 너를 위해 우리 기도해.
오, 잘 가. 너를 위해 우리 기도해.

추모의 노래가 끝나자 누군가 앞으로 나와 성명서 같은 걸 읽기 시작했다. 성명서인지 조사인지 잘 알 수 없었다. 처음엔 웅얼거리는 낮은 목소리가 제 분에 못 이기겠다는 듯 차츰 고음으로 솟았을 때, 나는 전율하며 등에서 잠든 애린을 뒤로 안은 채, 한차례 몸을 심하게 떨었다. 그것은 분명히 카밀의 목소리였다.
"우리들은 다시 한 번 강조합니다."
카밀의 목소리가 카랑카랑 솟구쳤다.
"이 모든 죽음에 대한 책임의 대부분은 한국 정부에 있습니다. 한국 정부는 장시간 노동과 저임금에 시달리는 우리 미등록 이주노동자들을 묵인하면서 한국 경제의 밑바닥을 지탱해왔습니다…… 한국 정부에 묻습니다…… 아직도 부족합니까…… 얼마나 더 많은 우리가 죽어서 이 땅을 떠나가야 합니까…… 더 죽어야 한다면…… 이제 나도 죽겠습니다…… 내 친구들도 차례로 다 죽을 겁니다……."
나는 차라리 내 귀를 틀어막고 싶었다.

(『나마스테』, 279~280쪽)

이와 같이 결국 혁명의 주체로 거듭난 카밀은 "더 이상 죽이지 마라"라고 하는 말을 남기고 온몸에 불을 붙이고 건물 옥상에서 뛰어내려 분신자살을 한다.

조건적 "환대에서 야만적 타자가 된 그들은 공권력인 경찰과 국가에 의해 '상황의 공백'으로 취급당하지만" 카밀의 말대로 실제 한 사회의 정당한 구성원이다. 신분증을 갖지는 못하지만 그들은 노동력으로 소비되어 한 사회의 발전과 유지에 공헌한다. 하지만 이들은 법의 외부에 위치해 있다는 이유로 이들의 인권과 가치는 무시된다. 이는 추방된 자로서의 '호모 사케르'이며, 법적인 보호망에 의해 보호받을 수 없는 언제나 죽음의 위협에 처해 있는 사람이다. 즉 국가의 법질서 밖으로 내버려진 자를 말한다. 주권자와 호모 사케르는 자신을 인간의 법과 신의 법, 노모스와 퓌시스 등으로부터 예외 한다. 그럼에도 불구하고 종교의 영역·세속의 영역, 자연의 질서·정상적인 법질서와 구분되는 최초의 본래적인 정치적 공간을 구획한 점에서 동일하다. 이러한 투쟁을 알랭 바디우는 정치적 사건으로 파악한다. 미등록 이주민은 기존의 지식 체계를 통해 파악할 수 없다. 미등록 이주자는 기존의 지식 체계를 통해 파악할 수 없는 국가의 셈에서 누락된 다수이다. 그들의 투쟁은 '선언'을 통해 '불법'으로 규정된 노동자로서의 그들의 가치, 즉 가치 없는 것의 가치를 선포함으로써 그들에게 박탈된 권리를 요구한다. 이때 이방인은 기존의 질서를 위협하고, 사람들의 편견을 부수고, 경계 안에서 경계를 허물고 이전과는 전혀 다른 경계를 세운다. 그런 의미에서 타자들의 주체성으로 거듭난 이방인은 탈경계적 정체성을 갖는 정치적 주체가 된다.[14]

그곳에서 그가 50년쯤 더 산다면 틀림없이 정씨 아저씨와 똑같은 얼굴이 될 것이라고 상상하면, 마음이 비애롭고 따뜻해졌다.
그러나 그는 이미 이곳에 와 있었다.

---

14) 조르조 아감벤, 박진우 역, 앞의 책, 168~181쪽.

이곳은 어느덧 자본주의의 경쟁논리에 의해 산성화한 사람들이 단단한 카르텔을 이루고 있는 구조화된 세계였다. 그는 결코 그 구조의 중심에 편입될 수도 없을 것이고, 그 구조로부터 자신의 순정을 끝까지 지켜낼 수도 없을 터였다. 아메리칸 드림을 좇아서 미국으로 갔다가 이상과 현실을 다 잃어버린 아버지의 삶이 그 증거였다. 아버지의 삶이 그랬듯 그의 삶도 그럴 것이라고, 내가 구체적으로 느끼기 시작한 것은 철쭉이 한창 만발해 있는 4월 중순쯤이었다.

(『나마스테』, 46~47쪽)

신우의 아버지는 이민을 간 미국에서 소외당하고 몰락한 삶의 반복을 보여준다. 카밀은 비굴하게 복종하는 대신 투쟁을 통해 자신을 희생하는 인물로, 신우의 아버지와는 다른 삶을 추구한 것이다. 카밀이 시위대에 앞장서서 적극적 행동을 표출한 것은 절박한 분노의 또 다른 표현이다. 이는 신우의 아버지가 폭동 현장에서 총을 들고 싸웠던 사태를 회상하게 한다. 이민 2세대인 신우는 이주로 인한 정신적 뿌리의 흔들림을 경험하면서 심각한 정체성의 문제를 겪었다.

아버지와 어머니가 생전에 꿈꾸던 길이기 때문만이 아니라 나의 참된 정체를 찾아가는 길이기 때문에 그러했다. 미국에서 얼마든지 명문대학에 진학할 수 있었음에도 불구하고 굳이 대학을 서울로 선택해 돌아온 것은 오직 이 길을 가기 위해서였다.

어머니가 끝내 눈을 감은 것은 내가 열 살 때였다.

그때까지 어머니는 식물인간으로 목숨만 유지하고 있었다. 온몸이 불이 붙어서 하늘로부터 낙하하는 아버지를 향해 미친 듯 달려들 때, 어머니는 아버지를 받아 안아 살릴 수 있다고 생각했을까, 아니면 함께 충돌하고 함께 불붙어 함께 죽자고 생각했던 것일까. 어머니는 그렇지만 임종할 때까지 단 한 마디 말도 하지 못했다. 낙하하는 아버지 카밀과 충돌해 두개골의 일부가 주저앉았기 때문이었다.

나는 어머니의 장례를 치르고 곧 미국으로 갔다.

나는 내 신세가 무적자 같았다. 작은외삼촌의 보살핌을 받으며 살던 서울에서나 큰외삼촌 집이 있는 버지니아에서 보낸 그 이후나, 나는 언제나 무적자라는 뼈저린 소외감에서 한 번도 벗어날 수 없었다. 그것은 철이 조금씩 들고, 어머니가 남긴 기록들을 통해 어머니의 십대 또한 그랬던 것을 인식한 다음엔 더욱더 나날이 깊어졌다.

……중략……

나는 어머니의 기록에서 '무적자'라는 낱말을 보고 충격을 받았다. 흑인 폭동에 의해 모든 걸 잃고 나서 큰외삼촌과 작은외삼촌이 한국으로 돌아가자, 못 돌아간다, 하면서 밤새 피투성이가 되게 싸우는 장면의 서술 또한 내게 깊은 상처를 남겼다. '무적자'로서의 카르마가 할아버지와 어머니의 죽음으로도 끝나지 않고 내 삶의 중심에 또아리를 틀고 있다는 사실에 나는 치를 떨었다.

나는 누구인가.

한국인인가, 네팔인인가, 아니면 미국인인가.

나는 생각하고 또 생각했다.

(『나마스테』, 371~372쪽)

딸아이와 소통을 경험한 신우는 카밀에 대한 사랑으로부터 독립된 존재로 설 수 있었다. 카밀은 신우와 결혼해 2년이 되자 한국 국적을 취득하는 자격을 얻게 되었다. 하지만 카밀은 주변의 이주민들이 겪는 무국적 현실은 핍진한 삶을 벗어나지 못한다는 것을 알게 된다. 카밀은 그런 상황으로 인해 자유로움을 느끼지 못하고 저항을 선택한다. 오빠는 신우와 카밀의 문제로 등을 돌리게 되었지만, 조카가 태어나자 아이를 보고 싶은 마음을 억누르지 못하고 찾아온다. 그들은 신우의 딸, 애린의 탄생으로 하나의 가족 구성원이 된다. 그 가족은 기존의 가족 질서 안에서 작은 원으로 구성된다. 신우가 미국에서의 십대 시절을 '무적자'라고 표현한 것과 마찬가지로 애린도 똑같은 현상을 겪는다. 애린은 자신의 국적이 한국인인지, 네팔인인지, 미국인인지에 대한 자신의 정체성에 혼란을 경험한다. 신우도 자신의 정체성에 대해 '나는 누구인가'라며 정체성에 대해 혼란을 느낀적이 있었다.

> 나는 생성의 바르도를 느꼈다.
> 그것은 내게는 잊을 수 없는 일대 사건이 아닐 수 없었다. 이제까지 카밀을 통해서만 아이의 존재를 상상할 수 있었는데, 그 아이의 힘찬 발길질을 느낀 후부터, 카밀과 관계없이 단독자로서 아이의 존재를 내가 느끼고 확인한 것이었다. 아이가 카밀의 아이이기 전에 살아 있는 한 생명이라는 사실의 확인은 내게 놀라운 감정적 변화를 가져왔다.
> ……중략……
> 어떤 땐 귀여운 주먹으로 내 복부를 노크하는 것처럼 두들길 때도 있었다.
> "그래, 알았어. 네가 보여."
> 나는 소리내어 혼잣말을 했다.
> 아이가 고유한 존재임을 내게 증명해 보여주려고 다양한 신호를 보낸다고 생각했기 때문이었다. 나는 그 신호에 화답했다. 아이와 내가 쌍방향 소통의 길을 틀 때 아이와 나 사이에 카밀의 존재는 중요하지 않았다. 아이와 나 사이의 관계는 은밀했으며 또 고유한 것이었다.
> (『나마스테』, 182쪽)

"하나의 바르도란 거꾸로 매달린 것이니 실존적 위기가 왜 없을까마는, 눈물겹고 질긴 가족이 함께 있을진대 무엇이 두렵겠는가."(216쪽)라는 신우의 말에서 가족을 통해 그녀의 상처가 치유되는 것 같았다. 그렇지만 신우는 이주로 인한 소외와 차별에 대한 경험과 '무적자'의

느낌을 태아와의 반복된 신호를 통해 보여준다. 신우의 정체성은 카밀의 존재를 전제로 하므로 그가 분신하자마자 신우도 같이 뛰어내려 삶을 끝내게 된다. 그것으로 인해 신우의 정체성 찾기는 완결되지 못하고 끝이 난다.

이주민 개인의 사고와 행동의 유연성이 보장되려면 이문화권 자체가 변해야 한다. "이문화권에서 살아가는 개인은 복종하거나 때로는 저항"하면서 살아간다. "경직된 이문화권에서는 이주민의 실패가 예견"되어 있다. 텍스트의 내용은 이주라는 큰 흐름 속에서 전개가 된다. 그렇지만 이문화권에 속해 있으면서도 개인성을 강하게 드러내는 대표적인 인물이 신우라고 볼 수 있다. 신우가 네팔에서 온 이주노동자인 카밀을 만나 사랑으로 이룬 가족은 결국 한국인의 공동체 속에 카밀을 포함시키는 것에 불과했다는 것을 깨닫는다. 이는 외국인 이주노동자로서 겪는 카밀의 상처를 외면하고, "한국인이라는 공동체 속에 '동일시'하려는 욕망의 사회적 구현"에 불과한 것이다. 서로에 대한 상처를 극복하지 못하고 불협화음을 이룬 관계는, 신우와 카밀의 딸, 애린이 태어나면서 새로운 가족 관계의 생성으로 발전하게 된다.

소설 속 서사는 이주노동자에 대한 편견과 차별로 인해 상처받고 원망하는 모습을 반영한다. 다양한 갈등을 겪으며 이뤄낸 이민자들의 정착은 "그들 자신의 문화적인 폭과 더불어 새로 정착한 사회의 폭을 확장시키는 데도 기여"하게 된다. 그들은 다문화 사회에 적응해서 공동체의 삶을 꿈꾼다. 더 나아가 문화와 정체성에 대해 인정받는 것을 합법적으로 요구15)하면서 사회에 공헌하는 것을 원한다. 아메리칸드림을 꿈꾸

---

15) 마르코 마르티니엘로, 윤진 역, 앞의 책, 32~33쪽.

며 미국으로 이민을 다녀온 신우는 한국에 온 카밀을 좀 더 깊이 이해할 수 있다. 카밀의 모습에서 과거 돈을 벌기 위해 미국으로 떠났던 자신의 모습을 상기한다. 신우는 외국인 이주노동자들이 겪는 고통에 공감한다. 또한 카밀의 사랑을 확신한 신우는, 그의 투쟁에 협력하게 된다.

그러나 이 소설에서 신우와 카밀의 사랑이 영원히 지속되지 않고 위태로운 비극으로 끝나는 다문화적 서사의 결말을 맞이한다. 이는 우리나라가 다문화 사회로 나아가는 데 있어서, 미숙한 문제점들이 많음을 보여주고 있는 것이다. "카밀을 공동체에 강제로 예속시켜 자신들의 질서에 편입"하려는 신우의 생각도 점차적으로 변해간다.

다들…… 죽을 거예요, 라고 말하던 가파른 목소리도, 벌써 네 번째 외국인 노동자의 죽음이었다. 전단지의 활자들 속엔 바로 카밀의 눈빛과 목소리가 깃들어 있었다.

그저 열심히 일해서
가난에서 벗어나고자 한 것이
그렇게 큰 죄입니까.

전단지의 큰 글씨가 먼저 보였다.
우리가 도둑질을 했습니까. 아니면 다른 사람을 해쳤습니까. 아니면 한국인들의 일자리를 가로챘습니까. 우리는 한국인들이 일하지 않는 소위 3D 업종에서 열심히 일만 해왔습니다.
……(중략)……
아플 때도 말 한마디 잘 못해서 병원도 잘 가지 못하고 진통제 먹어가면서 하루하루 참으며 살았습니다. 병원 가고 싶어도 의료보험 되지 않아서 감기 한 번 들어도 몇 만 원씩 내야 했습니다. 이렇게 병원 가는 것도 큰돈이 들어서 아파도 참고 또 참다 보니 제때 치료를 못해 큰 병이 들어서 살아선 다시 가족 얼굴을 보지 못 하는 친구들도 그간 많았습니다. 우리를 불쌍하게 봐 달라는 이야기가 아닙니다. 우리가 원하는 것은 그저 공장에서 열심히 일할 수 있게 해 달라는 것입니다.

(『나마스테』, 277쪽)

미등록 이주노동자들은 월급을 제대로 받지 못하고, 구타를 당해도 출입국관리소에 신고를 당할까 봐 두려워서 항의조차 제대로 못하는 실정이다. 그들을 고용하고 있는 사업주들은 미등록 이주노동자를 고용하고 있다는 사실이 탈로날 것을 우려해 산재보험 가입을 기피한다. 설령 가입을 했더라도 고용주 입장에서는 산재 발생시 미등록 이주노동자 고용 사실이 출입국관리소에 발각 되면 벌금이 발생하기 때문에 꺼리게 된다. 미등록 이주노동자 처지에서는 추방당할 위험 때문에 불합리한 대우에도 불구하고 '쌍방 합의'로 처리하는 경우가 대부분이다. 그런 일들 때문에 이주노동자들은 근로현장에서 사고를 당해도 제대로 치료를 받지 못한다. 설령 치료를 해준다 해도 응급처치만 겨우 받고 밀린 급여나 상해 보상은 받지도 못한 채 회사에서 쫓겨나는 경우가 비일비재하다. 그 뿐 아니라 "임금 체불이나 강제 근로, 구금, 욕설, 폭력 등의 기본권 침해"에도 시달리고 있는 실정이다.

한국 사회는 이주노동자를 '이주자'로 보기도 하고 '노동자'로 보기도 한다. 그들을 이주자로 보는 시각은 외부인이나 이방인으로 바라보고, 노동자로 보는 시각은 하층 계급의 구성원으로 바라본다. 먼저 이주자로 보는 시각에선 한국 사람에게 이주노동자들은 동남아시아나 아프리카에서 온 자들이다. 미국이나 유럽에서 온 '사람들'이 차별받기는커녕 오히려 대접받는 현실로 미루어 볼 때, 한국 사람들이 이주노동자를

'인종차별'16) 하고 있다는 증거기 된다.

한국 사회에는 '삼중의 인종주의'가 작동하고 있다. 그것은 기업가에 의한 경제적 차별, 한국인 노동자와 시민에 의한 사회적 차별, 정부에 의한 제도적 차별 등의 복합적 차별주의가 있다. 더 놀라운 사실은 이러한 인종주의적 현실을 대부분의 사람들이 묵인하거나 부인하는 자기기만17)을 일삼는 것이다. 한국은 자본주의 경쟁 논리에 의해 신성화된 사람들이 단단한 카르텔을 이루고 있는 구조화된 세계이다.

"내 친구는 귀, 귀화했어요."

덴징이 자기 친구 이야기를 했다.

"그 친구는 여기 온 지 8년 됐는데요, 한국 여자랑 살았어요. 당연히 한국사람 되는 게 꿈이었지요. 한국 사람만 되면 욕 안 먹고 사람 대접 받을 줄 알았다나 봐요. 한국 사람이 됐다고 연락을 받은 게 퇴근 무렵의 종로 거리였는데요. 그 친구, 미쳐 갖고 갑자기 거리에서 만세를 부르며 소리쳤어요. 나는 한국 사람이다, 한국 사람이다, 하구요."

그러나 소용없는 일이었다.

덴징의 친구가 한국에서의 편견이 국적 문제가 아니라 피부색에서 비롯된다는 걸 알기까진 긴 시간이 필요하지 않았다. 일터에서나 거리에서나 아무도 그를 한국인으로 받아들여 주지 않은 것이었다. 그가 절치부심해 귀화에 성공해 얻은 것은 겨우 법적 권리 몇 가지가 전부였다. 심지어 어떤 시민단체에서조차 개인적인 봉사는 상관없지만 책임 있는 자리를 줄 수는 없다는 말을 들었다. 동네에서건 직장에서건 한국인들은 여전히 같은 피부색을 가진 사람끼리 모여 앉았고

---

16) 박경태, 앞의 책, 2009, 77~135쪽.

17) 강수돌, 「이주노동자의 삶의 자율성과 정체성」, 『실천문학』 74, 실천문학사, 2004, 245쪽.

그는 외국인 근로자 무리에 섞여 앉아야 했다.

　"결국 네팔로 돌아갔어요."

　"저런. 아이도 있었을 텐데……."

(『나마스테』, 226쪽)

　그들은 프레스기에 손가락이 잘려나가도 제때에 치료를 받지 못한다. 그래서 손가락이 곪고 썩어 들어가 결국은 손목을 자를 수밖에 없는 일이 발생한다. 그것도 부족해 여성 이주노동자의 경우 성폭력을 당하기도 한다. 사비나가 한국에 와서 가장 큰 충격을 받은 것도 그런 폭력을 겪은 일이다. 그들을 향한 욕설, 구타, 성폭력, 임금 착취 등의 학대가 사실상 그들 삶의 일부분을 차지하고 있다. 귀화한 덴징의 친구는 그런 대접을 받고 한국에서 편견의 벽이 얼마나 단단한 것인지 깨닫는다.

　"이, 이 새끼 이거 완전히 간 부었네. 짜샤, 노래 안 하려면 니네 나라로 가. 여기선 과장이 노래하라면 하는 거야. 그게 대한민국 법이야. 그, 그러면서 막 내 멱살 잡고 흔들었어요. 대한민국 법, 그래요. 불법체류자와는 대화, 타협, 없어요. 여기 남아서 시키는 대로 하든지, 아니면 돌아가든지 둘 중의 하나예요. 오빠도 그렇게 생각하는 거라구요. 쫓아버리면 된다, 씨, 씨팔놈들, 쫓아버리면 돼, 그렇게요."

　"카밀도 욕 잘하네."

　"만날 먹는 게 욕이니까요. 얌마, 네팔 놈, 새꺄, 공장에 가면 그렇게 부르는 사람 아주 많아요. 그 중에서 나는 그래도 네팔 놈, 하고 불러줄 때가 좋아요. 나는 네팔 놈이니까요. 한, 한국 놈 아니니까요."

　"카밀은 벌써 취했어. 그러니까 오늘은 한국 년 말 들어."

　"네팔 놈, 포천 가요."

　"포천 못 가. 한국 년이 못 가게 할 테야. 한국 년들도 한국 놈 못지 않게 독하니까 한국 년 말 들어야 할 걸."

"네 파리 놈, 자꾸…… 잠이 와요……"

카밀이 상가 건물 층계에 주저앉았다.

(『나마스테』, 157쪽)

여성 이주노동자들에게 회식 자리에서 노래 부르기를 강요당한 불합리한 상사의 요구에서도 법의 잣대가 개입되고 있다. 이렇게 불법체류자로 낙인찍힌 미등록 이주노동자는 국가의 셈에서 누락되어 없는 것으로 취급받는 외부의 존재들이다. 국가 내부에서 그들의 존재는 공백 상태이다. 국가 혹은 내부의 인간을 증명해주는 '증'없음의 상태는 근대의 생명 정치[18]의 맥락 속에서 이해될 수 있다. 죄는 결백하지만 불운한 생명체가 '벌거벗은 생명'이라는 과실 때문에 처벌 받게 되는 것이다. 또 저지른 죄가 아닌 법에 의한 범죄자일 뿐인 그 생명체를 정화시키게끔 만든 죄를 방면한다. 벌거벗은 생명은 폭력과 법 사이의 연결 고리의 담지자이다.[19]

이와 같이 불법 노동자들은 고된 노동과 열악한 환경, 잦은 언어폭력 등 신체적 위험에 시달릴 수밖에 없다. 또 보장받지 못한 인권이나 폭력의 일상화, 신체 안전의 불모지에서 살아간다. 그들은 법의 보호를 받지 못한 곳에 위치한 '호모 사케르'[20]이기 때문이다. 주권의 영역은

---

18) 국민, 시민권, 인권 혹은 국제적 인권 기구들의 숨겨진 의미는 바로 생명정치라는 맥락 속에서만 이해할 수 있다. 불법 이주노동자나 비정규직 노동자들과 같은 새로운 유형의 '호모 사케르'들이 곳곳에서 출현하는 우리 시대의 존재론적 위상에 대한 근원적인 성찰이 담겨 있다. (조르조 아감벤, 박진우 역, 앞의 책, 27쪽.)

19) 위의 책, 149쪽.

20) 법은 주권적 예외상태에서 더 이상 자신을 적용시키지 않고, 그것에서 물러남으로써 예외상태에 적용된다. 호모 사케르 역시 희생물로 바칠 수 없음의 형태로 신에

살인죄를 저지르지 않고, 희생 제의를 성대히 치르지 않고도 살해가 가능한 일이다. '신성한 생명' 즉 '살해할 수 있지만 희생물로 바칠 수 없는 생명'이란 바로 이러한 영역 속에 포섭되어 있는 생명을 말한다. 국민 국가라는 체제 속에서 인권이라는 것은 특정 국가의 시민들에게 귀속한 권리로써 시민이 아닌 자는 전혀 보호받지 못한다. 그들은 철저한 외부인이자 이방인으로 취급된다.

타자를 통한 사회 모순 고발이라는 『나마스테』의 서사 층위에는 외국인 이주노동자의 차별 양상을 통해 해결책을 제시하기보다는 식민주의적, 인종주의적 태도가 드러난다. 한국 사회의 다문화 공간을 배경으로 타자로서의 삶의 부당한 모습을 서사를 통해 보여줄 뿐이다. 사실상 이 작품은 중심 서사가 다문화 가정의 물질적 피폐함과 소통의 부재로 화합할 수 없음을 고발하는데 그침으로써 개선점에 대한 제안이 없는 한계를 불러온다. 신우와 카밀의 딸, 애린(나마스테 디디)과 카밀과 사비나 사이에 태어난 아들 카밀(나마스테 카밀) 등의 인물 행동을 통해 보여주는 이주민 문화가 한국의 다문화 사회를 이상적인 세계시민의 공동체 사회로 나아가게 하는데 어떻게 기여할 것인가에 대한 문제제기와 그 해결의 방향을 모색하는 데까지는 나아가지 못하고 있어 아쉬움이 남는다.

게 바쳐지며, 죽여도 괜찮다는 형태로 공동체에 포함된다. 희생물로 바칠 수는 없지만 죽여도 되는 생명이 바로 신성한 생명이다. 호모 사케르는 주권권력에 의해 법질서 바깥으로 배제됨으로써 정치적으로 내부에 포섭된 즉 합법적으로 내버려진 생명들이다. (위의 책, 175~248쪽, 참조.)

2. 자본주의적 인식의 현실 수용과 반성 : 『코끼리』[21]

다문화 소설에서는 이주민들을 연약하거나 순수한 자연적 이미지로 비유하며 "연민과 시혜의 시각을 고착화"하고 있다. 또한 내국인이 낯선 이주민을 수용하는 방식에서 혈연성이 강조되고 있거나 경제적, 정신적인 타자라는 이질감을 전제로 하고 있다. 즉 다문화 소설에 나타난 포용은 또 다른 타자화의 한계를 드러내고 있다.

혼성화의 이론은 권력에 대한 전투에 참여하며 차이의 순수주의로서, 그렇게 하는 이론가들에 의해 간과된다.[22] 예를 들어, 문화적 식민주의 담론의 차별 효과는 소박하고 단일하게 어떤 개인을 지시하거나, 자아나 타자 사이에 변증법적 권력 투쟁을 지시하지 않는다. 즉 본토 문화와 혼혈아, 자아와 이중성 사이의 차별을 가리킨다. 여기에서는 부인된 것의 흔적이 억압된 것이 아니라, 어떤 차이적인 것이 변종되어 혼혈로서 반복된다. 이는 모방적인 것(the mimetic), 이상적이면서도 상징적인 것(the symbolic) 등이다. 다시 말해서 식민지적 현존의 가시성을 혼란시키고, 그 현존의 권위 인식을 문제적으로 만들었다. 그것은 바로 부분적이고 이중적인 힘이다. 권위를 얻기 위해서는 권위 인식의 규칙들이 합의된 지식이나 의견을 반영해야 한다. 권력을 얻기 위한 인식의 규칙들이 자신의 인식 범위를 넘어 궤도를 벗어난 차별의 대상이 재현하는 데까지 이르러야 한다. 이처럼 인종·민족·문화·전통 등에 통합된 본질주의적인 지시성이 직접적인 모방적 효과로

---

21) 김재영, 『코끼리』, 실천문학사, 2005.
22) 지배자—피지배자 관계를 양가적으로 보지 않고 단순한 대립으로 보는 입장이다.

서 권위의 현존을 보존하는 데 핵심적이어야 한다. 그러한 본질주의 는 차이적, 차별적 정체성들을 분절하는 과정에서 넘어서야 될 필요 가 있다.

『코끼리』는 자본주의적 현실 인식 수용에서 타자에 대한 주체의 시 선을 완전히 지우고, 그 타자들만으로 서사를 구성한다. 이 소설은 외 국인 이주노동자의 주체적 시각에서 다양한 문제들을 탐구한다. 또 타 자를 작가의 눈으로 묘사함으로써 주체들에 의해 왜곡된 삶의 형상에 서 조금은 자유로워 보인다. 여기에서는 다른 어떤 소설들보다도 이주 노동자들의 삶 자체를 서사의 정면에 놓고 있다.

작품 속 화자인 '나, 아카스'는 네팔인 아버지와 조선족 어머니 사이 에서 태어난 '혼혈아'이다. 아카스라는 뜻은 네팔어로 '하늘'을 상징한 다. 아카스가 바라보는 세계는 너무나 우울하고 참담한 현실이다. 아카 스의 어머니는 돈도 제대로 못 버는 남편과 의료보험조차 없는 처지가 건디기 힘들어 가출을 한다. 규칙의 유지 여부를 결정하는 것은 더 강 력한 공권력을 가진 국가 질서 체제를 바로 잡기 위한 거대한 시스템이 다. 그런데 아카스의 어머니는 그 거대한 시스템을 거부하고 가출을 감 행한다. 여전히 통제되지 않고 제멋대로 날뛰는 변덕스러운 지구화 과 정은 '지구의 범죄화'로 대부분의 정치권력은 범죄 세력과 싸울 수도 없지만 싸우려고 하지도 않는다.[23] 아버지와 나는 "십여 년 전 돼지 축 사로 쓰였던 낡은 베니어판 문 다섯 개가 나란히 붙어 있는 건물에 방 글라데시, 미얀마, 러시아, 파키스탄에서 온 불법 체류자들과 함께 살 고" 있다.

---

23) 지그문트 바우만, 정일준 역, 『쓰레기가 되는 삶들』, 새물결, 2008, 120~126쪽.

그 방 앞을 지나던 나는 열린 문틈으로 안을 들여다보았다. 벽에
는 얼룩과 곰팡이와 낙서가 가득했고, 들뜬 황갈색 비닐 장판 위로
는 뿌얀 먼지가 살얼음처럼 깔려 있었다. 비스듬하게 세워진 낡은
캐비닛 뒤쪽 벽에는 쥐가 들락거릴 정도의 작고 새까만 구멍이 뚫
려 있는데, 구멍 주위로 자잘한 시멘트 가루와 흙덩이가 흩어져 있
어 마치 상처 부위에 엉겨 붙은 피딱지처럼 보였다. 총알에 맞아 쿨
럭쿨럭 피를 쏟아내는 심장을 본 것 같은 섬뜩함이 가슴을 오그라
뜨렸다.

그 방에 살던 파키스탄 청년 알리는 도둑질을 하고 마을을 떠났
다. 강풍이 불던 날 밤의 어둠과 소란을 틈타 한방을 쓰던 비재 아저
씨의 돈을 훔쳐 달아난 것이다. 비재 아저씨는 송금 비용을 아끼려
고 벽에 구멍을 파서 돈을 숨겨놓았다고 한다. 그날 밤 알리가 돈을
꺼낼 때 나던 조심스런 부스럭거림을 아저씨는 왜 듣지 못했을까.
하긴, 이틀 연속 철야 근무에 특근까지 했으니 그럴 만도 하다. 게다
가 그날따라 2호실 방글라데시 아주머니의 갓난아기는 밤새 잠을
자지 않고 보챘고, 저녁 내내 텔레비전 앞에서 시끄럽게 떠들던 1호
실 미얀마 아저씨들은 나중엔 취한 목소리로 노래를 불러대기까지
했다. 밤에 일하는 5호실의 러시아 아가씨 마리나는 아예 집에 들어
오지도 않았다.

(『코끼리』, 10쪽)

이들의 공동 주거지에서 파키스탄 청년 알리가 비재 아저씨의 막내
아들 심장 수술비용을 마련하려고 모아둔 돈을 훔쳐 달아나 버리는 사
건이 발생한다. 노랭이 소리를 들어가며 번 돈을 들고, 귀국하는 인도
인을 죽여 돈을 빼앗는 비재 아저씨의 모습은 이들 사이의 먹이사슬을
적나라하게 보여준다. 결국 이들의 연대는 폭력과 배신으로 점철되어
돈 앞에서 허망하게 무너져 내릴 수밖에 없는 허구로 판명나고 만다.

이와 같이 "너무 다양한 삶을 보아버린 열세 살 내 머릿속은 히말라

야처럼 굴곡이 패어 있다"거나 "사람도 어려서 다양한 경험을 하면 뇌가 심하게 주름진다니까 내 나이도 빠르게 늘어나고 있을 거다"(11쪽)라고 한 서사적 표현을 통해 그들의 소용돌이 같은 삶의 고통을 보여준다. 그들의 환경은 노동 현장에서 돌아와 휴식을 취하고자 하는 공간마저도 비좁고 취약한 형편이다. 그럼에도 불구하고 '미래슈퍼'와 누추하고 낡은 공간인 '집'은 그들의 유일한 휴식 장소였다. 미래슈퍼 밖에 놓인 간이탁자 주변은 한국어, 러시아어, 영어, 네팔어까지 뒤섞인 그들이 자주 어울리는 소통의 공간이다.

그곳은 그들의 다양한 나라의 말과 음식 냄새들이 뒤섞여 마치 평화로운 공동체의 생활을 연상케 한다. 이처럼 그들이 겪는 타자로서의 형상은 노동현장에서만 발견된 것은 아니다. 그들은 불법체류 외국인을 강제 추방하겠다는 한국 정부의 방침이 나오는 텔레비전 앞에 어울려 앉아 서로의 처지를 다독이며 유대감을 형성한다. 하지만 그 연대는 돈 앞에서 여지없이 무너지고 만다.

'나'는 집 나간 어머니와 아버지의 신분이 똑같은 이주노동자 임에도 불구하고 묘한 차이가 있음을 알게 된다. 같은 이주노동자이지만 언어의 구조 아래에서 조금 더 유리한 위치에 있는 조선족인 어머니의 '어디서든 살아갈 수 있다'라는 진술은 아주 중요한 문제를 지적하고 있다. 이렇게 볼 때 이주노동자의 타자성은 우리의 우월한 민족성을 그들이 소유하고 있지 않음에서 온다고 볼 수도 있다.

그들이 우리와 절대적으로 다름을 구분할 수 있는 것 중에서 대표적인 것이 '언어'이다. 언어의 차이로 인해 의사소통을 함에 있어 이주노동자는 원천적으로 불리한 입장에 놓여있다. 그것은 그들이 '한국어'를 유창하게 구사하지 못하여 자신의 존재 가치를 알리거나 원하는 것을 요구할 수 없기 때문이다. 이러한 차이에 기반한 서사적인 문화적 정치학은 폐쇄된 순환의 해석학이 된다. 타자는 자신의 제도적이면서 반대적인 담론을 확립하기 위해 역사적 욕망을 의미화하고 교섭·창안할 힘을 잃어버린다.[24] 그러므로 '언어의 부재'는 타자와의 만남이 수평적 만남과 대화에 이르지 못하게 하는 원인이 된다. 화자인 아카스가 스스로를 '외'로 설명하는 부분에서 이 점이 뚜렷이 형상화된다. 작품 속에 강박적 상징으로 제시되는 '외'는 미얀마 말로 '소용돌이'이다. '외'라는 미얀마 말은 타자로 살아가는 이주노동자들의 삶이 마치 '소용돌이'와 같음을 비유한다. 거칠게 순환하는 '외'의 모습은 그들이 사회에서 받는 편견과 차별처럼 풀리지 않는 운명으로 묘사된다. 힌두교 신화에 나오는 코끼리의 형상은 모든 것들이 뒤섞여 혼동 속으로 빨려가는 비극적 국면으로 형상화된다.

> 검은 색연필로 여러 번 덧그린 커다란 원은 마치 '외'처럼 보인다. '외'는 미얀마 말로 '소용돌이'란 뜻이다. 1호실 미얀마 아저씨들은, 한국에 온 외국인 노동자들은 모두 '외'에 빠진 거라고 말한다. 나는 아버지의 소용돌이 삶 속에서 태어났으니 새끼 외다. 하지만 한국에서, 조선족 어머니 자궁에서 태어났으니 반쪽 외다. 물론 그렇다고 해서 내가 학교나 마을에서 외 취급을 받지 않을 거란 착각을 할 정도의 머저리는 아니다. 자리에 누운 채 왼뺨의 광대뼈 부위를 만져본다. 조금 부었는지 손바닥에 그득하게 잡힌다.

(『코끼리』, 12쪽)

이주민들의 일시적인 연대가 허물어진 현실에서 아카스는 자신과

---

24) 호미 K. 바바, 나병철 역, 앞의 책, 88~89쪽.

이웃들을 모두 시커먼 '외'(소용돌이)에 빠진 코끼리처럼 여긴 것을 알게 된다. 그러므로 아카스의 아버지는 한국을 '지옥'으로 표현한다. 원래 신들의 왕을 태우는 구름이었다가 창조주의 실수로 우주를 떠받치는 기둥이 된 '코끼리'처럼 그들은 낯선 이국땅에서 현실의 무게를 떠받치며 살아간다. 아비지의 운명은 "구름보다 높은 히말라야에서 태어나 이곳 후미진 공장에서 살아가고"(21쪽) 있는 신화 속 코끼리처럼 가혹하다. 이 소설에서 종교적인 상상력은 저주받은 일상에서 절망하는 자의 영적 슬픔을 담고 있다.

이와 같이 식민지적 권위는 통합된 집합체의 가정을 부인하는 문화적·인종적·행정적 차별의 양식을 필요로 하기 때문에 부분은 전체의 대표여야 한다. 즉 식민주의자의 해외 몸체가 정복된 국가이므로 대표의 권리는 근본적인 차이에 근거하고 있다. 그 차이에 대한 문화적인 다양성을 인정하지 않고, 편견을 갖고 차별을 하는 이중적 사고는 부인(否認)의 전략을 통해서만 실행 가능하게 된다. 부인(否認)의 전략은 담론과 권력의 혼성화 이론을 필요로 한다.[25]

정주자와 외국인 이주자 사이의 문화적 충돌과 교섭의 양상은 일반적으로 표면화된 인종주의적인 측면, 자본주의적인 측면에서 잘 드러난다.

　　"너 소영이 짝이지? 이 더러운 자식!" 어제 오후 집으로 돌아오는

---

[25] 바바의 혼성이론이 푸코의 권력이론과 다른 점은, 푸코는 전체 사회의 개인들을 규율화시킴으로써 스스로 예속되게 하는 감시 장치를 한다. 반면에 바바는 지배자와 피지배자 사이에 차이가 존재한다. 즉 차별적 권력의 행사는 그 차이의 부인에 의해서만 행사된다고 보는 점이다. 바바의 경우 부인의 전략은 반드시 분열을 낳기에 양가성을 지니게 된다. 즉 권력의 대상은 규율화 되는 동시에 산 표적이 된다. (앞의 책, 249쪽.)

데 6학년 소영이 오빠가 다짜고짜 내 멱살을 잡았다. 그러고는 똥 닦
는 냄새 나는 손으로 왜 소영이를 만졌느냐고 다그쳤다. 난 그런 적
없다고 했다. 연필이 굴러가서 잡으려다가 실수로 손등을 건드린 거
라고 구차한 기분이 들 정도로 차근차근 설명했다. 소영이 오빠는 거
짓말마 새꺄, 라며 주먹을 날렸다. 나도 녀석의 옆구리를 한 대 갈겨
주었다. 쓰러진 녀석의 코에서 피가 나와 옷이 피투성이가 되었다.

(『코끼리』, 13쪽)

아카스는 반 아이들의 놀림과 따돌림을 당하며 폭력의 대상이 되고
있다. 소영이 오빠는 아카스가 똥을 닦은 냄새 나는 손으로 자신의 여
동생의 손을 만졌다는 이유로 폭력을 휘두른다. 아카스는 짝꿍인 소영
오빠의 무지한 행동에 화가 나서 같이 대항을 하며 폭력을 휘두른다.
그들의 문화적인 차이에서 오는 오해에서 비롯된 싸움이다. 이처럼 '타
자'의 문화에 대한 관심이 배제된 채 영혼을 짓밟아 버리는 행동으로
극대화된 서사의 장면이다.

다만 아버지 손가락에는 등고선처럼 생긴 지문이 없다. 닳아버린
지 오래여서 지장을 찍으면 짓이겨진 꽃물자국 같은 게 묻어난다. 사
람들은 지문이 없으니 영혼도 없다고 생각하나 보다. 그렇지 않다면
노끈에 꿰인 가자미처럼 취급당할 리가 없다. 야 임마, 혹은 씨발놈
아, 라는 이름의 외국인 노동자 한 꿰미.

(『코끼리』, 13쪽)

위의 인용문을 통해 아카스가 바라본 타자들은 철저히 '타자화'되고
있다. 아카스가 아버지의 지문과 영혼을 동일시하는 서사적 담론을 통
해 작가는 우리들의 냉정한 비웃음을 꼬집는다. 아버지의 탄생과 더불
어 주어진 고유한 몸의 이름인 '지문'이 닳아 없어진 표현은 "고유성을

가지지 않은 철저한 타자의 모습을 재현"한다. 한국 땅에서 이주노동자로 살아가는 그들의 영혼은 '닳아버린 지문'처럼 마치 우리 안에 존재하지만 사실상은 없는 사람들로 인식되었다. 바디우가 말하는 예외란 이주자와 이주노동자들처럼 자신이 귀속되어 있는 집합에 포함될 수 없는 자들이다. 이런 한계 양상 속에서는 귀속과 포함, 외부적인 것과 내부적인 것, 예외와 규칙을 분명하게 구별할 수 있는 모든 가능성이 근본적으로 위기에 처하게 된다.26) 그것은 네팔인 불법체류 노동자인 아버지의 처지와 비슷하다. 말링고꽃을 좋아하고 민요 <러섬피리리>를 구성지게 부르는, 안나푸르나의 추억을 가진 '어루준'이란 이름의 사람은 처음부터 존재하지 않았던 것이다. 아카스의 아버지는 '어루준'이라는 이름을 갖고 있지만 한 번도 그 이름으로 불린 적이 없다. 늘 "야 임마, 혹은 씨발놈아"라는 이름의 외국인 노동자 한 꿰미로 여겨질 뿐이다. 이처럼 "호명하는 이름에 적절한 대답을 하지 못하는 불법 이주노동자"는 실질적으로 자신이 소속된 사회에서 "인권을 소유한 개별체가 아니라, 환대받지 못하는 미등록 이주민"이라는 이방인일 뿐이다. 아버지 손가락에는 등고선처럼 생긴 지문이 없다. 닳아버린 지 오래여서 지장을 찍으면 짓이겨진 꽃물자국 같은 게 묻어난다. 사람들은 지문이 없으니 영혼도 없을 것이라고 생각하는 것 같다. 그렇지 않다면 노끈에 꿰인 가자미처럼 취급당할 리가 없을 것이기 때문이다.

미래슈퍼는 평소처럼 텔레비전이 크게 틀어져 있다. 며칠 째 텔레비전방송은 외국인 노동자에 관한 뉴스를 되풀이해 들려줬다. 내 고향 특산물 따위를 소개한 뒤 불법 체류 외국인을 강제 추방하겠다는

---

26) 조르조 아감벤, 박진우 역, 앞의 책, 72쪽.

정부의 방침을 내보냈고 시트콤을 통해 폭소를 퍼붓고 나서 방글라데시 출신 노동자가 열차에 몸을 던진 소식을 전했으며, 드라마와 토크쇼까지 끝난 자정 무렵에는 출국하는 외국인 노동자들로 붐비는 공항을 보여주었다. 너무 많이 듣다 보니 남의 일처럼 따분하게 느껴진다.

슈퍼마켓 한편에 놓인 간이탁자 주위에는 남자들이 둘러앉아 술을 마시고 있다. 바람이 이마를 건드리고 지나갈 때마다 소란스런 말소리가 들려온다.

……중략……

머리카락이 빠져 정수리가 훤한 필용이 아저씨는 손사래 치며 취한 목소리로 말한다. "염병, 그만들 해라. 니들 쐴라대는 소리 땜에 내가 꼭 넘의 나라에 와 있는 거 같잖여. 니들, 이 나라가 워떻게 오늘날 여기꺼정 왔는 줄 아냐? 옛날에 내가 공장에서 일할 땐 손가락은 유도 아녔어. 팔뚝이 날아가고 모가지가 뎅겅뎅겅 했으니까." 아저씨는 곧게 편 손을 목에 갖다 대고는 세게 내려치는 시늉을 한다. "첨엔 시골에서 올라온 촌뜨기들이라 멋모르고 일했지. 하긴, 먹고살기 힘들 때였으니까. 인제 한국 놈들은 이런 데서 일 안 혀. 막말로 씨발, 험한 일이니까 니들 시킬려고 데려왔간?" 옛날이 떠올라서인지 아니면 술기운이 돌아서인지 아저씨 얼굴이 벌겋게 달아올랐다. "아무리 그래도 안전장치는 해줘야죠." 세르게니가 오징어를 물어뜯으며 말한다. "늬들도 자르면 피 나오고 누르면 똥 나오는 사람이다, 이거냐? 웃기는 소리들 마. 한국 놈들한테도 안 해준 걸 늬들한테라고 해주겠냐? 아니꼬우면 돌아가. 젠장, 어차피 늬들도 고국으로 돌아가서 공장 차리고 사장되려고 여기 왔잖냐. 노동자들을 어떻게 다뤄야 되는지 눈 똑바로 뜨고 배워 가. 다 산 교육이여." 비아냥대는 필용이 아저씨 말에 쿤이 시무룩한 표정을 짓자 이번에는 세르게니가 볼멘소리로 대꾸한다.

(『코끼리』, 24~26쪽)

아카스의 아버지는 잠들어 잠꼬대를 할 때도 "난 한국으로 돌아가야 돼. 거기 내 가족이 있어. 제발, 보내줘. 일자리도, 이웃도, 내 청춘도 다 거기 두고 왔단 말이야, 제발……!"(23쪽)이라고 외치며 한국에서의 삶에 밀착되어 있음을 보여준다. 하지만 필용이 아저씨는 동료들이 외국인으로서의 사회적 대우를 받고 싶어 하는 것에 대해 한국인도 대우를 못 받는데 기대하지 말라며 일침을 놓는다. 그런 기대하지 말고 차라리 "노동자들을 어떻게 다뤄야 되는지 눈 똑바로 뜨고 배워 가. 다 산 교육이여"라고 비아냥거린다. 거기에 대해 세르게니는 "아무튼 돈도 좋지만 우리는 사람대우, 그거 받고 싶어요. 돈 벌어 고향 간다고 해도 삼 년 겪은 일, 삼십 년 동안 악몽으로 남아 우릴 괴롭힐 거예요."(26쪽)라며 볼멘소리로 대꾸한다. 이런 요구에 불응하기에는 한국 사회가 일제 식민지 과정을 거치면서 왜곡된 민주주의와 인종주의가 내면화되어 있다. 그래서 외국인 이주자와 이주노동자들에 대한 인종, 국가, 민족적 평등을 내세우기에는 일정한 한계를 갖고 있는 것이다.[27] 그들에 대해 무의식적으로 "내면화된 편견은 다문화적 현상에 대한 무지를 낳거나, '동정'과 '시혜'와 같은 왜곡된 인간애"로 드러나기 십상이다. 또한 '타자'에 대한 윤리적이고 사회적인 관심은 우리 자신의 정체성에 대한 문제를 환기할 수밖에 없다. 소설 속에서 외국 문화들 간의 "이질적인 혼종성 재현이나 이국 문화의 신비화 전략은 서구의 주체가 제3세계의 타자를 바라보는 권력적 시선"을 닮아가는 것을 보여준다. 이는 인종적, 자본주의에 대한 현실적 갈등을 해결 불가능한 상태로 유보해 놓은 것이다.

소설에서 아카스는 서류상 이름조차도 호적에 올릴 수 없는 호명되지 못한 자이다. 그는 학교에서도 청강생이며, 살아있지만 한 번도 태

---

27) 박경태, 앞의 책, 2009, 199쪽.

어난 적이 없는 아감벤의 호모 사케르 같은 존재이다. 나, 아카스의 '실종된 인격'은 "타자를 인정하지 않는 집단의식의 폭력"이 낳은 결과의 현주소이다. "환대받지 못한 불법 체류자를 법의 외부인"으로 낙인찍은 결과이다. 즉 국가의 인구 통계에서 누락된 부모라면 자녀 또한 유령 취급받는 것은 자명한 일이다. 아카스는 "살아 있지만 태어난 적이 없다고 되어 있는" 존재이다. 또한 태어난 순간부터 주변인인 타자로 살아갈 수밖에 없는 정체성을 갖는다. 그는 태생적으로 '호모 사케르'의 신분을 갖고 태어난 존재이다. 혼혈아인 아카스는 매일 탈색제로 세수를 하다가 아버지에게 종아리를 맞곤 한다. 식민지적 권위의 행사는 어린 소년 아카스가 탈색제로 세수를 해야만 하는 분화·개인화·동일성 효과의 생산을 필요로 한다. 그것을 매개로 차별적 실천은 가시적이고 투명한 권력의 표지로 예속적인 주민들을 배치할 수 있다. 이 방식은 인식된 사물들에 대한 단순한 사실을 통해 집합체를 보는 시선 속의 사람들로부터 권력의 행사를 모색한다.[28] 국가 권력이 생명체로서의 인간을, 자신의 고유한 종적 대상으로 승격시킨 것이 규율화이다. 즉 주체로 자신을 드러내는 과정으로, 근대 민주주의의 탄생 과정과 대체로 일치한다.[29] 그것은 한국에서 살고 있지만 호적과 주민등록증이 없는 법적 부재인 이다. 시민에 속할 수 없는 벌거벗은 생명이라는 새로운 정치적 신체를 문제 삼고 있기 때문에 일치한다고 본 것이다.

쿤은 지금 리바이스 청바지에 나이키 점퍼를 입고 있다. 동대문시장에서 산 짝퉁이지만 제법 그럴듯해 보인다. 그는 이목구비가 뚜렷

---

28) 호미 K. 바바, 나병철 역, 앞의 책, 248쪽.
29) 조르조 아감벤, 박진우 역, 앞의 책, 47쪽.

하고 피부가 흰 아르레족(네팔의 여러 부족 중 하나로 아리안계에 속함)이라 머리를 노랗게 염색하니 얼핏 미국 사람처럼 보인다. 하긴 일부러 그렇게 보이려고 염색을 했을 테지만, 언젠가 명동에 다녀온 그가 입술을 비틀며 말했다. "한국 사람들은 단일민족이라 외국인한테 거부감을 갖는다고? 그래서 이주노동자들한테 불친절한 거라고? 웃기는 소리 마. 미국 사람 앞에서는 안 그래. 친절하다 못해 비굴할 정도지. 너도 얼굴만 좀 하얗다면 미국 사람처럼 보일 텐데……."

(『코끼리』, 17쪽)

네팔 출신 쿤도 리바이스 청바지에 나이키 점퍼를 입고 머리를 노랗게 염색하고 다니면서 미국사람처럼 행동한다. 피지배주체인 아시아 "유색인종은 백인처럼 되기 위해 파농이 말한 '검은 피부 위의 하얀 가면'을 쓰고자 하지만 주체는 타자를 결코 인정하지" 않는다. 백인 추종과 백인 선호가 강한 한국 사회는 피부색이 검은 빈민국 출신의 이주노동자에게는 자신 속에 내재된 열등감을 내보이며 폭행과 폭언을 서슴지 않는다. 따라서 "이방인의 시선에 포착된 한국인의 천민을 무시하는 식민주의적 태도"는 우리를 한없이 부끄럽게 한다. 인간 이하의 "굴종적인 생활"을 해야 하는 "이주노동자들의 한국에 대한 인식은 부정적"으로 흐를 수밖에 없는 상황이다.

네팔에서 천문학을 공부하다 온 아버지는 별이나 달을 보고 현재의 위치를 가늠할 줄 안다. 구름의 모양이나 색깔, 두께를 보고 날씨를 예측할 수도 있다. 그러나 아버지는 이곳에서 별을 연구하는 대신 전구를, 하루에 수백 개씩의 전구를 만들었다. 아침부터 저녁까지 긴 대롱을 입에 대고 후, 후, 숨을 불어넣었다. 매일매일 새로운 전구들이 세상의 어둠을 밝히기 위해 아버지 입술에서 태어났다.

……중략……

지금보다 더 어렸을 때 나는 아버지가 하는 일을 몹시 자랑스러워
했다. 어쩌다 동전이라도 손에 들어오면 풍선껌을 사서 아버지처럼
후후 방울을 불어댔다. 그러나 지금은 아니다. 아버지의 폐에서 나와
입술 끝에서 내뱉는 바람으로 만들어낸 전구들은 금세 아버지 곁을
떠나 휘황한 백화점 건물에서, 거리의 간판에서, 혹은 야시장에서 환
호성을 질러대듯 반짝였다. 그런 밤에도 아버지는 나달나달해진 폐
를 쓰다듬으며 흐린 형광등 아래로 기어 들어왔다. 아버지한테서는
짐승 냄새가 났다. 땀과 화학약품과 욕설에 전, 종일 쉬지 않고 일한
몸뚱이가 풍기는 고약한 단내.

(『코끼리』, 31~32쪽)

아버지는 네팔에서 별을 연구하는 천문학을 공부하다 한국에 왔지
만 낙후된 공장에서 전구에 바람을 불어넣느라고 나달나달해진 폐를
쓰다듬으며 집으로 돌아온다. 철없던 시절 화자인 나는 풍선껌을 사서
후후 불어대면서 아버지가 만든 전구를 떠올렸다. 하지만 성장해서 아
버지의 노고를 안 이후로는 절대로 불지 않겠다고 다짐한다. 나는 결국
돈을 벌기 위해 이곳에 왔지만, 이주노동자의 삶이 녹록하지 않다는 것
을 아버지의 힘든 노동을 통해서 어린 나이에 깨닫게 된다. 아버지는
그런 일을 오래 한 이유로 기침이 멈추지 않아서 할 수 없이 박스를 만
드는 곳으로 직장을 옮기게 된다. 아버지는 박스 공장에서 일한 대가로
월급을 받아 아내의 선물을 사려고 백화점에 갔지만, 그곳에서 근무하
는 종업원조차도 그들을 외면하고 무시하는 모습을 보게 된다.

이와 같이 다인종 다문화 사회의 문화 혼종성이란 자국의 문화적 양
상과 이국의 문화적 양상 '사이'에 존재한다. 바바는 문화의 혼종성이
란 문화 의미의 상호 공간 즉 '사이에 낀 공간'을 말한다. 이 공간은 민
족적이면서 반민족주의적인 '국민'의 역사를 구성하는 일을 시작한

다.30) 결국 모든 문화적 진술과 제도는 모순적이고 양가적인 발화 공간에서 구성된 것임을 인식함으로써, 우리는 문화적 독창성이나 순수성에 대한 신뢰가 얼마나 허망한 것인지 알 수 있게 된다. 하지만 대부분의 소설에서 '외국인 노동자와 한국인'의 빈부의 대립은 극단적이고 필연적인 문제로 제시된다. 그런 반면에 '외국문화와 한국문화'의 대립적 양상은 크게 부각되지 않는다.

> "손으로 먹어라. 그래야 서둘러 먹지 않고 과식하지 않는단다."
> 아버지 말을 못 들은 체하고 나는 젓가락으로 로티를 찢는다. 과식할 음식이나 있냐고 반박하려다 참는다. 늬들은 손으로 밥 먹고 손으로 밑 닦는다면서? 우엑, 더러워. 놀려대는 반 아이들 목소리가 들리는 듯하다. 그건 사실이 아니다. 밥은 밑 닦는 왼손이 아닌 오른손으로 먹는다. 그 때문에 아버지는 언제나 오른손을 깨끗하게, 귀하게 다룬다.
> (『코끼리』, 13쪽)

네팔인들의 식사 습관은 서둘러 먹지 않고 과식하지 않기 위해 손으로 밥을 먹는다는 것이다. 우리의 식사 예절과 네팔이 다르기 때문에 아이들은 문화적 차이를 잘 이해하지 못해서 발생한 일이다. 가난한 이주노동자들은 한국인 혹은 한국 문화보다 "같은 처지인 다른 이주자와 그들의 문화로부터 영향"을 받는다. 그들이 경험하는 문화적 혼종성은 지속적인 문화적 공존과 정서적 유대감으로써 형성되는 것이 아니라, 일시적이고 소통을 전제로 하지 않은 공간적 병치에 불과하다. 따라서 소설 속 다문화적 공간은 "공간의 이동과 이질적 공간의 접촉, 기존 공간에 대한 인종주의적 재경험" 등으로 새롭게 드러난다.

---

30) 앞의 책, 93~231쪽.

그 뒤로 나는 저녁마다 물에 탈색제 한 알을 풀어 세수했고 저녁이 면 내가 얼마나 하얘졌나 보려고 거울 앞으로 달려갔다. 푸른 새벽 공 기 속에서 하얗게 각질이 일어난 내 얼굴을 볼 때면 가슴이 설레었다. 내가 바라는 건 미국 사람처럼 되는 게 아니었다. 그냥 한국 사람만큼 만 하얗게, 아니 노랗게 되기를 바랐다. 여름 숲의 뱀처럼, 가을 낙엽 밑의 나방처럼 나에게도 보호색이 필요했다. 남의 눈에 띄지 않고 조 용히 살아갈 수 있도록. 비비총을 새로 산 남자애들의 첫 번째 표적이 되지 않고, 적이 필요한 아이들의 왕따가 되지 않고, 달리기를 할 때 뒤에서 밀치고 싶은 까만 방해물로 비치지 않도록, 나는 하루도 거르 지 않고 탈색제를 썼다.

......중략......

쿤이 작업복 점퍼 안쪽 주머니에 손을 넣고 걸어온다. 가슴께가 불 룩하게 튀어나온 걸 보니 뭔가 맛있는 거라도 숨기고 있는 게 분명하 다. 그에게 달려가 숨긴 걸 달라고 졸라댄다. 쿤은 얼굴을 찡그린다. 쿤의 옆구리에 손가락을 넣고 꼬물거린다. 간지럼을 잘 타는 쿤은 흐 으, 흐으, 김빠진 웃음을 내뱉더니 할 수 없이 그 비밀을 펼쳐 보인다. 흰 붕대에 감긴 손이 허공으로 불쑥 솟아오른다.

"왜 이래?"

"어제 일하다가 그만...... 다행히 손가락 세 개는 남았어."

쿤은 아무렇지도 않다는 듯이 말하려고 애쓴다. 하지만 결국 알아 들을 수 없는 말을 내뱉는다. 박치니가(씨발)! 그는 발끝으로 돌멩이 를 세게 걸어찬다. 찰랑, 흩날리는 노란 머리카락 사이로 새로 돋는 까만 머리카락이 보인다. 그는 이제 더는 염색을 하지 않을 거다. 여 기까지 와서 프레스에 손가락을 잘리는 미국 사람은 없을 테니.

"형, 그 손가락 나 주라."

쿤은 멍한 얼굴로 나를 쳐다본다.

"왜?"

"그냥...... 응? 나 주라."

휴지로 돌돌 만 뭉치를 내 손바닥 위에 올려놓는다. 길 양편에 늘 어선 전깃줄이 바람에 징징 울어댄다. 바랜 햇빛과 회색 먼지 속을 걷는 쿤의 뒷모습이 늙고 지쳐 보인다.

(『코끼리』, 17~19쪽)

　이주노동자들은 모두 끼니를 때우기도 힘든 가난 속에서 내국인들의 모멸을 견디며 힘들고 고통스러운 삶을 살아간다. 쿤은 공장의 기계에서 손가락 두 개가 잘려 나가고, 파키스탄 청년 알리는 비재아저씨가 아들의 심장병을 고치기 위해 모아둔 돈을 훔쳐 달아나는 사건이 발생한 것을 알게 된다. 포악을 떨며 고국으로 돌아갈 돈을 마련한 노랭이 아저씨는 귀국을 하루 남겨 두고 돈을 강탈당한다. 노랭이의 돈을 훔쳐 달아난 사람은 비재아저씨이다. 그들은 히말라야 설산에서 자란 맑고 순수한 영혼을 지닌 사람인데, 자본주의 힘에 밀려 서로 속고 속이며 강탈까지 일삼게 된 것이다.

　피부색이 다르다는 이유만으로 괴롭힘을 당하던 혼혈 소년 아카스는 탈색제를 통해 자신에게 주어진 차별의 굴레에서 벗어나려고 한다. 단지 남의 눈에 "띄지 않고 살아갈 수 있는 보호색"이 필요하다는 소년의 행동에서 우리 사회의 부끄러운 자화상을 엿보게 한다. 하지만 이러한 반성적 담론이 단일민족이라는 자부심 속에서 판단 능력이 부족한 혼혈아이의 눈을 통해 형상화되고 있다는 점이 문제로 남아있다. 피부색에 따른 위계화의 현실을 직시하기보다는 '탈색'을 통해 문제를 회피하려는 어린이다운 태도나 고통스런 현실과 달리 달력 속에 네팔의 전원적인 풍경 사진이 표상하는 향수를 대립시키는 극화된 서술 전략"[31]을 택하고 있음을 알 수 있다.

---

31) 복도훈, 「연대의 환상, 적대의 현실―최근 한국소설의 연대적 상상력과 재현에 대한 비판적 주석」, 『문학동네』 49, 겨울호, 2006, 477쪽.

4호실에서 사는 아버지와 나만이 일찌감치 불을 끄고 어둠 속에 누워 있었다. 하지만 우리들 역시 머릿속으로는 매우 혼란스러운 생각, 집나간 어머니 생각에 빠져 있어서 누군가 돈을 훔치느라 바스락대는 소리를 들을 수 없었다. 사실 알리는 비재 아저씨 아들의 생명을 훔쳐 도망간 거나 다름없다. 아저씨는 막내아들의 심상수술 비용을 마련하려고 여기 왔으니까. 이 마을에선 불행이 너무나 흔해 발에 차일 지경이다. 그래서 웬만한 일에는 누구도 신경 쓰지 않는다.

(『코끼리』, 10쪽)

비재 아저씨의 아들 수술비가 도둑맞은 밤을 묘사하는 부분에서 허름한 여관과 같은 공간 안에 여러 국가에서 온 여러 인종이 공존한다는 사실이 드러난다. 온갖 나라 말과 다양한 음식 냄새가 뒤섞인 마당은 벌, 나비가 윙윙대는 야생화 꽃밭처럼 향기롭고 소란하다. 이러한 표현은 축제적인 분위기처럼 보이지만 그 다양성이야말로 각각의 사람들이 겪고 있는 실존의 위기를 반영하고 있음이 드러난다. 이는 디아스포라 정체성의 불확정성을 여실히 보여주고 있는 것이다.

이주자들은 인종주의적 차별과 자본주의 한국 사회에 대해 가장 민감한 문화적 혼란을 겪는다. 쿤은 한국의 문화에 대한 비판을 적나라하게 드러내며, 정체성에 대한 혼란을 겪고 있다. 리바이스 청바지에 나이키 점퍼를 입고 있는 쿤은 "한국 사람들은 단일민족이라 외국인한테 거부감을 갖는다고? 그래서 이주노동자들한테 불친절한 거라고? 웃기는 소리 마. 미국 사람 앞에서는 안 그래. 친절하다 못해 비굴할 정도지. 너도 얼굴만 좀 하얗다면 미국 사람처럼 보일 텐데……"(17쪽)라고 빈정거린다. 쿤은 한국인의 외국인에 대한 이중적인 태도를 폭로하고 있지만 그런 자신도 짝퉁 리바이스 바지를 입고, 머리를 노랗게 염색하고 다니면서 스스로의 정체성에 대해 혼란스러워하는 모습을 보인다. 아버지는 매년 히말라야 풍경이 담긴 달력을 사오고, 몸이 아플 때도 고향에서 익힌 민간요법으로 치료하는, '야 임마, 씨발놈아'라는 이름으로 불리는 외국인 노동자이다.

이주민들은 유리문 안쪽 세계와 동일화를 꿈꾸지만 그들의 희망은 좌절될 수밖에 없는 현실이다. 흉내 내기의 양가성에 의해 만들어진 미끄러짐은 담론을 분열시킨다. 부분적인 재현은 정체성을 재분절하고 본질로부터 이질화시킨다.[32] 이주노동자들은 희망을 안고 이주를 해오면서 끊임없이 행복을 추구하고 경제적 부를 기대한다. 하지만 그들 앞에는 결코 만만치 않은 열악한 현실이 놓여있다. 아카스는 자신이 한국인과 다르다는 것, 경제적으로 부유한 사람들과 다르다는 것을 인정해 버린다. 하지만 아카스는 소영이 오빠에게 자존심을 짓밟히면서도 '한국사람'처럼 되고 싶다는 욕망을 버리지 못한다. 흉내 내기란 그 뒤에 있는 것과 구별될 수 있는 한에서 어떤 것을 드러낸다. 흉내 내기란 흉내 내는 배경과 조화의 문제가 아니기 때문에, 아카스 역시 자신을 숨기면서까지 우리와 같아지고자 하는 흉내 내기의 양가성을 재현하고 있다.

한국 다문화소설에서 재현한 혼혈인 소재는 작품 생산량이 많지 않다는 것이 특징이다. 결혼 이주 여성의 유입이 증가함에 따라 다문화가정이 늘어나고 있다. 그에 따른 혼혈인의 수가 증가하고 있는데도 불구하고 혼혈인을 소재로 한 다문화 소설은 양적으로 미미한 수준에 그치고 있는 현실이다. 혼혈인이 중심적인 서사인물로 설정되지 않는다 하더라도 결혼 이주 여성의 삶이 재현되는 서사적 시공간에서 혼혈인이 차지하는 비중은 결코 적지 않다. 세계화의 허울을 쓴 지구촌의 요지경

---

32) 호미 K. 바바, 나병철 역, 앞의 책, 180쪽.

을, 우리가 자유와 민주주의라는 이름으로 외면한 냉혹한 자본의 논리를 적나라하게 들추어내며 우리의 내면 깊숙이 침전되어 있는 양심의 목소리를 소환한다.[33] 이러한 부정적 미래 인식은 작가가 목격한 이주노동자의 삶이 그만큼 어두운 현실을 말해준다.

『코끼리』에서는 화자인 아카스가 창에 걸려 있는 코끼리 '상'에 한없이 빠져드는 상상을 하면서 이 소설은 끝이 난다. 이처럼 작가는 이주노동자의 참담한 현실을 수용하고, 그 속에서 부당한 사건들을 서사구조를 통해 보여주고 있다. 서사로 보여주기에서 더 나아가 해결책을 제시하지 못하고 서사에 머무르고 있음이 드러난다. 명확한 해결책을 제시하지 않으면서 상상만 제공한 상황이라 아쉬움이 많이 남는 작품이다.

3. 사회 모순 고발에 대한 저항의 서사 : 「물 한모금」[34)]

이주노동자는 본질적으로 한국인과 동일자가 될 수 없는 개별자적 존재로 가장 직접적이고 대표적인 '타자'에 속한다. 이주자와 이주노동자들은 독특한 문화, 자연환경, 경제적 상황 등 다양한 개체적 특성을 지닌 존재들이다. 이러한 타자에 대한 윤리적 책임 의식도 나와의 동일성이 아닌, 다름에 대한 차이성을 전제로 할 때 주체와 주체의 대등한 수평적인 관계가 형성된다. 즉 동일자적 시선에 매몰된 한국 사회의 획일 지향적 인식 체계를 전복해야만 올바른 다문화 사회 정착이 가능할 것이다.

---

33) 고인환, 「이방인 문학의 흐름과 방향성」, 『문학들』 13, 가을호, 2008, 35쪽.
34) 이혜경, 「물 한모금」, 『틈새』, 창비, 2006.

이혜경의 『물 한모금』은 서술자가 이주노동자인 아밀의 시선을 따라가며 그들의 삶을 중심 서사로 다루고 있는 작품이다. 아밀과 샤프는 낯선 한국에 산업 연수생으로 일자리를 찾아 온 이주노동자들이다. 아밀과 샤프는 '차도와 보도' 사이를 가르는 경계석을 만들기 위해 원통 모양의 콘크리트 관을 만드는 공장에서 일을 한다. 그렇지만 샤프의 코리안 드림은 추방으로 끝이 나고, 대학교 앞에서 복사 가게를 하겠다는 희망도 사라진다. 샤프의 코리안 드림을 되새김하며 아밀은 헛된 꿈을 좇다 허무한 죽음을 맞이한 동생 라흐맛을 회상한다. 그들이 생각하는 낯선 환경의 한국이란 괴물35)은 조화·질서·윤리적 방향 등의 규칙을 파괴하는 끔찍한 현시이자 파괴하는 신이다.

일정한 세기로 긁어도 유난히 발갛게 달아오르는 곳이 있었다. 차가운 바람이 그리로 들어가서 아픈 거라고 했다. 몸을 다 긁고 나면, 등판이 달군 철판 위에 누운 것처럼 후끈거리며 잠이 몰려왔다. 한숨 자고 일어나면 몸안을 감돌던 차가운 기운이 다 빠져나간 듯 한결 가뿐했다.

외박이 잦아진 라흐맛에게선 미열이 느껴졌다. 여자에게서 느껴지던 한기가 라흐맛의 몸속 깊이 베어든 게 틀림없었다. 백 루피아짜리 동전으로 몰아내기엔 어림도 없는 병이었다. 차라리 다른 일자리를 찾아보라는 그의 조심스런 제안에 라흐맛은 간결하게 대답했다. 인생은 짧아. 난 내가 마시고 싶은 물을 마실 뿐야. 라흐맛의 짧은 대답은 어린날의 울음 소리 같았다.

사원에서 저녁예배를 알리는 기도소리가 흘러나올 무렵이었다. 길게 끌려나온 기도소리는 번지는 해를 잡아끌어 놀을 흥건하게 하늘에 펼쳐놓았다. 마당을 쓸던 할머니가 빗자루를 쥔 채 평상에 앉아 그 놀을 바라보고 있었다. 놀에 붉게 비친 할머니와 할머니가 바라보는 벌판이 문득 서먹했다. 늘 보던 사물이 낯설게 느껴지는 순간. 친

---

35) 리처드 커니, 이지영 역, 『이방인, 신, 괴물』, 개마고원, 2004, 180쪽.

척집에 가서 잘 놀던 아이들이 무득 집에 가겠다고 떼를 쓰며 우는 시
각이었다. 라흐맛의 손을 잡고 할머니를 부르러 나왔던 그는 그냥 할
머니 곁에서 기다리고 있었다. 할머니가 느릿느릿, 꿈결처럼 말했다.
아밀, 인생은 소가 물 한모금 마시는 시간만큼밖에 안된단다. 딱 그만
큼이란다······ 어린 그에겐 이해가 안 되는 말이었지만, 그는 되새김
질하는 소처럼 그 말을 묵새길 뿐 아무것도 묻지 않았다. 할머니의 얼
굴은 붉어졌다가 점점 어둑해지고 있었다. 그때였다. 라흐맛이 울음
을 터뜨린 건. 할머니는 빗자루를 내던지고 라흐맛을 안았다.
　　······중략······
　　떠나는 샤프를 큰길가에 바래주고 어스름 속을 돌아올 때, 공장 어
귀 동네의 개들이 거뭇한 자취로 걸어가는 그를 보고 마구 짖었다. 개
들이 짖는 건 남을 위협하는 게 아니라 두려움 때문일지도 모른다는
걸 그는 그때 깨달았다.

(『물 한모금』, 19~20쪽)

　　어머니가 도시에서 가정부로 일하면서 할머니에게 우리 형제를 맡
겼다. 어머니가, 집주인으로부터 얻어온 이불 대신, 내가 끌어안고 잠
든 것은 동그랗고 긴 베개, 굴링이다. 라흐맛은 그 가운데 더 좋은 베개
를 차지하려고 밤마다 형과 싸우던 초등학교 시절을 회상하며 그리워
한다.

　　지금의 현실이 견디기 어려울 때마다 아밀은 할머니의 말을 떠올린
다. 작가는 할머니의 말을 빌려 "아밀, 인생은 소가 물 한모금 마시는
시간만큼밖에 안된단다. 딱 그 만큼이란다"라고 하면서 이주노동자의
고단한 삶을 인내로 견딜 수 있도록 서사로 표현한다. 이처럼 그들의
추방된 삶은 짐승과 인간, 퓌시스와 노모스, 배제와 포함 사이의 비식
별자이자 이행의 경계선이다. 역설적이게도 이 두 세계의 어디에도 속
하지 않으면서 모두에 거주하는 늑대 인간[36]도 아니고 짐승도 아닌 삶
이 바로 추방된 자의 삶이다. "인생은 짧아. 난 내가 마시고 싶은 물을

마실 뿐이야."라고 라흐맛은 짧게 대답한다. 하지만 그것은 자신의 어린 시절의 울음소리와 같음을 느낄 만큼 현실은 암담하다는 것을 대변해주는 작가의 메시지이다.

이 작품에서 이주노동자들의 고단한 삶과 "그들을 한국으로 내몰 수밖에 없었던 고향의 현실은 '물 없음'으로 상징"된다.

> 그를 태운 차가 벌판에 있는 공장으로 들어서던 때, 공장 안에 산더미처럼 쌓인 원통 모양의 콘크리트 관이 물을 나르는 관 따위로 쓰이리라는 건 그도 쉽게 짐작할 수 있었다. 그의 고향은 바닷가인데도 물이 귀한 곳이었다. 물이 귀하고 땅이 척박한 곳에서 태어난 아이들은 어릴 적부터 인근 도시의 가정부로 갔다. 그 도시의 가정부는 다 그의 고향 태생이라는 이야기가 나돌 정도였다. 땅속에 저런 관이 이어지고 그 속으로 물이 콸콸 흘러넘쳤더라면, 어린 그의 가슴을 설레게 했던 앳된 여자애는 고향에서 처녀가 되고 그도 농부가 되어 있을지도 몰랐다.
>
> (『물 한모금』, 14쪽)

그들이 한국에 와서 하는 일은 공교롭게도 물을 가득 흘려보내는 콘크리트 관을 만드는 곳이다. 아밀은 가난하고 척박한 땅에 물을 이끌어주는 콘크리트 관들을 바라보며 눈앞에서 엎질러진 물그릇을 떠올린다. 샤프에게 남아있던 작은 물그릇은 빗만을 남기고 엎질러져 더 심한 '조갈증'이 덮쳐올 것 같은 징조가 보인다.

---

36) 고해왕 에드워드의 법률(1030~1035)은 추방된 자를 '울프스헤드(늑대의 머리)'라고 정의하면서 늑대인간과 동일시한다. 그는 추방당한 날부터 늑대의 머리를 뒤집어쓰고 다녔기 때문에 잉글랜드인들은 그를 늑대 머리라 부른다. 이처럼 반은 인간, 반은 짐승이고, 반은 도시에 반은 숲 속에 존재하는 잡종 괴물은 늑대인간으로 집단 무의식 속에 남아 있었다. 이것은 원래는 공동체로부터 추방당한 자의 모습이었던 셈이다. (조르조 아감벤, 박진우 역, 앞의 책, 215쪽.)

자본주의 사회에서 갈등은 이분법적 논리로 소유 관계에 의해 발생한다. 작가가 바라본 아밀과 샤프의 '물그릇'은 '없는 자'의 것이다. 갈증은 목마름으로 이어진다. 자본주의 사회에서 물질에 대한 갈증은 멈출 수 없는 욕망이 된다. 하지만 태어날 때부터 그들에게 물이 너무 귀해서 풍족한 물을 찾아 떠날 수밖에 없는 운명이다. 그럼에도 불구하고 먼저 물을 소유한 자들은 그들을 경계석 밖으로 밀어낸다. 그것도 부족한지 필요한 만큼의 흡족한 물을 섭취하지 못하게 한다.

> 그는 그가 본 흄관을 만드는 대신 공장 안의 다른 작업장에 배치되었다. 그에게 주어진 일은 형틀에서 떼어낸 콘크리트 막대기를 옮기는 것이었다. 형틀에 콘크리트 반죽을 주입해 김이 모락모락 나는 지하 양생조에서 익히고, 알맞게 굳은 다음 형틀을 꺼내 볼트를 풀고 망치로 두드려 틀의 모양대로 굳은 콘크리트를 떼어내고, 틀에 붙은 콘크리트 부스러기를 긁어내고 다시 기름을 치는 일. 콘크리트 덩어리는 보기보다 무거워서, 추위로 뻣뻣해졌던 몸이 화끈거리면서 등판이며 겨드랑이에서 땀이 비질비질 배어나왔다. 겨우 다 옮겼는가 싶으면 천장에 매달린 호이스트가 움직여 새 일감을 부려놓았다.
>
> ……중략……
>
> 그가, 아침 일곱시 반부터 저녁 일곱시 반까지, 더러 주문이 밀릴 때면 밤 아홉시까지 만들고 옮기는 물건이 무엇인지 깨달은 건 읍내에 나갔다 돌아오는 길이었다. 버스 안에서 무심코 창밖을 보니, 차도와 보도 사이를 가르는 경계, 보도블록 가장자리에 바로 그가 날마다 만들어내는 것들이 죽 늘어서 있었다. 비로소 그는 자기가 만드는 게 어디에 쓰이는 물건인지 알았다.
>
> (『물 한모금』, 14~15쪽)

차도와 인도를 안전하게 구분한 경계석은 아밀이 한국에 와서 만들고 있는 물건이다. 그것은 아밀이 도저히 넘어설 수 없는 사회 구조 속에서 그의 신분을 더욱 확고하게 인식시켜 준다. 롤랑 부르뇌프는 사물이 어떤 인간 존재의 표시 이상으로 소설의 등장인물과 불가분의 관계를 가진 요소라고 주장한다.[37] 따라서 작가가 의도한 주제와 등장인물의 형상화는 '사물'과 긴밀한 공조를 이루고 있다. 그들은 열악한 환경에서도 성실하게 버티면 미래는 밝을 것으로 기대하면서 견딘다. 하지만 한국의 노동환경은 최저 임금과 비인간적인 모욕과 폭력 등 너무 가혹한 현실이다. 개선될 기미가 보이지 않는 마치 경계석 같은 존재이다. 그들은 경계석 같은 내버려짐의 관계에서도 배제된다. 내버려짐이 모든 법과 운명의 이념에서 벗어날 때, 그 자체로서 경험할 수 있게 된다.[38] 이처럼 '콘크리트 관', '경계석', '물그릇' 등은 등장인물의 직업이나 사회적 위치와 신분을 함축하고 있다. 이를 통해 소설이 효과적으로 형상화됨을 알 수 있다.

사철 푸른빛인 열대에서 태어나 자란 그는 계절이 몇 번 바뀔 즈음엔 이 나라에 오기 전부터 두려움으로 들어왔던 '빨리빨리'를 이해할 수 있을 것만 같았다. 꽃이 지기 전에 빨리, 나뭇잎 빛깔이 변하기 전에 빨리, 눈이 쌓이기 전에 빨리. 적막하게 내리는 눈발에 제법 익숙해질 무렵 그의 나라에서 온 샤프를 소개하면서 사무실에서 그에게 당부한 말도 역시 빨리, 였다. 빨리 익숙해지도록 아밀이 도와야 해.

이건 경계석이라고 해. 왜 도로에 보면 차가 다니는 곳하고 사람이 다니는 곳이 다르잖아. 그 사이에 놓는 거야.

기옹기에속? 샤프는 잘 구르지 않는 혀를 굴려가며 그 딱딱한 단어를 몇 번 따라 했다. 점심을 몇 술 안 떠서 그런지, 샤프의 목소리는 그들 나라에서 먹던 푸슬푸슬 흩어지는 밥처럼 힘이 없었다.

⋯⋯중략⋯⋯

기옹기에속? 다시 한번 발음하는 샤프에게 모국어로 이 말을 전해

---

37) 롤랑부르뇌프·레알웰레 공저, 김화영 역, 앞의 책, 278쪽.

38) 조르조 아감벤, 박진우 역, 앞의 책, 139~140쪽.

주기 위해, 이 순간을 위해 몇 계절을 건넌 듯한 기분이 들었다.

(『물 한모금』, 13~14쪽)

샤프는 현장에서 경계석을 만드는 일도 서툴고 힘든 상황이다. 그런데 게다가 영문 도로 표지판을 읽어야 하는 어려움에 처해 있다. '경계석'을 '기웅기에속'으로 발음하고, 광주를 '구양주'로 인천을 '이치온'으로 읽는 모습에서 이미 경계가 형성된다. 이러한 이유 때문에 샤프는 이 경계를 뛰어넘기가 너무나 버거운 현실 앞에서 절망을 느낀다.

> 월드컵이 끝나면 불법체류자들을 싹 쓴다는 소문이 황사처럼 번진 뒤끝이었다. 끌어안고 있던 서류들을 내맡기는 하얗고 노랗고 검은 얼굴에 배어나오는 불안과 의혹. 과연 이 서류가 관리들에게 통과될지, 그래서 불안하지 않은 마음으로 거리를 돌아다닐 수 있을지, 그 사이에 법이 바뀌는 거나 아닌지 하는 불안 위에, 이곳에 머무를 수 있게만 해준다면 금지된 일은 하나도 안할 사람들임을 알아달라는 겸손한 표정을 덧바르고.
>
> 난 작은 도마뱀보다도 무력하고 무해한 인간이랍니다. 그저 당신네 땅에서 잠시 숨 쉬는 것뿐이에요.
>
> ……중략……
>
> 그래봤자 이 땅에서 숨 쉬는 게 허락될 뿐인 서류라고, 그는 애써 마음을 눅였다. 일자리를 얻을 수 없다는 단서가 붙은 체류허가는, 목마른 이 앞에 물그릇을 두고 마시지 말라는 거나 다름없었다. 그 물은 다른 사람을 위한 것일 터였다.
>
> 여자가 일본에서 날아온 남편과 화해하고 떠나간 뒤에도 라흐맛은 집으로 돌아오지 못했다. 이 먼 나라까지 와서 비싼 등록금을 낸 여자가 그렇게 쉽게 떠나갈 줄은 몰랐을 것이다. 그만한 거리를 날아오는 데엔, 라흐맛이 관리인으로 일하면서 받는 월급 이년분을 고스란히 바쳐도 모자랐다.

(『물 한모금』, 21~23쪽)

이주노동자들은 자신을 '무해한 인간'으로 위장된 상태에서 간신히 '숨 쉬는 게 허락된' 타자일 뿐이다. 하지만 그들 앞에 놓인 물그릇은 위험한 욕망과 맞닿아 있다. 그들에게 발부된 허가 서류와 거짓 비행기 표는 잠시 숨을 쉬게 해 줄 금기로 작용한다. 그들은 불법체류 자진신고를 받는 출입국관리사무소 앞에서 "숙제 검사받는 아이들처럼 서서 차례를 기다리는 모습"으로 재현된다. 타자를 경계 안으로 잠시 들여놓는 데 사용되는 출입국허가소의 서류 도장은 그들과의 소통 자체에 관심이 없다는 것을 상징한다.

샤프가 막 빠져나온 뒤쪽은 꺼멨다. 한번 그 안에 발을 디디면 지하로, 더 깊은 땅속으로 내려갈 뿐, 다시는 빛과 신선한 공기를 보지 못할 미궁의 입구 같았다. 샤프가 문을 닫자 미궁은 감쪽같이 없어졌다.

그러잖아도 형이 올 때가 된 것 같아서 나오는 길이야.

납작하게 눌린 옆머리에 손가락을 넣어 추켜세우는 샤프의 목덜미가 땀으로 번질거렸다. 막 잠에서 깨어난 듯 부숭부숭한 얼굴로 밭은기침을 하는 샤프에게선 축축하고 탁한 기운이 끼쳐왔다.

그 안에 방이 있어?

응, 방이라기보다는…… 아무튼 다음 주면 떠날 거니까.

양팔을 몸 뒤로 몇 번 추썩여 몸을 푸는 샤프의 오그라들었던 뼈마디에서 우두둑 소리가 났다. 손톱 중간이 뭉뚱 들어간 가운뎃손가락. 샤프가 플라스틱 공장에 간 지 일주일 만에 얻은 상처였다. 그나마 손가락이 잘리지 않은 것만도 다행이었다. 플라스틱공장, 통조림공장, 건축 노가다를 거치면서, 빨리 돈을 모으겠다는 꿈으로부터 점점 멀어지던 샤프는 다음 주에 남쪽 지방으로 내려갈 참이었다.

여기서 세 시간쯤 걸린다던데? 가선 꼼짝 않을 생각인데 잘 모르겠어. 어떤 덴지…… 나도 이젠 정착해야지. 정착해야지, 라고 말하는 샤프는 한꺼번에 몇 살 더 먹은 것처럼 스산해 보였다. 체류허가를 받고 나오던 때도 그랬다.

(『물 한모금』, 24~25쪽)

한국 사회는 이주노동자들이 들어와 정착하려고 아무리 애써도 노동력만 제공할 뿐 정착할 수 없는 구조로 고착된다. 그들은 단지 4년의 유예 기간을 주고 타자를 경계 밖으로 조용히 내몰 수 있는 수단으로서 필요할 뿐이다.

> 따라와요. 단 소란을 피워서는 안돼요. 당신 동생이 도둑…… 죄를 짓다가 잡힌 것만은 분명하니까요. 소란을 피우면 당신의 안전도 장담하지 못해요. 나도 들어서 알 뿐이에요.
> 여인의 끝말을 듣는 순간, 그는 이 여인도 그때 그 자리에 있었을지 모른다는 걸 퍼뜩 깨달았다. 어쩌면 여인의 남편이나 아버지가 라흐맛을 향해 몽둥이질이나 발길질을 했을지도 몰랐다. 그가 살고 있는 섬에서라면, 누군가가 부당한 대접을 받으면 친족들이 들고일어났다. 그들은 가해자에게 떼지어 몰려가 다친 명예를 되살리고 가해한 자를 찾아내서 응징했을 것이다. 하지만 라흐맛은 그들의 영역 밖에서 죽었고 그 또한 더 먼 곳으로 떠날 참이었다.
> 그곳은 동네 어귀, 공화당으로 쓰이는 건물 앞이었다. 큰길에서 조금 들어온 곳이었다. 라흐맛은 저 큰길로 달아나려 했을 것이다. 기둥만 세운 채 벽이 없는 건물에 매달린 커다란 고추 모양의 목각이 그의 가슴을 턱 막았다. 동네에 무슨 일이 생기거나 도둑이 들었을 때, 두드려서 사람들을 깨우는 통나무. 라흐맛이 도둑질하다 들킨 그 순간에도 누군가가 속을 비운 통나무를 세게 두드렸을 것이다. 하얗게 부서지는 햇살 아래, 텅텅, 울리는 통나무 소리가 들렸다. 그 소리를 들으며 세게 고동쳤을 라흐맛의 심장. 그의 숨이 가빠왔다. 달아나고 싶다…… 그는 발 끝에 힘을 주었다. 라흐맛이 도둑질을 하다 주린 배를 끌어안고 맞아죽었다는 걸 그는 받아들일 수 없었다. 무언가, 라흐맛의 마음을 홀리는 무언가가 우연히 눈에 띄어 그냥 다가가고, 그냥 집어들었을 것이다. 죽은 사람은 있지만 죽인 사람은 없는 게 거리재판이었다. 라흐맛을 에워싸고 있던 사람들 가운데 어떤 발길이, 어떤 손의 몽둥이가 결정적이었는지 아는 사람은 없었다.
>
> (『물 한모금』, 28~29쪽)

라흐맛은 바타이유의 사유39) 속에서 여전히 생명이 모호한 신성함의 주술에 빠져버렸다. 불법 이주노동자의 삶이 '호모 사케르'처럼 그야말로 주권자 앞에서 벌거벗은 생명으로 내던져진 것이다. 아감벤은 근대의 사적 영역과 공적 영역의 소멸을 극복하기 위해서는 삶의 형태와 벌거벗은 생명의 분열에서 해방시켜야만 가능하다고 말한다.

『물 한모금』의 서사 전략을 추구한 사회 구조에는 '타자의 고유성'을 보장해 줄 그 어떤 통로도 없다. 단지 이주노동자들이 생존을 위해 스스로 무해한 인간이라며 비인간화하는 생존의 전략이 드러날 뿐이다.

호모 사케르인 그들에게 나타나는 법적·정치적 차원은 타자라서 외면당하고 아무것도 설명하지 못할 뿐이다. 오히려 그것 자체가 주권자의 벌거벗은 생명의 당위성을 옹호해 주는 시스템으로 인해 그들이 저항해도 소용없이 굴복할 수밖에 없는 현실이다.

---

39) 바타이유의 사유는 벌거벗은 생명과 주권 사이의 결속 관계를 조명해준 장점이 있다. 하지만 그의 사유 속에서 생명은 여전히 신성함의 모호한 순환 구조에 주술적으로 사로잡혀 있다. 그의 사유에 따르면 주권적 추방령의 실제적인 그로테스크한 반복만이 가능할 따름이다. (조르조 아감벤, 박진우 역, 앞의 책, 228쪽.)

IV

경계 허물기의 서사와
타자성의 담론

한국 다문화소설을 이해하는데 우리가 주목해야 할 또 하나의 논제는 레비나스의 타자이다. 레비나스의 윤리는 고통 받는 타자의 얼굴을 직접 대면할 때, 그의 고통에 바로 응답하려는 책임감에서 온다고 주장한다. 이처럼 타자로부터 나에게로 온 윤리를 책임 윤리라고 한다. 이는 합리적 준칙으로 움직이는 행동 윤리와 다르다.[1] 책임 윤리는 타자와 대면하고 있는 도덕적 상황의 특이성과 수행적 참여를 통해 윤리성을 발견하게 해준다. 따라서 윤리는 고정된 도덕규범이 아니라 타자와의 상호작용에서 생성된다.

레비나스 철학은 타자 윤리학으로 폭력과 인종주의의 파멸적 귀결에 대한 경고이다. 그는 폭력과 인종주의의 뿌리를 노출시켜 일원론적 사유의 한계와 문제점과 근본악을 드러낸다. 또한 다르게 사유함을 통

---

1) 강영안, 『타인의 얼굴』, 문학과지성사, 2005, 46~47쪽.

해 이 모든 것을 극복해 보려는 치열한 철학적 사유를 전개한다. '다르게 사유한다는 것'은 나와 다른 이, 내가 아닌 이, 곧 타자를 전혀 다른 방식으로 생각하는 것이다. 타자에 대한 사유를 전쟁과 폭력, 타민족 말살의 대안으로 들고 나온 까닭은 이들 모두 타자를 거부하는 공통점이 있기 때문이다. 타자 배제는 나의 존재와 존재 유지를 위한 최고의 가치를 두는 곳에서 비롯된다. 레비나스는 나의 존재를 내세우면서 타자를 거부하고 말살하는 것은 악, 그것도 모든 악의 근원이 되는 근본악이라고 규정한다. 근본악과의 투쟁을 선언한 레비나스는 타자를 수용·환대하며, 타자에게 선을 행하고 책임지는 행위를 함으로써 이를 극복할 수 있는 대안을 제시하고 시도한다.[2] 절대적으로 타자를 환대한다는 것은 윤리적 분별의 모든 기준을 보류함을 의미한다. 이러한 비분별적인 타자에 대한 개방 안에서 우리는 선과 악을 구분할 능력을 상실한다. 타자 지향의 윤리에서는 주체성이 타자의 응답에 대한 책임으로 촉발되어 존재한다고 본다. 따라서 레비나스가 주장하는 타자를 얼굴과 얼굴의 만남이라고 본 것이다. 여기에는 타자를 인격적으로 대해야 하고, 그에 대한 책임이 따라야 된다고 한다. 이러한 레비나스의 이론이 타자를 바라보는 가장 객관적인 이론이다. 레비나스가 주장한 얼굴과 얼굴의 만남은(내 정체성에 대해 자신이 어쩔 수 없고, 내가 다른 사람을 마음대로 어떻게 할 수도 없고 끌어당길 수도 없는), 그런 하나의 존재여서 존재자로서 만나야 된다. 이런 점에서 한국 다문화 소설은 이주노동자들에게 지워진 타자성의 담론으로 해석되어질 수 있다.

---

2) 조르조 아감벤, 박진우 역, 앞의 책, 23쪽.

1. 동포의식을 통한 관계의 회복 : 『동거인』3)

다문화 소설은 서사 과정의 진실을 탐색하여 타자들 사이의 연대와 근대 너머 또 다른 세계를 향한 꿈을 서사화 한다. 그 서사 과정에서 이주노동자와 하층민 혹은 주변부의 관계는 주체와 타자와의 관계뿐만 아니라 자국민과의 갈등을 야기한다. 따라서 근대의 온갖 배타적인 제도적 경계를 뛰어넘어 한국의 다문화 소설은 세계인들의 차이를 존중하는 세상을 향한 꿈꾸기를 재현해야 한다.4)

홍양순의 『동거인』에서 화자인 '나'는 청년 실업자로서 좋은 스펙을 가졌음에도 불구하고 4년째 취업 준비생인 백수이다. 나는 3D 업종을 기피하고 조건이 맞지 않는 직장을 배제한 탓에 백수에서 탈출하지 못하고 있다. 그럼에도 불구하고 자신보다 취업을 빨리 하게 된 조선족인 김광요를 향해 분노를 표출하는 인물이다.

> 방 안으로 들어서자 밥상 위의 동전이 나를 조롱이라도 하듯이 한 눈에 잡혔다. 나는 순간 밥상을 엎어 버리고 싶은 충동을 겨우 참았다. 어쨌든 당장 그것이라도 필요했다. 나는 마음을 가라앉히고 그것들을 또다시 차근차근 세기 시작했다. 500원짜리 아홉, 100원짜리 서른여섯, 50원짜리 일곱, 10원짜리 쉰일곱, 도합 9020이었다. 나는 그것을 모두 트레이닝 바지 주머니에 쓸어 넣었다. 바지 오른쪽이 동전 무게로 축 처졌다. 나는 김에게 눈길도 주지 않은 채 단호히 말했다.
> 「더 이상은 같이 지낼 수 없어요. 다른 델 찾아요.」

---

3) 홍양순, 「동거인」, 『자두』, 문이당, 2005.
4) 고명철, 「한국문학의 '복수의 근대성', 아시아적 타자의 새 발견 : 외국인 이주노동자와 한국문학의 새로운 윤리감에 대한 모색」, 『비평문학』 38, 한국비평문학회, 2010, 93쪽.

나는 자꾸만 처지는 트레이닝 바지를 끌어올리며 일어섰다. 기분
도 그렇고 소주나 한 병 사 들고 오자 하는 생각이었다. 김이 나가려
는 나의 다리를 붙잡으며 사정했다.
　「이대로 집에 갈 순 없습니다. 아저씨가 조금만 눈감고 날 방조해
주면 됩니다. 난 사실 다른 외국인도 아니고 같은 동포이잖습니까?」
　그의 말에 갑자기 내 얼굴로 피가 몰리는 것 같았다.
　「불법으로 체류하면서 돈만 벌고 가시겠다?」

(『동거인』, 61쪽)

　여기에서 조선족인 김광요는 나의 시선에 타자로 인식된다. 타자인
김광요의 얼굴에서는 상처받을 가능성, 즉 무저항에 근거한 도덕적 호
소력이 나온다. 레비나스[5]는 얼굴이란 자기 자신으로부터 나타나는 절
대적 경험이라고 주장한다. 즉 나의 입장과 위치에 상관없이 스스로 자
기를 표현한 '맥락 없는 의미화의 가능성'이라고 말한다.
　식민지와 전쟁을 경험한 한국에서는 하층민의 가난이라는 가장 일
반화된 사회 문화적 현상을 문학적 형상화로 자연스럽게 표현된다.
따라서 외국인 이주노동자를 내부의 타자와 동일시하는 것은 그들을
'타자'로 호명하고 소외시키는 담론화 과정의 한 양상이라는 점을 알
수 있다. 이 소설에서는 한국인과 외국인 이주자 사이의 경제적·문화
적 경계가 자본주의화된 사회의 주체와 타자의 관계로 명확하게 드러
난다.

　「우리가 왜 불법 체류자입니까? 우리 아버지가 일본이 침략했을
때 중국에 잠시 갔다 길이 막혀 오지 못한 건데, 아버지가 중국 국적
을 선택한 것도 한국 국적을 버린 것도 아니잖습니까? 합법적으로만

---

5) 강영안, 앞의 책, 148쪽.

해주신다면 우린 열심히 일해서 세금도 꼬박꼬박 내겠습니다.」

「시끄러워! 지금 나하고 시비를 따지자는 거야? 난 댁하고 그런 거 갖고 따질 형편이 못 돼. 분명한 것은 나도 계속 취직이 안 되면 손가락이나 빨아야 된다는 거야.」 당장 택배 회사나 이삿짐센터라도 들어가 밥을 벌어먹어야 하는데 당신네들처럼 개 같은 코리안 드림을 안고 온 작자들 때문에 내 먹고 살 자리가 자꾸 없어져. 지금도 그렇잖아. 당신은 땡전 한 푼 안 내놓으면서 내 어머니가 피땀 흘려 보내주는 쌀로 배 불리는 거 아냐? 그런 무경우가 어딨어?

……중략……

어스레한 저녁 시간 먼 들판을 건너오는 외롭고 허기진 늑대 한 마리, 나는 누구에게라고 할 것 없이 솟구치는 화를 삭일 길이 없어 김의 어리를 발로 내질렀다.

(『농거인』, 61~62쪽)

나는 계속된 취업 실패로 연민을 호소하면서도 어쩔 수 없이 김광요와 동거를 한다. 하지만 그의 존재는 여전히 부담스러운 존재이자 인력 시장에서의 경쟁자이다. 나는 중국 여행에서 만난 조선족 가이드인 김광요의 갑작스런 한국 방문에 응한다. 화자인 나는 김광요에게 불법으로 체류하면서 돈만 벌고 갈 거냐고 놀리자, 그는 우리가 왜 불법 체류자냐고 항의를 한다. "우리 아버지가 일본이 침략했을 때 중국에 잠시 갔다 길이 막혀 오지 못한 건데, 아버지가 중국 국적을 선택한 것도 한국 국적을 버린 것도 아니잖습까"(61~62쪽)라며 당당하게 따지고 나선다.

김광요 같은 이주노동자가 등장하는 소설에서 재현되는 타자는 '마치 그곳에 없는 것처럼 간주되는 타자'[6]이다. 그들은 우리 안에 존재

---

6) 박구용, 『우리 안의 타자』, 철학과현실사, 2003, 143쪽.

하지만 우리가 속한 공동체와 일체화될 수 없는 사람이다. 그들의 고통은 공동체 안에서 행복의 권리를 박탈당하는 것뿐만 아니라, 그 테두리 안의 타자로 인정되지 않는 데 있다. 따라서 빈곤과 소외 현상의 주제를 다루는 작가들에게 '이주노동자'라는 인물은 새로운 관심의 대상이다. 결국 나는 취업이 안 되는 이유조차도 조선족 '김광요' 때문이라고 여기면서 내면의 울분과 사회에 대한 불만을 사회적 약자에게 쏟아 붓는다.

> 내 참, 환장하겠네, 그렇게 맞고 싶냐? 순간 녀석의 커다란 주먹이 내 면상을 후려갈긴다. 나는 얼굴을 감싸며 고꾸라지고 곧 녀석의 일행이 내 몸뚱이 위로 발길질을 퍼붓는다. 그래, 실컷 때려라, 오늘은 누군가에게 죽도록 밟히고 싶다. 나는 살 속으로 파고드는 통증을 느끼며 꺽꺽 울부짖는다. 이런 좆같은 새끼도 다 있네! 누군가 내 얼굴에 침을 뱉으며 뇌까린다. 그래, 난 좆같은 새끼다, 씨팔, 어쩔래? 시멘트 바닥에 닿은 얼굴이 몹시 차다.
>
> (『동거인』, 74쪽)

나는 김광요에게 빚진 마음 때문에 덩치가 큰 스물 하나둘 먹어 보이는 녀석들을 향해 포장마차 안에서 일부러 시비를 건다. 나와 녀석은 서로 면상을 후려갈기며 고꾸라진다. "그래, 실컷 때려라, 오늘은 누군가에게 죽도록 밟히고 싶다. 나는 살 속으로 파고드는 통증을 느끼며 꺽꺽 울부짖는다. 이런 좆같은 새끼도 다 있네! 누군가 내 얼굴에 침을 뱉으며 뇌까린다. 그래, 난 좆같은 새끼다, 시팔, 어쩔래?"라며 시멘트 바닥에 닿은 얼굴이 몹시 찬데도 일어나지 않고 고통을 견디면서 자책한다.

이 소설은 주인공인 나와 김광요의 갈등을 통해 어떤 방식으로 타자와의 경계 허물기가 이루어진가에 담론의 초점을 두고 있다. 레비나스는 타자성의 사회적 관계는 나와 김광요의 관계처럼 공통의 이익이나 공유된 이해에 의해 구성되지 않는다고 말한다. 오히려 사회적 현상의 근거가 되는 것은 타자의 절대적 타자성과 자아의 분명한 수동성 사이의 직접적인 관계라고 본다.[7] 나는 자신의 세계에 새로운 것이 침입한 점을 계기로 시련을 맞게 된다. 그것은 이주노동자 김광요와의 갈등에 의해 발생했다. 타자는 나 자신이 아니다. 타자와 나의 관계를 보장하는 내가 아닌 존재(not-being-me), 그 자체였다. 그런 점에서 정주민인 나는 조선족 타자인 김광요를 지배하고 흡수하려고 한 것이다. 그와의 불편한 동거가 '불안'을 조성한다고 원망한다. 결국 그 불안과 공포는 '주체성'에 대한 직시로 이어진다. 이는 한국의 이주민 현실에 대한 반성적 담론을 불러온 것이다.

　　이렇듯 사회로 진입하는 길이 가시밭인 줄 알았으면 좀 더 실용적인 전공을 택했을 것을, 내게도 초록 물이 넘쳐 나게 푸르디푸른 시절이 있었는데 이러다가 어느 날 맥없이 서른다섯을 맞이하고 마흔으로 달려가는 것이나 아닌지 모르겠다. 경미는 떠나고 늙고 비루한 총각으로 쓸쓸히 남게 될지도. 가슴에 한기가 드는가 싶더니 곧 등이 시려 온다. 하늘을 올려다보자 이름 모를 새 몇 마리가 떼를 지어 날아간다. 문득 도요새, 하고 입 안에 맴돈다. 왠지 모를 애처로움과 안간힘이 전해지는 그 새의 이름이 갑자기 떠오른 것은 스스로에 대한 연민이었을까. 마침 새 떼의 날갯짓과 함께 오이도를 떠올린다. 언젠가

---

7) 김연숙, 「레비나스의 타자윤리에서 윤리적 유통에 관한 연구-얼굴, 만남, 대화」, 『윤리연구』 44, 한국국민윤리학회, 2000, 403쪽.

경미와 가본 적이 있는 드넓은 갯벌과 철새들의 군무. 그래 거기다. 일단 그곳에 가서 갯벌이라도 보며 마음을 추스르고 오자. 그런데 이제 김은 어떻게 하지? 지금은 아무것도 생각할 수 없다.

　……중략……

그래, 이건 운명이다. 김과 나는 이럴 수밖에 없게 애초에 운명 지어져 있다. 어쩌면 나는 오늘 아침 눈을 떴을 때부터 김광요를 이런 방법으로라도 처리하고 싶었는지 모른다. 아니 그보다도 인터넷 미디어를 훑으면서 '불법 체류 외국인 어제부터 법무부와 경찰 합동 단속 시작'이라는 기사 타이틀을 봤을 때 이미 나는 이렇게 하기로 마음의 결정을 내렸는지 모른다. 어딘가에 숨어 있던 변명들이 끊임없이 쏟아져 나온다.

(『동거인』, 66~69쪽)

　나와 타자의 관계는 주체 내부의 갈등을 폭발시키는 형태로 경계 허물기가 진행되고 있다. 나는 토익 점수 938점을 기록한 장기 청년실업자이다. 대학 출신으로 영어점수도 높고 애인까지 둔 내 일상은 이방인의 침투로 인해 견딜 수 없는 상대적 박탈감과 모멸감으로 자존감이 낮아진다. 자아와 타자의 관계는 타자성 자체인 듯, 조선족 김광요를 사회구성원으로 인정하고 싶지 않은 것은 백수인 자신과 달라서 자아와 타자 사이의 절대적인 차이를 경험하기 때문이다.

　나는 김광요를 거부한 후에 심한 갈등을 겪는다. 결국 나는 사회가 그를 거부한다고, 자기 합리화를 하며 추방되도록 신고한다. 하지만 나는 신고 전화를 끊은 후에 심한 떨림과 두려움을 느낀다. 타자를 환원한다는 것은 절대적으로 윤리적 분별의 모든 기준을 보류함을 의미한다. 이처럼 레비나스가 주장한 타자의 환원에 따르면,[8] 김광요를 불법

---

8) 리처드 커니, 이지영 역, 앞의 책, 129쪽.

체류자라고 신고해서는 안 되는 것이다. 김광요의 잘못이나 처지에 대해 나의 가치관의 잣대를 들이대지 말고 타자를 수용을 해야 한다는 것이다.

오이도를 포기하고 돌아오는 내내 나를 사로잡은 것은 생뚱맞게 '팍스'라는 단어이다. 팍스, 팍스, 팍스, 평화를 뜻하는 로마어, 팍스.
팍스 로마나?
팍스 브리타니카?
팍스 아메리카나?
뭐라고? 주변의 평화들이 그들에 의해 유지되었다고? 또 뭐, 팍스 에코노미카? 경제 발전이 곧 평화를 가져온다고?
웃기는 소리다. 조소와 함께 영화 자막처럼 로마의 정치가이자 철학자인 세네카의 말이 머릿속을 느릿느릿 지나간다. 생사를 좌우하는 힘이여, 뽐내지 마라. 그들은 자신들이 느끼는 그 공포로 그대를 위협할지니. 아마 그 공포는 늑대의 형상으로 찾아오는지도 모른다. 평화는 늑대의 등에 실려 먼 길을 떠나고 있다.
명학역을 빠져나오던 나는 기어이 동전을 넣는 척하며 지하철역 입구 계단에 여자의 돈 바구니에서 슬그머니 천 원짜리를 빼낸다. 제기랄, 순간 이를 악물고 결심한다. 절대 부모님에게 손 내밀지 말 것. 되는 대로 아무 데나 빨리 취업할 것. 내일 당장 인력 시장에라도 나갈 것. 눈먼 여자는 동전 떨어지는 소리를 듣고 머리를 깊숙이 조아린다. 나는 몸을 돌리려다 여자의 천 원을 도로 그녀의 바구니에 던지고 지하도 계단을 힘겹게 올라간다. 내딛는 발걸음이 너무도 무겁다.

(『동거인』, 72~73쪽)

나는 딸아이의 심장병 수술비를 벌기 위해 잠깐만 머물게 해달라고 사정하는 조선족 동포를 끝내 고발하는 자신의 비겁한 행동에 자기환멸과 자괴감에 빠지고 만다. 자신의 비인간적인 행위를 후회하고, 그가 없는 방에 들어가지도 못하고 배회한다.

작가는 조선족 이주노동자의 취업에 대한 개입을 놓고, 한국인의 배려와 환대가 편협하고 부족한 이기적인 사고방식을 서사를 통해 적나라하게 드러내 보여주고자 한 것이다.

나는 로마의 정치가이자 철학자인 세네카의 "생사를 좌우하는 힘이여, 뽐내지 마라. 그들은 자신들이 느끼는 그 공포로 그대를 위협할지니."라는 말을 되새기면서 집에 들어가지 못하고 방황을 한다. 집 안에 남아 있을 김광요의 얼굴을 맞닥뜨리기가 두려웠다.

> 처음 얼마간은 일당을 잘 주던 오야지가 고용 허가제 발표가 나면서부터는 신청을 못하는 저만 쏙 빼고 월급을 주는 것입니다.
> 김이 잠깐 한숨을 푹 내쉬었다.
> 『어디 몇 달 숨으려고 해도 돈이 있어야지 하잖습니까? 그래서 오야지를 조용히 찾아갔는데 난 일을 못해서 줄 수가 없답니다. 이때까지 준 거는 뭐냐고 했더니 혹시나 하면서 줬더니 역시나더라고, 일도 못하면서 그만 네 나라로나 돌아가라는 것입니다. 빨리 안 꺼지면 신고해 버리겠다는 말에 정신이 확 나갔나 봅니다. 앉아 있던 의자로 오야지를 그냥 내리쳤습니다. 피 흘리며 넘어지는 걸 보고 바로 도망쳤는데 갈 데가 없었습니다.』
> 김이 그 말을 하면서 진저리를 쳤다.
>
> (『동거인』, 68쪽)

김광요는 공장에서 체불된 임금을 놓고, 사장과 시비를 벌이다가 의자로 사장을 내리치고 도망친다. 처음엔 돈을 잘 주던 오야지는 김광요가 불법 체류자임을 알고 일을 잘 못한다는 핑계로 임금 착취를 한 것이다. 김광요는 분노를 참지 못해 오야지를 때리고 도망치는 신세가 되자 나에게 도움을 청한다. 나는 그의 처지가 안타깝지만 '불법체류자'라는 낙인이 찍힌 동시에 "법의 테두리 밖에 있는 위험한 인물로 인식"하여 외면하고 만다.

「한국엔 언제 왔어요?」

「일 년이 좀 안 됐습니다.」

「내가 황산에서 돌아온 지 얼마 지나지 않아서인데, 어떻게 오실 수 있었어요?」

「사무실에서 갑자기 한국에 손님들 모시고 다녀오라고 해서 나왔습니다.」

「그럼, 혼자 이탈한 거요? 그때 그 말이 농담이 아니었군요. 한국에 가게 되면 어떻게든 체류할 거라는.」

김이 고개를 끄덕이며 한 줌밖에 안 될 것 같은 체구를 궁상스럽게 옹그렸다. 그는 황산 여행 중에 나와 술잔을 기울이며 제 속내를 대놓고 비췄었다. 자기에게는 두 살 된 딸이 하나 있는데 심장 판막증이라는 진단을 받았다고 마음껏 울지도 못하고 새파래지는 아이가 너무 애처롭고 마음 아프다고, 꼭 한국에 가서 딸애의 수술비를 마련하고 싶다고 했다. 어쩌자고 이 인간은, 대체 뭘 바라고 나를 찾아왔는지, 내 인생도 책임지지 못하는 판인데 잘못하면 저 인생까지? 나는 단호하게 고개를 내흔들었다. 나의 갑작스러운 동작에 김이 큰 눈을 동그랗게 뜨며 쳐다보았다.

(『동거인』, 49쪽)

김광요는 딸아이의 수술비를 벌기 위해 한국에 불법 체류한 이주노동자이다. 나는 취업난에 백수로 지내던 차에 조선족 김광요의 요구에 한 방에 동거를 하다가 갈등이 생기면서, 애인인 경미와도 사이가 나빠진다.

경미와의 관계를 위해서도 우리에게 이제 평화 따위는 없다. 결코 오늘을 넘길 수는 없는 것이다.

「벌써 팔 일째요. 난 광요 씨가 이젠 정말 부담스럽단 말입니다.」

김은 어젯밤에는 그리도 애걸을 하더니 오늘은 아무 내색이 없다. 아니 아침부터 숫제 죽여 주십쇼, 하는 자세로 버티고 있다. 대체 어쩌겠다는 심사인지, 지금 역시 오후의 햇살이 강하게 비추지만 눈썹 하나 움직이지 않고 처분만 바란다는 표정으로 나를 가만히 바라본다. 그래도 여전히 숟가락은 든 채이다. 그것을 꼭 쥐고 있는 손가락 힘이 느껴져 그의 숟가락을 낚아채고 싶은 충동이 인다. 그러나 나는 그런 행동 대신 아침 겸 점심으로 몇 번 뜨지 않은 내 숟가락을 던지듯 내려놓고 만다. 사실 입맛도 별로 없다. 이럴 때는 라면이라도 하나 끓여 밥을 말아 먹으면 훨씬 나을 텐데, 그렇다고 김의 몫까지 사 올 수는 없어 포기하고 만다. 이제 와서 라면까지 사다가 그를 대접하고 싶지 않다. 또 그래서도 안 되는 것이다. 나는 그를 어떻게든 내보내야 하니까.

(『동거인』, 43~44쪽)

김광요와 동거 기간이 길어질수록 갈등은 점점 심화된다. 나는 동거를 끝내기 위해 김광요에게 "나가라"는 말을 반복하지만 그는 안하무인으로 자신을 조금만 더 방조해 줄 것을 애원한다. 하지만 그와의 동거는 나의 불안과 두려움을 증가시키기만 할뿐 어떤 도움도 되지 않는다. 레비나스는 타자의 곤궁과 궁핍은 하나의 명령으로 나에게 다가오며 '얼굴'의 호소를 거절할 수 있다고 말한다.[9] 하지만 이것은 곧 불의를 자행하는 일이다. 우리의 행위가 갖는 의미는 타자의 윤리적 호소를 통해 규정된다고 주장한다. 장기 취업 준비생인 나와 애인, 경미는 타

---

9) 강영안, 앞의 책, 149쪽.

자인 김광요로 인해 모래성과 같은 불안한 관계를 유지한다. 낯선 타자의 침입에 의해 갈등이 심화되면서 위태로운 관계에 처한다. 또한 나는 고학력, 높은 점수를 취득했어도, 그것이 나의 능력을 설명해 주지 못한다. 이런 상황에서 내가 할 수 있는 일이란 단순 노동밖에 없다는 사실을 직시한다. 이러한 "타자에 대한 거부는 그를 나의 경계 안에서 밖으로 밀어내고자 하는 모습"으로 드러난다.

> 내가 살고 있는 다세대 주택에서 슈퍼마켓까지는 최단 거리가 4분, 연립 단지를 낀 좁은 골목으로 돌아간다면 10분이 걸렸다. 평소의 나는 나의 삶처럼 이 애매모호한 시간, 웬만하면 외출을 삼갔다. 프랑스인들은 하루 중 이때를 '개와 늑대의 시간'이라고 불렀다. 해가 설핏 기울고 어스레한 박모 속에 저만큼 보이는 짐승이 개인지 늑대인지 잘 분간이 가지 않는 야릇한 시간이었다. 집에서 기르는 가축이 문득 야생의 짐승처럼 느껴지는 섬뜩한 시간, 그 시간에 나를 지배하는 것은 불안이다. 불안의 밑바닥은 두려움, 내가 겪는 것은 결코 저만치 어둠을 뚫고 모습을 드러내는 것이 개인지 늑대인지 분간할 수 없어서가 아니라 나는, 내가, 무리에서 홀로 떨어진 늑대가 되지 않을까 두려웠다. 외롭고 굶주린 야생의 늑대. 나는 누구인가. 어떻게 살아야 하는가. 갑자기 귀가 먹먹해졌다.
>
> (『동거인』, 54~55쪽)

이 소설에서 드러난 나의 이러한 밑바닥의 불안은 '두려움'이라고 한다. 어둠을 뚫고 모습을 드러내는 것이 "개인지 늑대인지 분간할 수 없어"서가 아니라 "무리들 속에서 내 자신이 홀로 떨어진 늑대가 되지 않을까"라는 것이 두려움의 원인이다. 그 두려움이 곧 나의 '정체성과 삶'에 대한 것이라고 본 것이다.

어스레한 저녁 시간 먼 들판을 건너오는 외롭고 허기진 늑대 한 마리, 나는 누구에게라고 할 것 없이 솟구치는 화를 삭일 길이 없어 냅다 김의 머리를 발로 내질렀다. 김은 모두 다 자기 탓인 양 소리 한 번 안 지르고 머리를 감싸 쥔 채 뒹굴었다.

김은 어제 머리를 감싸고 뒹굴 게 아니라 나 대신 곧바로 방을 박차고 나갔어야 했다. 더군다나 내가 듣지 말아야 할 거북한 이야기까지는 정말 꺼내지 말았어야 했다.

……중략……

김을 가엾어 할 이유가 결코 없는 것이다. 나더러 무조건 휴머니즘의 아량을 베풀라고? 내게 지금 그럴 만한 여유는 없다.

나는 옷을 갈아입는다. 트레이닝 바지에 있는 동전들을 모두 점퍼 주머니에 담는 동안에도 김은 여전히 책에서 눈을 떼지 않고 있다. 대체 저 녀석이 지금 책을 읽기나 하는 것인지 모르겠다. 약아빠진 쥐새끼처럼 온 촉각을 세우고 나의 일거수일투족을 지켜보고 있는지도. 딱히 갈 데는 없다. 오후 4시는 도서관을 가기에도 늦은 시각이다. 하지만 녀석을 내쫓기 위해서는 그의 등을 밀고 같이 집에서 나갈 도리밖에 없다.

「안 나갈 거요?」

김은 꿈쩍을 않는다. 옷을 다 입은 나는 방 가운데 서서 계속 그를 재촉한다.

(『동거인』, 62~63쪽)

이때 주체(나─주인)는 "타인에 대한 어떤 책임도 거부하는 이해 불가, 소통 불가"의 상태에 놓인다. 레비나스는 "타인을 위해 책임질 수 있다는 것, 타인을 대신해서 고통 받을 수 있다는 것, 이것이 주체성의 의미"라고 강조한다. 이것은 열림과 개방성을 의미하기도 한다. 이 소설에서 '주체'는 낯선 타자에 대한 개방을 거부한다. 그와 더불어 "변화된 사회적 맥락 안에서 자신의 위치를 분명히 하고 주체성을 찾는 데도 혼란"을 느끼게 된다.

『동거인』에서 화자인 내가 조선족 불법 체류자인 김광요와 동거인으로 한 집에 살면서 벌어지는 사건은 우리 사회의 어두운 단면을 보여준다. 나는 자격은 충분하지만 흡족한 회사가 없어서 자발적인 실업을 선택해 가난에서 벗어나지 못한다. 취업을 못해 애인 경미에게 온갖 구박을 당한 나와 불법 체류자라 숨어 지낸 김광요는 우리 사회의 소외된 존재들이다. 김광요는 조선족으로 같은 동포인데도 차별을 당하는 것에 분노해 '누가 국적을 선택한 것이냐'고 울부짖는다. 조선족 불법체류자인 김광요가 우리 사회 내에서 이방인인 것처럼, 화자인 나도 사회에서 적응을 못하고 부모에게 기대는 주변인 같은 존재이다. 나는 '스스로 없어져야 할 존재는 아닐까'라는 두려움과 공포를 느낀다. 이처럼 같은 동포임에도 불법 체류자라는 사실 때문에 타자로 인식해 무너진 경계들이 소설 속 서사 곳곳에 드러나는 것을 볼 수 있다.

2. 동심을 통한 관계 회복 : 『알리의 줄넘기』[10]

최근 들어 이주 담론도 이주자의 타문화에 대한 관심보다는 현지에서 나름의 문화를 재생산할 수 있는 능력에 중점을 두고 있다. 정주자들이 갖는 문화적 편견 중 하나는 이주자들이 "그들의 문화보다도 우리의 문화를 빨리 습득하고 동화되기를 바라는 동일성"의 요구이다. 우리의 문화 습득만을 강요한다면 "그들의 문화적 정체감을 왜곡하는 보이

---

10) 천운영, 「알리의 줄넘기」, 『그녀의 눈물 사용법』, 창비, 2008.

지 않는 폭력"을 불러오게 된다. 한국 사회의 문제는 이주자와 이주노동자들의 문화적 정체성을 대표할 그 어떤 통로도 스스로 갖지 못한다는 점이다.

다문화 소설은 이주자들이 타자성을 다양한 양상과 한국 사회의 사회적 약자들이 겪는 현실을 서사적으로 재현한다. 이를 통해 계급, 젠더, 민족 등 "다중적 차별의 고통에 놓여 있는 다문화 사회의 현실을 재인식"할 수 있다. 하지만 이 모든 고통의 근원에는 자본주의의 병폐가 자리 잡고 있는 현실이라는 것이다. 그것은 근대 국민국가의 폭력과 다를 바 없다.

이주자들이 경계를 넘은 것은 불가피한 경우도 있다. 하지만 "자신들의 삶의 진전을 위해 자발적으로 이주를 감행한 경계인"이다. 그들은 "경계 안에 포섭되어 다시 경계에선 스스로 새로운 삶을 구성" 하는 존재들이다. 그들이 소설 속에서 화자의 시선을 통해 주체적으로 타자를 극복하면서 새로운 삶을 구성하고 있음을 재현해 보이고 있는 소설이 천운영의 『알리의 줄넘기』이다.

『알리의 줄넘기』는 혼혈인 아버지를 가진 열세 살 소녀 알리가 주인공이다. 김알리는 흑인 피가 섞인 아버지가 작명한 이름이다. 미국의 권투 선수 '무하마드 알리'가 우상인 아버지는 알리처럼 "정말 강하고 유머가 있는" 사람이 되라며 작명을 해준 것이다. 그렇지만 '무아마드 알리'를 흉내 낸들 김알리가 권투 선수였던 알리가 될 수는 없을 뿐더러 "결핍이 내재되어 있어서 편견과 폭력이 근본적으로 해소되지"는 않는다. 알리의 아버지가 딸의 이름을 '김알리'라고 작명을 한 것은 강해지고 싶은 열망이 충족되지 못하여 결핍이 심한 흑인 혼혈인의 비애가 쌓였기 때문이다. 모방적이면서 상징적인 것, 또는 그 이하인 것이

식민지적 현존의 가시성을 혼란시킨다. 그 현존의 권위의 인식을 문제적으로 만든 것들이 바로 그 부분적이고 이중적인 힘이다.[11] 이처럼 권위를 얻기 위해서는 권위 인식의 규칙들이 합의된 지식이나 의견을 반영해야 한다. 따라서 '알리'라는 이름에는 미국식 이름으로 호명됨으로써 강대국 미국의 이미지를 체현하여 현실에서 벗어나고자 하는 약소자적 시가이 반영되었다고 볼 수도 있다. 이는 한국이 이주자들에게 비쳐진 것과 알리의 아버지가 꿈꾸었던 미국의 모습이 모두 허상이라는 사실을 보여준다.

분명히 바지 속에 숨겼을 거야. 벗겨!

덩치가 내 목을 짓누르는 동안 다른 녀석이 내 바지에 손을 대는 것이 느껴졌다. 순식간에 바지가 흘러내렸다. 다리를 꼬고 몸부림을 쳐보지만 헛수고였다. 바지는 어느새 무릎을 벗어나 발목까지 끌어내려졌다. 마지막으로 팬티가 허망하게 벗겨진 순간, 나는 녀석들의 우악스런 손길이 갑자기 멈춘 것을 알아차렸다.

계집애잖어 이거.

계집애 주제에 어디서 까불고 지랄이야.

너 앞으로 몸조심해! 알써?

가슴팍에 내리꽂히는 발길. 패배자에 대한 마지막 경고. 각자 한마디씩 던진 패거리들이 비열한 웃음소리를 날리며 성급히 사라졌다. 가랑이 사이로 바람 한줄기가 휙 지나갔다. 도대체 무슨 일이 일어난 걸까. 내가 계집애여서 문제가 된 적은 단 한 번도 없었다. 다리가 부들부들 떨렸다. 계집애 주제에…… 바지를 추켜올리며 녀석들이 내게 뱉은 말들을 떠올렸다. 어쩐지 녀석들이 서둘러 자리를 피한 것 같다는 생각이 들었다. 왜, 내가 계집애여서?

---

11) 호미 K. 바바, 나병철 역, 앞의 책, 223쪽.

몸을 움직일 수가 없었다. 그토록 지기 싫었던 대결이 이제는 무의
미하게 느껴졌다. 패배의 달콤함이 입 안에 감돌았다.

(『알리의 줄넘기』, 78~79쪽)

알리는 동네 불량배들의 소속감을 확인시켜 줄 표적의 대상이다. 이
소설은 인종이 다르다는 이유로 폭력과 조롱 앞에 속수무책 당할 수밖
에 없는 혼혈인의 일상을 형상화한 것이다. 즉 "인종과 젠더의 이중적
차별" 속에서 현실을 극복해 가는 모습을 서사로 재현하고 있다.

화자인 알리는 이방인의 기표인 검은 피부를 지녔다는 이유로 낯선
것에 대한 무조건적인 경계와 배척을 당한다. 또한 "혼혈이라는 이중적
차별이나 복수를 빙자한 누명 씌우기"도 속절없이 당할 수밖에 없다.
"나는 동네 불량배에게 우연히 걸려든 먹잇감이 아니다. 나는 표적이
다. 패거리들의 소속감을 확인시켜줄 표적. 낯선 것은 언제나 첫 번째
표적이 되는 법이다."(74쪽)로 서술하는 장면에서 확인할 수 있다. 이는
알리가 자신의 눈꺼풀과 콧날이 녀석들과 다르다는 확실한 표시이자
배척당해야 마땅하다는 경고로 각인이 된다는 것을 인식하고 있음을
보여준다. 그러므로 이 서사는 이주민에 대한 타자화 양상이 표상된 소
설이다.

알리의 아버지는 표적에 당당하게 맞서기 위해서는 미국 권투 선수
알리처럼 강해져야 한다고 하면서 딸의 이름을 '위대한 알리'라고 칭하
며 용기를 준다. 알리는 권투를 하면서 '절제와 평정'을 위해 수없이 노
력한다. 그렇지만 알리는 녀석들의 강한 펀치가 복부를 강타하자 제압
당하고 만다. "네가 애 핸드폰 훔쳐갔냐? 분명히 바지 속에 숨겼을 거
야. 벗겨"(78쪽)라고 한 이유를 봐도 녀석들이 원하는 것은 승부를 가리
기 위한 대결이 아니라는 게 분명하다. 덩치가 큰 녀석이 목을 짓누르

자 다른 녀석이 순식간에 바지를 벗기는 순간 계집애라는 사실이 드러
난다. 녀석들은 "계집애 주제에 어디서 까불고 지랄이야."라며 여성이
라는 약자를 전면에 내세운다.

> 알리가 정말 위대한 건 왠지 아니, 알리? 알리가 위대한 건 말이야,
> 심장을 쏘았기 때문이야. 아메리카의 심장을. 심장을 쏘지 않는 알리
> 는 그래서 위대하지 않은 거야.
> 고모는 검지로 내 가슴 한가운데를 짚었다. 고모의 손가락이 가슴
> 에 닿았을 때 나는 심장이 뛰는 것을 느꼈다. 나는 그것이 고모가 알
> 리의 위대함을 인정했기 때문이라고 생각했다.
> 그런데 고모, 고모도 몽고반점 있어? 세니 엉덩이에 멍이 들어 있
> 는데, 뭐 안 좋은 일은 아닌가 싶어서 제니는 그게 몽고반점이라고 하
> 는 거야. 삼신할매 어쩌구 하면서. 워낙 요즘에 정신이 왔다갔다해서
> 믿을 수가 있어야지.
> 몽고족 피가 섞여서 그런 거야. 보통은 아기 때 잠깐 있다가 없어
> 지는데, 평생 가지고 있는 사람도 있대. 제니가 그런가?
> 몽고족? 그럼 우리가 몽고민족이야?
> 우리가 무슨 족이지? 한민족인가? 몽고족도 있고, 한민족도 있고,
> 그렇지 않겠어? 그게 무슨 상관이야.
> 고모는 대부분의 농촌 총각들이 베트남 여자와 결혼하는 마당에
> 우리가 무슨 민족인지 뭐가 중요하냐고 말했다. 그리고 몽고족이 우
> 리나라를 침입했던 때 얼마나 많은 이 땅의 아녀자들이 몽고족의 아
> 이를 가졌는지도 얘기했다.
>
> (『알리의 줄넘기』, 93쪽)

"알리가 정말 위대한 건 왠지 아니, 알리? 알리가 위대한 건 아메리카
의 심장을 쏘았기 때문이야. 심장을 쏘지 않는 알리는 그래서 위대하지
않은 거야."라는 고모의 말은 자신에게 덧씌워진 '타자화'의 멍에를 전

복시키기 위한 담론전략이다. 미군 흑인 병사를 남편으로 둔 할머니에게서 태어난 아버지와 한국 남편 사이에서 태어난 고모 등 "인종이 다른 3대가 결국 '몽고반점'으로 귀속"된다. 이는 인종적 차별성마저 스스로 전복시킨 결과이다. 레비나스가 말한 무저항은 나의 동정을 불러일으키는 연약성과는 다른 개념이다. 왜냐하면 만일 타자가 연약하기 때문에 나에게 동정을 불러일으킨다면 타자는 나의 선의와 자선에 종속되고 말 것이기 때문이다.[12] 이처럼 종속되지 않기 위해서 알리는 상대의 폭력에 저항하지 않고, 오히려 자신의 행위의 의미를 규정하듯이 줄넘기 놀이에 심취한다.

아버지는 언제나 내 머리를 쓰다듬으며 알리는 위대하다는 말을 되뇌게 했다. 그리고 알리처럼 유머 있는 사람이 되어야 한다는 말도 잊지 않았다.

유머를 잃어서는 안돼, 알리. 알리는 링을 떠나는 순간까지 유머를 잃지 않았어. 알리가 링을 떠나면서 마지막으로 한 말이 뭔지 아니, 알리? '유머 있는 흑인으로, 인간으로 기억되길.' 정말 위대한 말이지? 유머 있는 학생, 유머 있는 아버지, 유머 있는 할머니. 그러니까 너는 이제부터 유머 있는 알리가 되어야 하는 거야.

알리가 한 그 말이 왜 유머 있고 위대한 말인지는 모르겠지만, 나는 정말로 강하고 유머 있는 알리가 되고 싶었다. 하지만 강한 사람이 되는 것은 인내와 약간의 과장으로 얻어질 수 있어도, 유머 있는 사람은 마음먹는다고 되는 것이 아니었다. 지금도 어떻게든 근사하고 유머 있는 말로 이 어리둥절한 대결을 정리해보고 싶었지만 딱히 떠오르는 말이 없었다.

그래도 비겁하게 도망을 치지는 않았잖아. 세 녀석이 한꺼번에 덤

---

12) 강영안, 앞의 책, 149쪽.

벼드는데도 말이야. 계집애처럼 징징 짜지도 않았어. 계집애처럼. 입 안에 쓸쓸한 침이 고였다. 갑자기 슬퍼지려고 하잖아. 유머 있는 알리 가 될 순 없어도 슬퍼하는 알리가 되어서는 안돼. 나는 자리를 박차고 일어나며 생각했다. 체력을 강화해야겠어. 적절한 타이밍을 놓친 것 은 훈련이 부족해서 그런 거야.

순발력과 리듬감.

후드점퍼를 뒤집어쓰고 팔을 쭉 뻗었다. 그러곤 입으로 바람소리 를 냈다. 쉭쉭. 바람을 가르듯 가볍게 두 팔을 내뻗고 쉭쉭. 고개를 좌 우로 흔들며 쉭쉭. 권투의 기본은 제자리뛰기와 줄넘기다.

(『알리의 줄넘기』, 81~82쪽)

작가는 알리의 아버지를 '인간적인 유머'를 가진 인물로 내세워 서사 의 중심에 두고 있다. 할머니의 또 다른 애칭은 제니, 고모의 애칭은 제 시카, 나, 알리로 이루어진 가족의 호칭처럼 "작가는 당위나 형식을 거 부"하고 있다. "고통이 순수 형식에 도달하는 그곳, 우리와 고통 사이에 더 이상 아무 것도 개입하지 않는, 그곳은 극단적 수용의 최고 책임성 이 최대의 무책임성으로, 어린아이와 같은 존재로 전도된다"[13]는 레비 나스의 말처럼 작가는 이 가족의 발랄함과 유머를 통해 고통을 승화시 키며 현실을 수용하는 방식을 서사 담론으로 내세운 것이다.

왜 그런 사랑만 하냐고 물었지?

고모는 여전히 시선을 호수에 둔 채 말을 이었다.

뭐랄까, 죄의식 비슷한 게 있어. 옛날엔 네 아버지가 그렇게 창피 하더라. 나랑 피부색이 다른 것도 그렇고, 권투한답시고 껄렁껄렁하 게 다니는 것도 그렇고. 나는 기를 쓰고 공부를 하는데, 오빠는 제니

---

13) 엠마누엘 레비나스, 강영안 역, 앞의 책, 80쪽.

탓만 하면서 아무 노력도 안하잖아. 길거리에서 우연히 만나기라도 하면 고개를 숙이고 외면해버리곤 했어. 그런데 어느날 놀이터 근처를 지나가는데 한무리의 사내들이 휘파람을 불면서 희롱을 하는 거야. 거기 오빠도 있었어. 그 천박하고 구질구질한 녀석들하고. 그날 저녁 술에 취해 들어온 오빠한테 세숫대야를 집어던지며 꺼져버리라고 악을 썼지. 난 제니처럼도 오빠처럼도 살고 싶지 않았어. 그래서 기를 쓰고 공부만 했어. 그런데 내가 인생에 별 거리낌 없이 살아갈수록 더 유능해질수록 불안해지는 거야. 그런데 땀냄새나 기름 냄새 같은 걸 맡으면 그 불안감이 싹 사라지더란 말이지. 나를 거칠게 대하고 더 천박하게 굴수록 말이야.

　　나는 고모에게 죄의식 같은 건 가질 필요 없다고 말해주고 싶었다.

(『알리의 줄넘기』, 97~98쪽)

　　알리는 "수용을 거부당한 정주 문화에 대해 일정한 거리를 둠"으로써 열등감에서 빠져나올 수 있는 여지를 마련한다. 또한 공동체의 열망을 내면에 숨김으로써 열등감을 표면에 드러내지 않고 살아가는 법을 터득한다. 그것은 거부와 끌어당김이 동시에 작용하고 있는 일종의 혼종성이 반영된 결과이다. 하지만 이러한 혼종적 정체성은 서로 다른 문화에 대해 부적응의 위험을 초래할 뿐이다.

　　한국인에 대한 부정적 시각이 그들의 행동을 통해 신랄하게 드러남으로써 이주자들은 불편한 진실에 직면하게 된다. 바바의 말에 의하면 '교활한 공손함'으로 무장한 이주노동자는 갈라진 사이를 파고들어 측량 불가능한 타자로 다가온다고 한다. 이러한 저항을 바바는 혼종성(hybridity)이라고 한다. 식민지 지배자와 피지배자가 '말하는 주체'와 '침묵하는 타자'라는 일방적인 권력 관계로만 고정되어 있지 않다고 본 것이다.14) 이러한 논리체계는 이방인이 섞임으로써 새로운 문제들을 야기한 21세기 한국사회 역시 낯설음에 대한 경계와 동화주의적 시선으로 공존과 화해가 불가능한 사회임을 깨닫게 해준다. 이전의 패러다임이 도착국에서 이민자 고유의 문화적 정체성을 유지하는지의 여부를 판단 척도로 삼은 것이라면, 최근의 이론에서는 이질성, 다양성, 혼종성을 중시하고 있음이 드러난다.[15]

> 요즘에 내가 연습하고 있는 것은 솔개뛰기이다. 이단 뛰기는 성공했지만, 이어서 엇갈렸다 풀기를 반복하는 것이 조금 어려워 솔개뛰기를 완성시킬 수가 없다. 언제쯤 슈욱슉 바람을 가르는 솔개의 날갯짓 소리가 날 것인가. 솔개뛰기를 하고 나면 삼단뛰기와 사단뛰기도 할 수 있을 것이다. 그리고 언젠가는 더블터치도 할 수 있을 것이다. 더블터치를 하려면 두 개의 줄넘기와 적어도 세 사람이 필요하다. 그래서 지금 줄넘기를 하나 더 사러 가는 것이다. 줄넘기를 사면 손잡이에 더블터치를 할 '우리'의 이름을 또박또박 적어 놓아야지. 나는 지금 '우리'를 만나러 간다.
>
> (『알리의 줄넘기』, 102~103쪽)

흑인의 피가 섞인 혼혈인으로서의 인종적 차별과 여자라는 중층의 차별 앞에 '위대한 알리'는 이제 힘을 기르기 위해 권투가 필요하고 권투의 기본을 위해서는 '제자리뛰기와 줄넘기'를 연습해야 한다. 이처럼 "정주민이 이주민 자신의 의지와 무관하게 상대를 객체화시킬 때 변하지 않는 '즉자'의 위치로 환원"된다. 이는 스스로 주인이 되어 '우리'를 찾아가는 알리의 모습에서 "타자화를 획책하는 어떤 시도도 용납되지" 않을 것으로 보인다. "나는 지금 우리를 만나러 간다."라는 것처럼 알리의 줄넘기가 아니라 이제 우리의 줄넘

---

14) 이경원, 『검은 역사 하얀 이론―탈식민주의 계보와 정체성』, 한길사, 2011, 436쪽.
15) 이석구, 『제국과 민족국가 사이에서』, 한길사, 2011, 393~394쪽.

기인 것이다.

　한국 다문화 소설에서 재현된 '타자화 전복'의 서사는 대체로 타인의 조력에 기대는 수동적인 방법이 주를 이루고 있다. 하지만 이 소설은 이주민의 적극적이고 주체적인 모습을 통해 그들이 처한 타자로서의 소외의식을 극복하려고 노력한 점을 서사화하고 있다.

> 　내가 제니를 발견했을 때 욕조의 물은 아직 온기가 남아 있었다. 따뜻한 욕조 속에 누운 제니는 아주 평화롭고 행복해 보였다.
> 　드디어 이단뛰기에 성공했다는 사실을 제니에게 알려주려 달려온 참이었다. 내가 아이들에게 처음으로 맞고 들어온 날, 아버지는 나무 손잡이에 알리라는 이름을 새겨 넣은 흰색 줄넘기 하나를 선물해주었다. 내 손에 줄넘기를 쥐어주면서 아버지는 권투의 기본은 제자리 뛰기라고 몇 번을 강조했다. 그리고 이단 뛰기와 엇갈려뛰기를 조합한 솔개뛰기 시범을 보여주었다. 아버지가 줄을 돌리자 정말 솔개가 바람을 가르는 듯한 소리가 났다. 아버지가 가르쳐준 대로 양손으로 넓적다리 옆을 두들기면서 연습을 해보았지만, 이단뛰기의 장벽은 넘어서기가 힘들었다. 그런데 어느 순간, 그야말로 어느 순간 자연스럽게 두 바퀴의 줄이 내 발을 스쳐지나가는 것이었다. 미심쩍은 마음에 다시 한 번 뛰어보았어도 마찬가지였다. 줄넘기도 자전거타기와 비슷해서 한번 그 방식을 몸이 이해하면 죽을 때까지 기억한다고 아버지가 말했는데, 그 말이 정말이었다. 일단 이단뛰기에 성공했으니 이제 솔개뛰기나 송골매뛰기도 가능할 것이었다.
>
> 　　　　　　　　　　　　　　　　　　　　　　(『알리의 줄넘기』, 94~95쪽)

　알리는 이단뛰기를 성공하자 아버지의 솔개뛰기 시범을 보면서 연습을 부단히 해보지만 이단 뛰기의 장벽을 넘기가 쉽지 않다는 것을 알고 계속 연습을 거듭한 끝에 결국 성공하게 된다. 그 다음은 세 사람이 필요한 고난도 기술인 줄넘기의 '더블터치'를 시도한다. "그래서 지금 줄넘기를 하나 더 사러 가는 것이다. 줄넘기를 사면 손잡이에 더블터치를 할 '우리'의 이름을 또박또박 적어 넣어야 한다."(103쪽)며 알리는 지금 더블터치를 할 '우리'를 만나러 가는 중이다. 여자라는 "이중의 차별적 환경 속에서도 굴하지 않고 '나'만이 아닌 '우리'라는 공동체" 속으로 들어가려는 열린 마음을 서사를 통해 보여주고 있다.

『알리의 줄넘기』는 타자에 대한 차별과 억압, 폭력을 감당하면서 '나'가 아닌 '우리'라는 사고를 유머와 인간애로 이끌어낸 작품이다. 알리는 아버지의 권유로 줄넘기를 배우면서 동심을 통한 타자와의 관계 회복을 위해 '우리'의 더블터치를 하려고 한다.

이 소설은 이주자들이 정체성을 찾는 과정에서 사회 환경적인 측면으로 나아가지 못하고 개인적인 차원에 머물러 있다는 점을 서사 구조에 담아내지 못하는 한계를 갖고 있다. 이주자들이 또 다른 세상과 맞서서 주체적으로 문제를 해결하려고 노력하지만, 현실적인 대응력이 약하다는 점을 보여주고 있다. 또 이주자들의 현실 속에 천착한 나머지 정주민의 다문화에 대한 재인식과 정치적 제도에 대한 불합리성에는 깊이 관여하지 않은 점이 드러난다. 알리의 현실에 대한 적극적인 수용 능력이 이주민뿐만 아니라 주류사회의 정주민에게도 변화를 유도해 가는 모습을 좀 더 구체적인 이주의 서사로 보여주어야 할 것이다. 결국 이 소설은 이주자의 삶을 관찰자의 시선으로 서술함으로써 다문화 사회를 향한 담론의 핵심을 개인의 문제에 국한된 것이 아니라, 국가가 개입해야 된다면서, "우리를 만나러 간다"는 담론으로 진술하고 있다. 이주자들이 세상 주변부의 경계에 구속되지 않으면서 중심부로 나아가 공동체 사회에 적응할 수 있도록 다문화 소설이 해야 할 중요한 과제로 남는다.

3. 언어를 뛰어넘은 공동체적 서사 :『갈색 눈물방울』16)

　이주노동자들에게 언어적 미숙함은 소통부재와 더불어 그들을 억압하는 기제로 활용되고 있다. 현실적으로 이주자들의 생활 편익이나 권한의 정당한 요구를 위해서는 언어 습득이 필수적이다. 물론 언어의 소통도 중요한 일이다. 하지만 그 이전에 인간의 고귀함을 우선시해야 한다고 본다. 언어가 인간의 삶을 풍요롭고 자유롭게 하는 것은 분명하다. 그렇지만 다문화 사회에서 언어 소통 여부를 놓고 인간 가치의 평가 잣대로 삼는 것은 이주자들에 대한 편견과 차별을 강화하는 오해의 소지를 초래할 수 있다. 언어라는 장벽은 나와 다른 주체의 심연 사이를 영원히 갈라놓는 벽이기도 하지만, 동시에 이 심연을 열어젖히고 지탱시켜주기도 한다. 나와 저 너머를 갈라놓은 장애물 그 자체가 그것의 신기루를 만들어내는 것이다.17)

　다문화 소설에서 일반적으로 묘사되고 있는 언어소통의 부적응에 대한 어려움은 서사를 통해 인간관계의 갈등으로 심화되어 나타난다. 이를 해결하기 위한 노력은 다문화 사회의 정착을 위한 필수적인 과정이다. 따라서 이주자들이 효과적으로 언어 습득을 할 수 있도록 구체적이고 체계적인 언어 정책이 마련되어야 할 것이다. 언어 정책을 위해 간과해서는 안 되는 것 중 하나가 있다. 한국어 습득 시에 이주자들의 고유한 언어나 문화가 우리의 언어문화 속에 빠른 시간 안에 동화되기를 바라는 동일자적 관점만을 견지하는 것이다. 그것은 오히려 그들의

---

16) 강영숙, 「갈색 눈물방울」,『빨강 속의 검정에 대하여』, 문학동네, 2009.
17) 슬라보예 지젝, 이현우 외 역,『폭력이란 무엇인가』, 난장이, 2011, 113쪽.

정체성을 훼손할 수 있다는 점이다. 그들의 언어는 우리 사회에서 "문화적으로 더 다양하고 풍요롭게 확충해줄 귀한 자산"이 될 수 있기 때문이다.

『갈색 눈물방울』에서 '나'는 죽은 엄마가 남긴 빌라에 기거하며 두 명의 이주노동자와 동거하는 동남아 여자를 관찰한다. 나는 그들의 수상한 동거를 두고 "흑설탕물을 뒤집어쓴 것처럼 까무잡잡하고 커다란 갈색 눈자위를 한" 여자가 옥잠화 잎을 만지작거리며 빨랫줄에 목을 걸고 하늘을 보거나 공터에서 춤을 추는 모습을 괴이하게 생각한다. 나는 동남아 여성의 연대와 우정의 가능성을 모색하는 과정에서 자매애적 유대감을 형성하게 된다.

이 소설은 화자인 나의 1인칭 시점에서 이주노동자들을 관찰하며 전개된다. 처음에는 화자가 이주노동자를 철저하게 배타적 타자로 여기며 지내왔다는 것을 깨닫지 못한다. 그러던 중 나는 이주노동자를 배타적 타자로 여긴 것을 깨달으면서 이주노동자를 대하는 태도를 바꾼다. 결국 동남아 여자는 나의 환대에 힘입어 치질 수술을 하고, 극진한 간병을 받아 무사히 완쾌해서 고향으로 돌아가며 소설이 끝난다. 이 부분이 다소 작위적인 점이 있지만 그 이면에 언어 습득에 따른 소통 부재의 해소는 유대감 형성만이 해결책이라는 것을 서사를 통해 보여주고 있다. 이러한 언어적 상황이 인간의 삶을 지배한다는 점을 서사 전략으로 담고 있는 것이다.

죽은 엄마가 남긴 유산인 빌라가 무슨 이유 때문인지는 모르지만 재개발이 되지 않고 있다는 걸 나는 한참 후에야 알았다. 이삼십층이 넘는 새로 지은 주상 복합 건물들이 즐비한 곳에 왜 유독 그 빌라만 재개발이라는 행정력이 미치지 않은 채 방치되어 있었는지, 사 년에

한 번씩 돌아오는 선거 때 투표나 하는 것으로 권력을 행사하고 사는 사람들로서는 알기 힘든 일이었다.

그들 셋은 빌라 이층의 왼쪽 끝 집에 살았고 나는 오른쪽 끝집에 살았지만 같은 계층이라는 연대감도, 이렇다 할 교류도 없었다. 그들 중 가장 먼저 눈에 들어오는 사람은 작고 뭉탕한 체구의 동남아 여자였다. 여자의 피부는 흑설탕물을 뒤집어쓴 것처럼 까무잡잡했고 커다란 갈색 눈자위는 아무 때나 휘둥그레졌다. 여자는 제 몸보다 훨씬 큰 헐렁한 원피스만 입고 있어서 언제나 가슴골이 다 드러나 보였다. 항상 그 보라색 슬리퍼를 신은 채 한 치 앞도 못 보겠다는 멍한 얼굴로 빨랫줄에 턱을 걸고 흘러가는 구름을 쳐다보거나, 밤이면 알아들을 수 없는 소리를 중얼거리며 빌라 주변을 배회하는 게 일이었다. 그 여자에 대해 아는 건 그게 전부였다.

(『갈색 눈물방울』, 194쪽)

나는 1970년대 지어진 빌라의 이층 오른쪽 끝에 살고 있다. 같은 층의 왼쪽 끝에는 동남아 여자와 피에로 분장을 하고, 호객 행위를 하는 남자와 야구 모자를 쓰고 다니는 키 작은 남자가 산다. 같은 공간에 살지만 나와 동남아인들 사이에는 연대감은 물론이고 교류조차도 하지 않는다. 이러한 이질감은 동남아 여자가 사는 집에서 나오는 이국의 냄새를 통해 상징적으로 드러난다. 낡은 연립주택의 같은 층에 살면서도 인사조차 나누기 꺼려하는 '타자'에 대한 경계는 나의 외국어 습득에 도움이 되지 않고 오히려 방해만 될 뿐이다. 그런데 이 소설 후반에서 나는 동남아 여자의 치질 수술을 도와주고, 간병을 하면서부터 외국어에 대한 말문이 트이게 된다. 처음에는 애인과 헤어진 후 그 후유증으로 말문이 트이지 않은 줄 알았다. 이는 동남아 여자와의 타자적 정체성을 뛰어넘어 '타자'가 아닌 '우리'라는 연대적 유대감의 형성이 외국어 소통의 전제 조건임을 서사를 통해 보여준 것이다.

그들의 기이한 동거의 이유를 아는 사람이 있는지 모르지만 사람들은 그들을 '저기 빌라에 사는 것들'이라고 불렀다. 유신개발독재시대의 끝 무렵에 지었다는 이층짜리 빌라는 골조 속속들이 이끼와 부식으로 뒤덮인 채 잊혀진 사원처럼 도심의 한가운데 버려졌다. 검누른 빛깔의 세로줄이 줄줄이 박힌 낮은 시멘트 담벼락, 그 담벼락 아래, 한여름에 잘못 쏟아져내린 우박알갱이들처럼 불투명한 회색으로 피어 있는 작은 꽃들, 사람들은 대로변에서 바로 한 블록 뒤에 있는 낡은 빌라에는 관심 없다는 듯 지나다녔다. 그러다가도 날씨가 흐린 날에는 집에서 들고 나온 쓸모없는 물건들을 눈에 잘 뜨이지 않는 담벼락 틈새에 억지로 쑤셔넣고는 황급히 사라졌다.

(『갈색 눈물방울』, 193쪽)

나를 포함한 다른 한국인들 역시 그들을 자신과 다른 타자로서 인식한 부분이 드러난 장면이다. 한국 사람이 이주노동자에게 행하는 인종주의적인 차별의 방식은 우리는 우월하고 그들은 열등한 관계로 본 것이다. "인종주의가 이데올로기적인 것이라면 그 토대에는 개인이 가진 내면적 자유와 자율성, 존엄성"을 잃어버릴 수 있다는 두려움이 존재한다. 이주노동자에 대한 차별은 우리들이 기피하는 3D 업종의 직업을 경시하는 한국 사회의 잘못된 편견에 의한 것이다. 이주노동자들은 한국 사회에서도 가장 열악한 곳에서 일하는 사람들이다. 또한 그들의 나라가 "빈민국이라는 부정적인 편견과 더불어 '검은 피부의 튀는 외모'로 인해 인종적 차별"을 받는다. 또한 가장 열악한 환경의 공장에서 노동에 종사하는 사람들이라는 이중적인 차별을 당하고 있다. '빌라에 사는 것들'이라는 말 속에는 동남아가 낙후된 지역이라고 무시하는 한국인들의 우월한 의식이 드러난다. 비평가들은 흑인이 열등한 것이 아니라, 단지 백인 인종주의 담론이 행사한 폭력에 의해 열등화 되었을 뿐이라고 주장한다.[18] 하지만 한국 사람들 사이에서도 차별이 존재하지 않는 것은 아니다. 특히 자본주의 사회에서는 계급에 기초한 차별이 존재한다. 이주노동자 차별도 계급에 기초한 차별의 일종이라고 볼 수 있다. 한국인 노동자와 이주노동자의 관계는 정규직 노동자와 비정규직 노동자의 관계와 유사한 측면이 있다. 그레이(Kevin Gray)는 이런 상태에 놓인 이주노동자들을 '계급 이하의 계급'이라는 점에서 '저층계급(underclass)'으로 규정한다.[19] 결국 이주자와 이주노동자에 대한 차별은 다문화 시대의 다양한 모습을 압축해서 보여준 것이다.

> "이층에 사는 것들은 밤낮 안 가리고 동네 쓰레기통을 뒤지고 다닌다고 소문이 파다해. 이것저것 골고루 먹어서 저것들이 우리보다 더 건강해. 할멈 그거 알아. 햄이나 소시지는 물론이구 약간 상했어도 먹기에는 문제가 없는 야채들까지 저것들이 다 갖다 먹어요. 지금 걸어 올라가는 년 좀 봐, 피부가 탱탱하잖아." 할머니는 고개를 비스듬히 떨군 채 잠들어 있었다.
>
> (『갈색 눈물방울』, 201쪽)

이러한 차별적 사건을 가장 선명하게 보여주는 사람은 같은 빌라에 사는 노인들이다. 그들을 잘 알지도 못하면서 겉모습만 보고도 스스럼없이 "지금 걸어 올라가는 년 좀 봐. 피부가 탱탱하잖아."와 같은 발언을 한다. "할아버지가 하는 말을 듣긴 했지만 빌라에 사는 것들이 뭘 먹고 사는지, 노인들이 뭘 먹고 사는지 알고 싶지도 듣고 싶지도 않은 것이다. 하지만 참으로 이상한 건 '저기 빌라에 사는 것들' 속에 나도 포함

---

18) 앞의 책, 112~113쪽.

19) 박경태, 『소수자와 한국사회』, 후마니타스, 2008, 138~140쪽.

되어 있다는 사실"(202쪽)을 뒤늦게 깨닫게 된다.

동남아 여자가 자기 나라로 돌아갔을 때도 "우리의 골칫거리였던 이층의 그 외국년이 오늘 아침 제 나라로 돌아갔네. 어떤가? 기쁘지 않은가?"(214쪽)라고 외친다. 양심의 가책도 없이 환호성을 지르는 부끄러운 민낯을 그대로 드러내는 장면이다.

> 시간이 가도 영어실력은 별로 나아지지 않았다. 영어는커녕 알고 있던 단어들조차도 입 밖으로 나오질 않았다. 마음속에 있는 말이 제대로 나오지 않자 일은 이상하게 꼬이기 일쑤였고 몸은 점점 더 피곤해졌다.
>
> ⋯⋯중략⋯⋯
>
> 난 정말이지 옛날처럼 말하고 싶어서 입에 침이 괴고 머리에선 땀이 났다. 남들이 봤으면 정신 나간 여자라고 했을 테지만 정신 나간 여자는 나 말고도 또 있었다.
>
> 동남아 여자는 내가 중얼거리며 빌라 앞쪽에서 뒤쪽으로 걷는 동안 원피스 차림으로 쭈그리고 앉아 옥잠화 잎을 만지작거리거나 빨랫줄에 목을 걸고 하늘을 쳐다봤다. 수건돌리기를 하듯, 서로의 꽁무니를 쫓아가듯 우리는 각자 알아들을 수 없는 말들을 중얼거리며 버려진 도심 속 사원을 밤새 돌고 또 돌았다. 그러는 사이에 여자는 없어졌으며 곧 깔깔거리는 웃음소리가 들렸고 나는 그 웃음소리가 들리는 쪽으로 몸을 움직였다.
>
> (『갈색 눈물방울』, 202~205쪽)

화자인 내가 영어 학원에서 겪은 타 언어에 대한 두려움은 같은 공간에 살고 있는 이주자들을 이해하게 되는 기제로 작용하고 있다. 또한 그 두려움을 정면으로 응시하고 스스로 그것을 내려놓았을 때 비로소 소통이 이루어진다는 것을 알게 된다. 언어는 결국 소통에 대한 부재를 해소하고 관계를 회복하는 소통적 도구가 된 것이다. 이주자들이 겪는 언어에 대한 문제는 생존과 직결되는 만큼 중요한 자리를 차지하기 때문에 두렵기도 하지만 피할 수 없는 게 현실이다.

> 그때 나탄이 나를 보고 말했다. "해리, 빨리 빨리!" 역시 목젖이 떨리며 말이 나오지를 않았다. 그러자 늘 자신 있고 여유 있는 승마 아줌마 샐리와 초등학교 교사생활을 오래했다는 점잖은 매너의 할머니 수강생 수잔이 나에게 직격탄을 날렸다.
> "이봐요 해리, 그거 써봐야 다 소용없어요. 연습, 연습이 최고야." 샐리의 말이 끝나자 잠시 어색한 침묵이 흘렀다. 그리고 그 점잖은 할머니 수잔이 너무나 무서운 얼굴로 나한테 말했다.
> "빨리 하세요. 왜 스스로를 아웃사이더로 만들죠? 난 참 이해하기 어려워요. 그럴 거면 뭐 하러 학원에 와요?" 나머지 사람들은 음식을 먹다가 깜짝 놀라서, 나를 이해한다는 표정과 그래도 빨리 아무 말이라도 하라는 표정을 동시에 지었다. 그러자 나탄은 미안했는지 정말로 부드럽게 덧붙였다. "해리, 아무 말이나 하고 싶은 말을 해봐. 제발 부끄러워하지 마. 당신은 할 수 있어." 나탄의 말을 듣자 용기가 나고 입술이 떨리고 엉덩이가 달싹이면서 뭔가 말이 나오려는 듯도 했지만 햇볕 때문에 눈이 부셔 결국 아무 말도 안 나왔다.
> ……중략……
> 나는 얼굴이 아주 작아진 동남아 여자의 몰골을 본 순간 고통에 대한 순위를 새롭게 매겨야 했다. 치통보다 참기 어려운 건 실연의 아픔, 실연의 아픔보다 참기 어려운 건 치질의 통증. 새로 매긴 순서는 그랬다.
>
> (『갈색 눈물방울』, 210~213쪽)

나탄의 위로에도 불구하고 나의 내면에는 실연에 따른 또 다른 고통이 자리하고 있다. 그래서 실어증에 걸린 사람처럼 아무 말도 할 수가 없는 상황에 직면하게 된다. 나는 실연 때문에 고통스러워하던 중 우연히 치질 때문에 고생하는 동남아 여자를 만나고 통증의 순서를 새롭게 매기게 된다. 동남아 여자 역시 병원에서 퇴원한 후 화장품을 꺼내 나의 이마에 붉고 굵은 동그라미 하나를 찍어주고 뒤로 돌아서 항문을 보여주며 환하게 웃는다. 나는 병으로 고통 받는 동남아 여자의 아픔에 간병이라는 작은 정성이 안겨준 교감을 통해 공감을 한 것이다. 치질의 통증을 앓은 동남아 여자의 고통을 지켜보면서 그동안 내가 그토록 심각하게 생각했던 치통과 실연의 고통이 얼마나 하찮은 것이었는지를 깨닫는다. 즉 자기중심적인 사고에 갇혀 있는 자신을 되돌아보게 된 것이다.

이와 같이 공포는 주체의 주체성, 주체가 가진 존재자로서의 특별성을 전복시킨다.[20] 즉 공포란 아무것도 달라진 것이 없는데도 나, 자신은 이 부정의 한가운데로 되돌아가 존재의 사건에 휘말려 고통에 시달렸던 것이다. "그저 생존에 필요한 초등학생 수준도 안 되는 대화 내용에도 끙끙거리며 대답을 하지 못하다니, 난 또다시 심장에 구멍이라도 뚫린 사람처럼 멍청해져서"(200쪽) 영어 회화를 배워도 한마디도 입을 뗄 수 없어 실어증으로 고통과 공포를 느꼈다. 하지만 동남아 여자와 진정한 교감을 통해 내 입이 기적처럼 열리게 된다.

> 그러던 어느 날 영어수업시간에 나는 드디어 입을 열어 말하기 시작했다. 물론 잘 생긴 나탄이 "제발 부끄러워하지 마, 해리"라는 말을 한 다음에 일어난 일이었다.
> "내 친구는 스리랑카에 살아요. 스리랑카는 아름다운 곳이래요.

---

20) 엠마누엘 레비나스, 서동욱 역, 『존재에서 존재자로』, 민음사, 2003, 100쪽.

내 친구가 그날 밤 나에게 말했어요." 내가 이렇게 말을 하기 시작하자 사람들이 나에게 물었다. "뭐라고 했는데, 제발 빨리 말해줘." "나는 내 여동생과 목욕하는 걸 좋아해. 우린 열흘 동안 부처님의 이빨을 코끼리의 등에 싣고 시내 전체를 뱅글뱅글 도는 축제에 갔어."

……중략……

"내가 여기 어떻게 와 있는지 잘 모르겠어. 낯선 사람이 준 사탕을 먹다가 잠이 들었는데 깨어보니까 낯선 곳이었어. 밤마다 뒤를 돌아보는 꿈을 꾸었지. 뒤에는 밀림 천지였고 코끼리 소리와 북소리가 들렸어. 난 거기 서서 생각했어. 북소리가 들리지 않는 곳으로 가보자. 그냥 가보자. 그리고 난 이리로 왔어. 그런데도 난 아직 밀림을 돌아보며 거기 서 있는 거 같아. 난 영원히 거기에 서 있을지도 몰라. 난 원래 스리랑카에서 태어났어."

나는 마지막 말까지 하고 나서 쓰러질 작정이었다.

"내 친구는 스리랑카로 돌아갔어요. 그리고 제 이마에 붉고 동그란 점 하나를 찍어주었어요. 내 이마에 붉은 반점 보이나요? 안 보이세요?"

수강생들 모두, 아니 저 여자가 저렇게 영어를 잘 했나, 하는 감탄 섞인 얼굴로 나를 쳐다봤다. 먼저 나탄이 흰 치아를 활짝 드러내고 웃으며 박수를 쳤고, 다른 수강생들도 브라보를 외치며 박수를 쳤다.

그날 밤 꿈에서 엄마를 만났다. 엄마의 입술을 강아지처럼 핥아 먹는 꿈을 꾸었다. 꿈에서 깨고 싶지 않았지만 늘 그렇듯이 빌라 주변은 부글부글 끓는 일이 많았다.

(『갈색 눈물방울』, 214~216쪽)

나는 실연의 고통을 극복하고자 선택한 영어를 배우기 시작한다. 그런데 학원에만 가면 실어증에 빠지게 되어 절망을 느낀다. 그 실연의 책임에서 나는 다른 모든 사람을 대신할 수 있지만 아무도 나를 대신할 수는 없다는 것을 깨닫는다. 이것이 내가 주체로서 뗄 수 없는 나의 정체성이다.[21] 나는 오년간 사귄 연인과 헤어지는데, 갑자기 닥친 실연으로 괴로워하다 자연스럽게 타자에 대한 이해라는 난제를 깨닫게 된다. 이러한 계기로 나는 "동남아 여인과 공통점을 발견하고 그녀와 교감"을 나누는 것에 성공한다. 나는 동남아 여자가 병원 공터에서 춤추는 모습을 보기도 하고, 둘이 함께 밤중에 서로 알아들을 수 없는 말을 중얼거리며 빌라 주변을 돌아다니기도 한다. 나는 영어 학원 사람들이 포트럭파티를 열었을 때 쓰레기통을 뒤지던 동남아 여자를 떠올린다. 같은 빌라에 사는 동남아 여인과의 교감을 통하여 타자에 대한 이해의 가능성에 대해 조금씩 배우게 된다. 나는 드디어 실어증에서 벗어나 학원 수강생들 앞에 서서 영어로 발언을 한다. "발화 내용은 동남아 여인이 겪은 일들을 고백"하는 일이다. 이 때 중요한 것은 "발화 내용보다는 인간 사이의 공감을 통한 소통, 즉 발화의 형식" 그 자체이다. 나는 최선의 노력을 기울여도 말문을 떼지 못한다. 그런데 동남아 여자를 간병한 계기로 인해 유창한 영어가 흘러나오게 된다. 이 같은 상상도 못했던 기적적인 일이 발생한 것이다.

> 여자는 비명도 지르지 않았다. 나는 그때 보았다. '노팬티'인 여자의 검은 엉덩이 사이에서 독이 오를 대로 올라 꽈리처럼 부푼 흰 치질 덩어리를…….
> ……중략……
> 동남아 여자는 공무원들과 지역사회의 도움으로 국내에서 가장 훌륭하다는 항문외과 의사로부터 수술을 받았다. 그 수술을 받기까지 도움을 준 단체와 개인이 얼마나 많았던지. 세상에는 좋은 사람들도 많았다. 그날 밤 새벽이 지나고 다음날 아침이 되어 공무원들이 보낸 차에 여자가 실려갈 때까지 나는 밤새 여자 옆에 앉아 있었다. 땀

---

21) 엠마누엘 레비나스, 양명수 역, 앞의 책, 132쪽.

이 흐르는 목과 가슴을 닦다가, 여자의 눈 밑으로 자꾸만 굴러떨어지는 갈색 눈물방울을 손수건으로 찍어내다가, 중얼거리는 신음과 도무지 알아들을 수 없는 그녀의 모국어를 듣다가, 다디단 고구마를 여자의 입속에 넣어주기도 하고 설탕물을 넣어주기도 했다.

(『갈색 눈물방울』, 212~213쪽)

나는 가져온 음식을 갖고 처음으로 동남아 여자의 집으로 찾아간다. 그녀는 내게 검은 엉덩이 사이에서 독이 오를 대로 올라 꽈리처럼 부푼 치질 덩어리를 보여준다. 나는 치질로 고통스러워하는 동남아 여자를 발견한 후 정성으로 간호한다. 동남아 여자는 나를 만나 치질 수술을 받고 무사히 고국으로 돌아간다. 이처럼 타자와의 관계가 신비의 관계보다 더 많은 것을 담고 있다면, 그것은 일상생활 가운데서 우리가 타자를 만날 때 그의 고독과 타자성을 예절이라는 너울을 통해 이미 은폐한 채로 만나기 때문이다.[22] 또한 나노 레비니스의 주장처럼 동남아 여자의 고독과 타자성을 이해하기보다는 예절을 강요하고 동정을 베푼 탓에 고향으로 돌아간 것이라고 자책한다.

『갈색 눈물방울』에서 동남아 여자와 나는 서로 타자성을 공유한 자매애적 공동체적 유대감을 표출하였으나 끝내 고향으로 돌아가 버린다. 이 소설은 다문화 사회의 언어문제와 관련하여 가장 전형적인 서사 전략을 사용하고 있다. 여기에는 "이주자가 아닌 정주자의 타 언어 습득 과정과 이주자의 고통스런 한국 생활을 병치"하는 서사가 등장한다. 이런 서사 전략에는 그들의 언어 장벽에 대한 은유가 담겨 있다. 하지만 나의 이주자를 향한 시혜적인 사건 처리에는 어떤 동기나 원인에 대

---

22) 엠마누엘 레비나스, 강영안 역, 『시간과 타자』, 문예출판사, 1996, 100쪽.

해 소설적 복선 장치가 없어서 작위적인 모습이 드러난다. 다문화 소설은 이주자에 대한 일방적인 동정과 시혜적인 시선에서 벗어나, 그들이 스스로 해결 능력을 갖고 자립할 수 있는 환경을 만들어 실천하도록 바람직한 서사 전략으로 삼아야 할 것이다.

V

소통과 연대의 서사와
하위주체 담론

스피박은 하위주체의 문제를 지배계층의 모델에 적합한 측면에서 이해하려는 시도를 몹시 파괴적으로 본 것이다. 지배층의 담론과 하위주체에 대해 말할 수 있는 가능성과 관계들의 대안을 모색한다. 스피박의 이상적인 정치적 기획은 하위주체가 말하게 하는 것, 혹은 하위주체가 지배층과는 완전히 다른 해방의 형식을 잘 조절할 수 있는 기획을 찾도록 한 것이다. 하위주체는 주체성 개념이 남아 있는 한 이론적으로 대안적이다. 하지만 정치적 측면에서 유사한 방식으로 서사화될 것이다. 스피박의 힘은 자신에게 배당된 주체 입장들의 다중성 중 어느 하나라도 무시하기를 절대 거부하고 다중성 모두를 완전히 받아들인다는 점에서 나온다.[1] 스피박은 타자라는 포괄적 용어로 개념화되어온 제3세계 주체들의 본질주의적 정체성을 거부한다. 그는 통약 불가능하

---

[1] 가야트리 스피박, 태혜숙 역, 앞의 책, 21~23쪽.

고 불연속적인 타자를 길들여진 타자(제국주의적 자아를 공고히 하는)로 항상 역사적으로 굴절시켜 온 것이라고 비판한다. 타자를 기존의 타자 개념이 내포하고 있던 동일화 논리에 의거해서 바라본 것이 아니라는 것이다. 즉 그 차이에 근거해 타자가 여러 가지 정치, 이데올로기, 경제, 역사, 섹슈얼리티, 언어 흐름들의 '불확정적이고 불연속적인 네트워크' 속에서 구성되는 방식에 주목한 것이다. 타자와의 의사소통이 어렵지만 대화의 공간을 만들어 소통의 장을 열어야 한다.

지배계층의 헤게모니에 종속되거나 접근을 부인당한 그룹이 <서발턴 연구회>이다. 여기에는 주변부적 부류에 속한 노동자, 농민, 여성, 피식민지인 등이 있다. 스피박이 '서발턴'이란 용어 사용을 고집하는 이유는 노동자, 농민, 여성, 피식민지 등 기존의 용어들은 억압체제에 저항하는 정치성이 있어서 다양한 종속적 저지를 아우를 수 없기 때문이다. 서발턴 용어의 장점은 단일하고 고정된 의미와 맥락에 한정되지 않고, 상황에 따라 달리 해석될 수 있다는 데 있다. 즉 이 용어는 계층, 인종, 젠더를 포함할 수 있을 정도로 포괄적이며 자유롭다는 점이다. 스피박은 불평등 해소라는 정의 실천보다 지배 권력을 해체하는데 더 관심을 기울인다. 바로 이 점이 스피박의 한계라는 것이다. 이처럼 스피박의 하위주체의 개념은 다문화 소설에서 하위주체 문제가 지배 집단의 시선에 의해서 하위계층으로 전락하는 양상을 잘 드러낼 것으로 본다.

1. 타자로 인한 소통 부재 극복 :
『모두에게 복된 새해』[2]

  다문화 소설 속 서사에 등장하는 이주노동자에 대한 이미지 분석은 화자의 진술보다 오감을 동원한 감각적 묘사를 통해 이해하는 것을 말한다. 이주노동자들의 이미지는 독자들에게 이데올로기의 다양한 효과를 불러온다. 이는 이미지에 의한 주체와 타자의 위계화를 밝힐 수 있다는 점에서 중요한 의미를 지닌다. 타자에 대한 이미지는 문화적 차이에 대한 편견을 갖고 있으며, 소설 속 서사의 플롯을 통해 주체의 심리적 밑바탕을 리얼하게 보여줄 수 있게 서술해야 한다. 그래야만 우리는 주체와 타자가 뒤섞이고 있는 소설 속 다문화 서사를 세밀하게 살필 수 있을 것이다.

  문학은 그 자체가 의사소통의 대상이 된다. 또한 그 발상과 표현 방식이 일상적 의사소통 과정에 자주 활용된다는 점에서 표현 매체로서의 속성을 지니고 있다. 문학은 허구적 이야기를 형상화 한다. 하지만 이를 통해 사상이나 감정을 전달한다는 점에서 의사소통의 매체가 된다. 다시 말해 문학은 발신자와 수신자 사이에 주고받는 행위가 이루어진다는 전제 하에 의사소통이 성립된다.[3] 이는 문학적인 발신과 수신의 속성을 대화의 형식으로 설명할 수 있게 해준다. 발신자는 자신의 삶이나 세계에 대한 다양한 질문을 상상적 언어를 통해 제기한다. 수신자 역시 그 질문에 대한 답변을 상상적 언어를 통해 제기하고 이끌어

---

2) 김연수, 「모두에게 복된 새해」, 『세계의 끝 여자친구』, 문학동네, 2009.
3) 김대행 외, 『문학교육원론』, 서울대학교출판부, 2000, 150~153쪽.

낸다. 이 상상적 언어는 과학적이거나 논리적 언어와는 달리 다양한 접근과 해석이 가능하다. 즉 때로는 선문답처럼 일방 통행적인 대화가 될 수도 있어서 소통 행위로서의 요건을 갖추지 못한 것으로 폄하되기도 한다.

여기에서 중요한 것은 발신자나 수신자 모두 그러한 결과에 대해 별다른 의미를 두지 않는다는 점이다. 이미 두 사람 사이에는 그런 약속이 존재하기 때문이다. 상상적 언어를 통한 문답식 대화라서 풍요로운 의사소통이 가능하다. 이와 같이 문학작품에는 일상적인 것에서부터 미적인 차원에 이르기까지 폭넓게 열려 있기에, 우리는 문학작품 속에서 최대치를 얻기 위한 노력을 경주하는 것이 바람직하다고 본다.

『모두에게 복된 새해』에서는 소통의 전제조건이 꼭 언어만이 아니라는 작가의식이 드러난다. 한 십여 년 전 홋카이도로 '이별여행'을 떠날 때만 해도 예견하지 못했던 일이 현실에서 발생하고 만다. '나'는 여행에서 돌아온 후에 대화가 소원해진 아내가 한국어를 가르치면서 만난 인도 청년 사트비르 싱과 더 친밀한 우정을 나눈다는 사실을 알게된 뒤에 몹시 당황한다. 새해가 시작되기 전날, 아내의 대화 상대이자 '말하자면 친구'인 인도에서 온 사트비르 싱이 피아노를 조율해 주기 위해 집으로 찾아온다. 이 친구의 고향은 펀잡이라고 한다. 나는 펀잡은커녕 인도 사람조차도 만난 일이 없기 때문에 이해할 수 없었다. 게다가 사트비르 싱의 한국어 실력은 생각보다 형편없는데다 터번을 쓰고 턱수염까지 덥수룩한 인상이었다.

아내는 이 이상하게 생긴 외국인에게 우리 이야기를 포함해 온갖 이야기를 다 털어놓았으리라는 게 내 결론이었는데, 곰곰이 생각해

보니 여기에는 문제가 하나 있었다. 이 친구가 이렇게 한국어를 못하는 한에는 아내가 아무리 많은 이야기를 들려준다고 하더라도 이 친구가 그 속 깊은 이야기를 이해할 방법이 없지 않겠는가. 그런데도 아내는 이야기를 통해 두 사람이 친구가 됐다고 말하니 알 수 없는 일이었다. 어쩌면 아내는 한국어를 전혀 알아듣지 못하는, 하지만 한국어를 배우고자 하는 욕망은 강한 이 친구의 처지를 이용해서 자기 넋두리를 늘어놓은 것인지도 모를 일이었다. 때로 아내와 얘기하다보면 그 이야기를 알아듣든, 알아듣지 못하든, 아내는 그저 잠자코 자기 이야기를 들어줄 사람을 원하는 게 아닐까는 생각이 들기도 했었으니까. 그렇게 지난 가을부터 이 친구로서는 하나도 알아들을 수 없는 이야기들, 예컨대 인생의 고비마다 느꼈던 절망이나 여전히 가지고 있는 꿈들, 그런 게 아니라면 하다못해 좋아하는 색깔과 감명 깊게 읽은 책 따위의 이야기를 쉬지 않고 중얼중얼 들려준 것인지도, 또 그런 걸 가리켜서 "말하자면 친구" 사이라고 한 것인지도.

(『모두에게 복된 새해』, 129~130쪽)

사트비르 싱이 피아노를 조율하러 나의 집으로 방문하면서 첫 대면을 하게 된다. 사트비르 싱이 피아노를 조율하는 동안 나는 이런 저런 이야기를 나눈다. 그의 한국어 실력이 아직까지 형편이 없는데 어떻게 내 아내와 소통이 되는지를 묻는다. 서로 상대편 언어로 교감한다는 것이다. 나는 아내와 사트비르 싱이 어떤 방식으로 소통을 하며 이야기를 나누게 되는지 알게 된다.

이와 같이 다문화 시대에 적합한 효과적인 의사소통을 위해서는 다양한 문화에 대한 이해와 수용의 자세가 필요하다. 또한 다양한 문화가 갖는 특성들에 대해 조화를 이루어야 한다. 하지만 문화권 간의 차이는 문화 충격을 야기하고 의사소통의 장애물이 되기도 한다.[4)]

"혜진은 한국말 안 합니다. 혜진은 영어 말합니다."

"영어? 혜진이 왜 영어로 말해?"

무슨 소리인지 몰라서 내가 되물었다.

"혜진은 영어 말합니다. 저는 한국말 말합니다."

"혜진은 영어를 잘 못하는데?"

"저는 영어 잘합니다. 서로서로 배웁니다. 서로서로 고쳐줍니다."

그제야 나는 "말하자면 친구"라는 게 어떤 것인지 알 것 같았다. 그건 내가 은근히 걱정한 것처럼 심각한 게 아니라 아무런 대가 없이 서로에게 한국어와 영어를 가르쳐주는 관계였던 것이다. 이 친구는 더듬더듬 한국어로 말하고, 마찬가지로 아내도 더듬더듬 영어로 말하는 사이. 말 그대로, "말하자면 친구"인 사이. 나는 마음이 좀 풀어져서 맥주를 쭉 들이켜고는 이 친구에게도 마시라고 강권했다.

"영어로 혜진은 무슨 이야기를 합니까?"

"이야기 많이 합니다. 날씨, 음식, 음악, 책 말합니다. I like Zorba the Greek, 이렇게 이야기들입니다."

"맞아요. 혜진은 『그리스인 조르바』란 책을 좋아합니다. 그럼 당신은 무슨 이야기를 합니까?"

"저도 말합니다. 날씨, 음식, 음악, 책 말합니다. 저는 라흐마니노프 좋아합니다."

"나는 당신이 피아노를 조율하리라고도, 라흐마니노프를 좋아하리라고도 생각하지 못했어요."

(『모두에게 복된 새해』, 137~138쪽)

인도 청년 사트비르 싱과 한국인 아내가 '이야기'를 하면서 소통하는 방식은 조금 독특하다. 한국어에 능하지만 영어에는 서툰 아내는 영어로 더듬더듬 말하고, 영어에 능하지만 한국어는 서툰 사트비르 싱은 한국어로 더듬더듬 말하면서 소통을 한다는 것이다. 그들만이 통하

---

4) 김대행 외, 앞의 책, 247쪽.

는 '모국'의 언어는 이미 '타자의 언어'5)이다. 모국어란 절대 쓰러지지 않는 자기 집에 불과하지 않기 때문이다. 언어는 나와 함께 이동하는 까닭에 모든 가동성에 저항한다. 언어는 내가 나를 장식하기 위해 사용하는 것이고, 내가 떨어져 나오는 지점이다. 즉 언어는 나로부터 출발하여 나에게서 멀어지는 것이다. 아내와 사트비르 싱은 서로 자기의 모국어를 사용하기보다는 상대방의 언어를 사용한다. 아내는 자국의 언어를 강조하면서 사트비르 싱이 동화되기를 강요하지 않고, 타자의 언어를 사용함으로써 부담감을 해소시켜 주고자 한 것이다. 아내와 사트비르 싱의 상대를 배려한 태도가 소통을 극대화 해주는 교각 역할을 한 것이다.

한국인 아내와 인도 청년 사트비르 싱의 관계는 어떠한 수식어도 필요치 않은 보편적이고 계산되지 않은 순수한 인간 대 인간의 만남이다. 아내와 사트비르 싱의 관계는 서로 언어가 통하지 않아 불편할 것 같은 편견을 깨뜨린다. 사트비르 싱은 '말하자면 친구'인 사이가 되어 아내의 속마음을 남편인 나보다도 더 잘 알아 은근한 질투를 유발하게 한다. 아내와 나는 동일한 문화적 배경을 가진 환경에서도 소원해진 관계를 경험한다. 그런데도 문화가 다른 사트비르 싱이 아내와 더 친하게 지낼 수 있다는 건 나중에 안 사실이지만 상대에 대한 관심과 배려 때문이다. 이 소설은 이주노동자의 문제를 정면으로 부딪히기 보다는 소통의 문제를 다루는 점에서 새롭게 인식된다. 대부분의 외국인 이주노동자를 다루는 소설들이 현실 문제의 비극이나 잔인함, 폭력성을 다룬 작품들인데 비해 이 소설은 그들과 어떻게 소통해야 하는지의 방법을 제시하고 있다.

---

5) 쟈크 데리다, 남수인 역, 『환대에 대하여』, 동문선, 2004, 112~113쪽.

"또 무슨 얘기를 했습니까? 혜진이 내 이야기 같은 것도 했습니까?"

웃음을 그치고 내가 말했다.

"당신 이야기 같은 것은 안 했습니다. 코끼리 보고 혼자를 했습니다."

"코끼리? 혼자? 환자?"

무슨 이야기인지 몰라서 내가 되물었다.

"코끼리 그림 보고 혼자를 했습니다. 하나. 혼자라고 말했습니다."

"아아, 혼자. 그런데 뭐가 혼자라고 말했습니까?"

"혜진의 마음, 혼자입니다."

나는 이 친구의 말을 도무지 알아들을 수 없었다. 그게 아내의 심장이 하나라고 말하는 것인지, 아내가 스스로 혼자라고 생각한다는 것인지. 그러자 이 친구는 맥주 캔을 내려놓고 종이와 펜을 달라고 하더니 그림을 그리기 시작했다. 제일 먼저 숲이 만들어졌다. 그 숲은 우리가 흔히 보는 소나무 숲 같은 게 아니라 밀림 같은 것이었는데, 그 숲 안에서 아이가 두 눈을 감은 채 누워 있었다.

"이것은 숲이었습니다. 저는 아기였습니다. 저는 혼자였습니다. 저는 잠자고 있었습니다."

그러더니 이 친구는 아기의 두 눈을 그리더니 얼굴 양옆으로 물방울을 그리기 시작했다. 그러자 그림 속의 아이는 눈물을 흘리기 시작했다.

"저는 깨었습니다. 저는 울었습니다."

나는 그림 속의 아이를 한참 들여다봤다. 종이에서 시선을 떼고 내가 그의 얼굴을 바라보자, 이 친구는 다시 종이에다가 그림을 그리기 시작했다.

(『모두에게 복된 새해』, 138~139쪽)

사트비르 싱은 아내가 들려준 이야기를 나에게 전하기 위해 더듬더듬 한국말로 설명한다. 하지만 한국말이 서툴러서 아내가 하고자 한 이야기를 구체적으로 설명할 수 없게 되자 그림을 그리기 시작한다. 그 그림을 본 나는 아내가 그동안 전전긍긍하며 감추어 두었던 심중의 이야기를 이해하려고 노력한다.

나는 사트비르 싱으로부터 아내가 "코끼리 그림을 보고 혼자를 했다"라는 이야기를 전해 듣고 우리의 관계를 돌아보며 고민을 하게 된다. 아울러 사트비르 싱과 같이 아내를 기다리면서 우리 "모두에게 새로운 해가 찾아올 때까지"라며 희망을 갖는다. 작가는 이주노동자라는 '타자'의 서사 담론을 통해 관계에 대한 새로운 질문을 던지게 함으로써 우리에게 새로운 소통 방식을 제공한다. 여기에서 주체란 이성적 능력을 갖춘 이성적 존재이다. 주체란 개념적 사고를 통해 세계에 대한 인식을 구성해 내는 구성적 존재로, 보편적 원칙에 근거하여 자기 자신을 통제할 수 있는 자율적 존재를 의미한다.[6]

작가는 아내와 사트비르 싱의 관계를 매개체로 나와 아내의 소통부재로 오는 불협화음을 그들의 '언어'를 통해 소통하도록 제시한다. 이 소설에서 아내는 '힘들다'와 '고통'의 차이를 이렇게 설명한다.

---

6) 규범적으로 개인의 자기규정(Selbstbestimmung) 이념과 결합된 고전적 주체성 관념은 이 두 가지 방향으로 해체된다. 심리학적 비판이 주체에게 낯선 것일 수밖에 없는 리비도적 힘들을 주체 내부에서 발견한 것이라면, 주체성에 대한 언어철학적 해체에서 다루어지는 것은 모든 언어적 지향성에 선재하는 언어의 미체계의 발견이다. 무의식적인 것과 언어라는 두 가지 차원은 개인의 행위에 영향을 미치지만 주체가 통제할 수도 투명하게 들여다 볼 수도 없는 권력 또는 힘들이다. 이러한 결론은 비록 인간의 자기중심주의를 손상시킬 수도 있지만 오늘날 철학에서 광범위하게 수용되고 있다. 레비스트로스나 푸코의 연구는 주체의 낯선 것을 포괄한 권력을 발견하는 데에 진일보한 것으로 이해될 수 있다. 그런데 전통적 자율성 개념에 대한 한 세기 동안의 비판이 우리 모두에게 자명한 것이 되었다면, 주체의 위기에 대한 질문은 주체의 해체에 대한 공과를 따지는 문제가 아닐 것이다. 철학적으로 중요한 문제는 주체가 투명하지도 권능 있는 존재도 아니라는 사실로부터 어떤 결과들이 도출되어야 한다는 점이다. (악셀 호네트, 문성훈 외 역, 앞의 책, 291~292쪽.)

피아노를 배운 적이 있다고 했지? 어디까지 배웠어? 베토벤? 모차르트?

글쎄, 체르니 40번까지 들어가긴 했는데…….

들어가긴 했다니, 그럼 아직도 거기서 못 나왔다는 말이야?

거기서 끝난 거지, 뭐.

……중략……

그런데 왜 거기서 끝난 거야?

고통스러웠으니까.

체르니 40번이 그렇게 고통스러운 건가?

응. 플랫과 샵이. 체르니 40번을 친다는 건 고통 없이 플랫과 샵이 네 개 이상 달린 악보를 읽는다는 뜻이거든.

고통이라고 말하니까, 좀 이상하게 들린다. 그건 힘들다고 말해야 하는 거 아닌가?

글쎄, 힘든 건 마음이 힘든 거고, 고통은 몸이 고통스러운 거 아닐까? 그렇다면 그건 분명히 고통이었겠지. 그치? 손가락이 아파서 건반을 두들길 수가 없었으니까. 근데 그건 왜 물어?

그냥. 어릴 때부터 그런 생각 많이 했거든. 일마치고 집에 돌아가 대문을 열라치면 창문 너머로 피아노 소리가 흘러나오는, 그런 풍경. 그런데 피아노 치는 게 그렇게 고통스러운 건지는 미처 몰랐어.

내 말이 끝나고도 한참 동안이나 대꾸가 없던 그녀는 코를 홀쩍이는가 싶더니 울음을 터뜨렸고, 그 소리는 점점 커졌다. 고개를 숙이고 아기처럼 엉엉 우는 그녀를 바라보자니, 내 눈에서도 조금 눈물이 나왔다. 그때 우리는 말하자면 같은 생각을 하고 있었던 것이다. 아기 생각. 엄청나게 쏟아지는 눈 생각. 앞으로 언제라도 쏟아지는 눈을 볼 때면 오타루가 떠오르겠다는 생각. 그런 생각들.

"이 피아노, 어떻게, 이렇게 왔습니다."

이 친구가 내게 말했다.

"이 피아노, 어떻게, 이렇게 왔습니다."

내가 그 말을 그대로 따라 했다. 그러자 이 친구는 잽싸게 "왔습니

까?"라고 말을 고쳤다. 저 피아노가 어떻게 우리집까지 오게 됐는지
는 나도 잘 모르겠다.

"외롭기 때문입니다."

"이 피아노 외롭습니다."

"아니, 그런 이야기가 아니라, 피아노가 아니라, 그렇다고 내가 아
니라……"

우리가 외롭다는 말을 해야만 하는데, 그걸 설명할 방법이 없어
잠시 망설이는 사이, 이 친구는 피아노 의자에 앉아 건반을 하나 눌
렀다.

(『모두에게 복된 새해』, 125~127쪽)

그들의 대화에서 "글쎄, 힘든 건 마음이 힘든 거고, 고통은 몸이 고통
스러운 거 아닐까? 그렇다면 그건 분명히 고통이었겠지. 그치?"라고 묻
는 것을 보면 아내의 마음을 전혀 헤아리지 못한 일방통행적인 남편의
행동이 드러난다. 아내의 통곡에 약간의 눈물을 흘린 나는 그 순간을
아이러니하게도 우리는 같은 생각을 하고 있다고 단정한다. 그 이면의
숨겨진 상상의 언어를 제대로 해석하지 못하고 '소통'이 단절된 상태에
서 서로 마음을 닫고 살아간다.

사트비르 싱은 가구 공장에 딸린 컨테이너에서 동료들과 생활한다.
그런데도 그들은 한국에서 겪는 삶의 곤궁함을 드러내기보다는 소통
의 방법에 초점을 두고 있다. 소설 속 화자인 나는 사트비르 싱과의 서
툰 대화를 통해서 소통하는 법을 터득해 간다. 그들의 태도는 일방적인
것이 아니라, 서로에게 인간일 뿐이라는 보편성에 입각하여 다른 입장
을 배려하는 진정한 소통의 방식을 보여준다.

오 개월이라는 기간이 낯선 말을 배우는 데 있어서 긴 시간인지, 짧은 시간인지는 알 수 없었지만, 편잡 사람이 한국어를 배우는 데는 무척 짧은 시간이라는 사실을 문 앞에 서서 이 친구와 얘기해본 뒤에야 나는 알게 됐다. 그 오 개월 동안, 이 친구가 아내와 친해졌다는 건 나도 알고 있었지만, 도대체 왜 이 친구와 아내가 친해져야만 했는지는 알지 못했는데, 막상 이 친구와 얘기해보니까 문제는 '왜?'가 아니라 '어떻게?'라는 것임이 분명했다. 그래서 내가 어떻게 아내와 친구가 됐느냐고 물었을 때, 이 친구는 다시 한국어 강좌에 나가게 된 경위를 설명했는데, 그건 앞에서 들었던 것과 마찬가지로, 어느 날 한국어가 연기처럼 자욱하게 떠다니는 광장의 한가운데 혼자 서 있다가 숨이 막혀서 죽을 뻔한 일이 있었기 때문이라는, 요령부득의 설명이었다.

　　하는 수 없이 나는 웃음을 터뜨렸고, 그러자 이 친구도 나를 향해 웃었다. 우리는 서로 마주 보면서 바보처럼 웃었다.

(『모두에게 복된 새해』, 121쪽)

　아내 혜진의 부탁으로 피아노를 조율하러 온 사트비르 싱이라는 인도 청년과 서로 어색한 분위기 속에서 대화를 시도해 보지만 알아듣지 못하고 대화의 실패를 반복한다. 한 노인이 나에게 선물로 준 피아노가 어떻게 이곳까지 오게 되었고, 왜 이렇게 엉망인 상태가 되었는가에 관한 대화는 서투른 영어와 한국어를 번갈아 가며 계속된다. 나의 취향과 전혀 다른 인식을 가진 인도 청년인 '타자'와의 대화를 통해 아내의 고통과 욕망이 무엇인지 알게 되면서 함께 했던 여행의 추억을 잠시 회상한다. 칸트의 <판단력>에서 욕망 수용 능력이란 인간만이 스스로에게 부여할 수 있는 인간의 행위 방법과 행위 원칙들이라고 한다. 그것은 자연의 사슬 속 한 연결점이 아니라, 욕망 능력의 자유로 구성된다. 즉 인간의 존재(Dasein)만이 절대적인 값어치를 지닐 수 있는 것은 선의에 의한다.[7] 그 선의를 참조할 때 세계의 존재는 인간의 절대적인 욕망 능력을 수용할 수 있는 것이다. 나는 아내와 사트비르 싱이 욕망하는 것에 대해 관심이 없고 오직 자신이 원하는 것만 습득하려는 이기적인 편견이 자리한다. 그들이 '말하자면 친구' 사이인 것에도 불편한 속내를 드러낼 수밖에 없는 것이다.

사트비르 싱이 아내와 나눈 이야기를 전해 들으며, 비로소 아내와 나 사이에 대화의 단절이 소통불능으로 이어짐을 깨닫는다. 또한 아내가 아직도 아이를 원하고 있음을 알게 된다. 사트비르 싱은 비록 아내와 만난 지 오 개월 동안의 짧은 기간에 모국어가 다른데다가, 심지어 서툰 타 언어로 말하고 있음에도 불구하고 '이야기'를 통해서 '말하자면 친구' 사이가 된 것이다. 아내와 사트비르 싱의 소통방식을 보면 반드시 언어가 잘 통해야 소통이 잘 되는 것이 아님을 알 수 있다. 이방인인 사트비르 싱은 나와 관계 맺고 있던 사물과 추억, 사람을 변화시키고 소통을 가능하게 하는 매개자 역할을 하고 있다.

> "이 피아노, 긴 시간 안 노래했습니다. 그치?"
> 그제야 나는 이 친구가 궁금하게 여기는 게 뭔지 알 수 있었다. "맞아요. 나한테 이 피아노를 준 사람도 그렇게 말했어요. 딸이 열한 살 때 치던 피아노라고."
> "안 노래하면 안 삽니다."
> "그래서 공짜로 얻었습니다."
> "공짜는 없습니다."
> 내 말에 이 친구가 단호하게 얘기했다.
> "벼룩시장 잘 보면 공짜 있습니다."

---

7) 가야트리 스피박, 태혜숙·박미선 역, 『포스트식민 이성비판』, 갈무리, 2005, 60쪽.

나도 그만큼 강한 어조로 말했다. 그러자 이 친구는 어딘지 모르게 화가 잔뜩 난 사람처럼 나를 쏘아봤다. 이렇게 얘기해봐야 아무런 소용도 없는, 참으로 한심한 일이라고 생각하면서도 나는 이 친구에게 저 피아노를 구하게 된 경위를 설명할 방법을 생각했다. 하지만 좀체 입이 떨어지지 않았다.

……중략……

어떻게 해서 두 사람이 친구가 될 수 있었냐고 내가 물었다. 아내는 이야기를 통해서라고 대답했다. 이야기를 통해서. 거참 괴상한 일이기는 했지만, 어쨌든 지난가을부터 치자면 지구상에서 아내와 가장 많은 이야기를 주고받은 사람은 남편인 내가 아닌 바로 이 친구였다.

(『모두에게 복된 새해』, 127~129쪽)

사트비르 싱이 "이 피아노, 긴 시간 안 노래했습니다. 그치?"라고 나에게 묻자, 우리의 외로움을 설명할 길이 없어 난감해 한다. 지난 가을부터 아내의 주된 이야기 상대가 사트비르 싱인 점을 복선 장치를 통해 강조함으로써 나와 아내의 관계에 심각한 소통의 부재가 존재하고 있음을 미리 예고해 준다. "안 노래하면 안 삽니다."라는 이 친구의 말은 음정이 틀리면 누구도 피아노를 사지 않는다는 뜻이 아니라, 연주하지 않는 피아노가 죽게 된다는 것을 의미한다. 피아노를 조율하던 사트바르 싱은 왜 나에게 '후회하게 될 것'이라고 말했는지 깨닫게 된다.

페터 슬로터다이크는 더 많은 의사소통이란 더 많은 갈등을 요구한다고 주장한다. 서로를 이해하는 것보다 서로 비켜서는 것. 즉 적절한 간격을 유지하고, 새로운 '재량 규범'을 도입해 서로를 방해하지 않는다는 것이다.[8] 이런 적절한 거리두기는 서로의 사생활에 대해 자유를 침해하지 않고 인격을 존중할 수 있기에 의사소통이 원활해질 것으로 본다.

> 하지만 황당하고도 약간 실망스러웠던 일은 이 친구의 한국어가 형편없었다는 점이었다. 물론 돈을 빌리려고 한국까지 찾아온 인도인이 우리처럼 유창하게 한국어를 구사하리라고 예상해서는 안 될 것이다. 그렇기는 해도 어느 정도 깊이 있는 대화 정도는 나눌 수 있으리라고 생각했지, 이렇게까지 어눌할 줄이야 미처 눈치채지 못했다.
>
> 그래서 어찌할 바를 모르고 가만히 서서 이 편잡 친구를, 이 야한 빛깔의 핑크빛 터번을, 이 까맣게 젖은 두 개의 눈망울을, 얼굴의 절반을 뒤덮고 있는 턱수염을 바라보고 있는데, 이 친구가 "저는 매일 터번 쓰지 못하겠어요. 한국 사람들 안 좋아합니다. 공장에서 한 시간 버스 타야 합니다. 버스에서 술 취한 사람들, 알카에다 말합니다. 버스에서 개새끼들 있습니다. 그치? 오늘은 명절, 터번 쓰겠습니다"라고 말했다.
>
> 그 말에 나는 좀 놀랐다. 명절이기 때문에 터번을 썼다는 말에 그런 게 아니라, 버스에서 개새끼들 있다는 말에 그런 게 아니라, '그치?'라는, 그 여성스럽고 다정한, 상대방에게 긍정의 답변을 은근히 요구하는 표현방식에. 그래서 나는 안으로 들어오라는 말도 하지 못하고 한동안 문고리를 잡고 서 있다가 왜 한국어를 그렇게밖에 하지 못하는지 캐물었다.

(『모두에게 복된 새해』, 119~120쪽)

이 소설에서 나의 아내는 이주노동자를 위한 한국어 강좌의 강사로 활동한다. 그 곳에서 만난 사트비르 싱은 인도에서 온 열두 명의 편잡

---

8) 슬라보예 지젝, 이현우 외 역, 앞의 책, 98쪽, 재인용.

동료들과 가구 공장에 딸린 컨테이너에서 생활을 한다. 나는 오 개월 전 한국어를 배우기 시작하면서 알게 된 아내와 '말하자면 친구' 사이로 발선한 사트비르 싱에 대해 편견을 갖게 된다. 사트비르 싱은 한국 말을 배우는 수강생이기도 하지만 피아노를 조율하는 기술을 가지고 있다. 아내의 부탁으로 나의 집을 방문하여 피아노를 조율해 주기도 한다.

나는 아내의 부탁으로 그를 만나면서 여러 차례 대화를 시도해 보지만 매번 실패를 반복하게 된다. 물론 사트비르 싱에 대해 인도에서 온 이주노동자라는 편견이 앞서서인지, 언어가 달라서인지, 서로 도무지 이해할 수 없는 말들로 가득한 대화가 침묵보다 더 어색한 분위기를 불러온다.

나는 도저히 언어로는 소통이 되지 않아 답답하던 차에 아내와는 어떤 방식으로 소통하는지 전해 듣자 의문이 풀린다. 아내는 '타자'를 인간 대 인간으로 바라보기 위해 사트비르 싱의 존재를 편견 없이 '차이'에 대한 '다름'을 그대로 인정해준 것이다. "사유하기와 사유되는 것 사이의 차이, 사유하기의 그 생식성이 사라지고, 내 안에 있는 그 심층적 균열"이 사라지면서 그와의 '말하자면 친구' 사이로 발전한 계기가 되었다. 사유 안에 차이를 복원하는 것은, 차이를 개념과 사유하는 주체의 동일성 아래에서 재현하는 것으로 매듭을 풀어간다.[9] 사유하는 주체는 개념에 기억, 재인, 자기의식 등과 같은 자신의 주관적 동반자들을 제공한다. 하지만 도덕적 세계관은 계속 이어져 공통감으로 언명되는 주관적 동일성 안에서 재현된다.

---

9) 질 들뢰즈, 김상환 역, 『차이와 반복』, 민음사, 2004, 560쪽.

마르크스의 이데올로기의 첫 번째 교훈은 대중의 편견이 불러온 이데올로기가 인간 본성으로 역사의 원래 모국어로 오인되었다고 본 것이다. 마르크스의 텍스트들은 "새 언어를 사용하는 동안 원래 언어를 망각 한다"는 바로 그러한 목표가 재기입되어야 한다.[10) 새 것과 "원래" 것 사이의 공모성을 반복해서 인정하는 문제가 논의로 등장한다.

『모두에게 복된 새해』는 이주노동자인 사트비르 싱과 많은 시간을 보내고 접촉을 한 아내가 아닌, 그와 만나볼 기회조차 없었던 남편의 시점에서 이야기를 서술해 간다는 것이 흥미로운 점이다. 그 이유는 아내의 주관적인 감정이 개입되지 않은 화자인 남편의 시점으로 서술함으로써 이주노동자를 바라보는 시선이 객관적일 수 있기 때문이다. 사트비르 싱과 나의 관계는 소통 부재로 겉도는 아내의 존재와 대등한 힘으로 개입한다. 이 소설은 주체─타자가 친구가 되는 방법에 대한 고민이 녹아 있는 작품이다. 주체는 타자와 소통을 시도하면서 당황하지 않고 소통의 가능성을 추구하기 위해 부단히 노력하는 모습을 보여준다.

---

10) 가야트리 스피박, 태혜숙 역, 앞의 책, 429쪽.

2. 하위주체들의 욕망과 연대 의식

:『나의 이복 형제들』[11]

　소설은 문제적 현실에서 문제적 인간이 허구적인 사건 속에서 진실을 추구하는 것이다. 소설은 서사를 통해 타인과의 관계 속에서 형성되는 사건들을 다룬다. 소설 속에 등장한 다양한 인물들은 개인의 특성과 더불어 공동체적인 성향을 지닌 존재로 형상화된다. 그 과정에서 주체와 타자들 사이에 서로 다른 연대가 형성된다. 이는 다수자와 소수자의 연대를 의미하기도 한다. 여성 이주노동자는 과도한 노동은 물론 임금 착취와 성적 폭력을 당하고, 배제당하는 열악한 현실에 방치된 상태이다.

　이명랑의 『나의 이복형제들』은 하위주체들의 욕망과 연대 의식을 다룬 소설이다. 공간적 무대를 영등포 시장으로 설정하여 상인들의 일상을 재현하면서 나아가 이주노동자들의 인물 행동을 통해 시장의 주변부적 존재들의 세계를 확장해 나간다. 이 소설에서는 부랑소녀 '영원'이 1인칭 관찰자적 화자로 등장하면서 서사를 이끌어간다. 이를 통해 장애인 처녀 '춘미', 인도인 잡역부 '깜뎅이', 조선족 다방 종업원 '머저리'와 같은 소외된 자들이 연대를 이루는 과정을 그린 소설이다. 하지만 "작가는 이들의 고통에 직접적으로 개입하지 않고, 어른들의 폭력 현장에도 끼어들지" 않는다. 오직 "유랑소녀 영원의 시선으로 이들의 고통을 관조"할 뿐이다.

---

11) 이명랑, 『나의 이복형제들』, 실천문학사, 2004.

이 소설은 영등포 시장에서 생계를 유지하는 사람들의 군상을 통해 하위 주체들 간의 집합성에 대한 가능성을 보여준다. 하위주체들이 모여 공간적 특질을 근본적으로 안고 있는 "시장 공간마저도 한국사회의 축소판"임을 보여주는 서사이다. 즉 "타자들 사이에 위계질서가 새롭게 구성"되어 이방인에 대한 정주민의 텃세로 구현된다.

국민국가의 모든 정책은 억압적이지도 않으며 그 하위의 행위 주체들이 억압과 유혹에 저항할 수 없을 만큼 무능하지도 않다[12]는 전제가 이 소설의 담론적 틀이라 할 수 있다.

> 협동합시다 아저씨의 경우만 해도 그렇다. 먹물로 통하는 아저씨가 이 시장에서, 그것도 블루칼라들 사이에서 천덕꾸러기가 되기는커녕 오히려 '협동합시다'라는 닉네임까지 얻고 존경을 받는 이유도 그게 다 아저씨가 '상징'이라든가 '불문', '권력'과 같은, 이곳에서는 어울리지도 않는데다 들어보기도 힘든 단어들을 아무렇지도 않게 내뱉을 줄 알기 때문이다.
> "근데 이 깜뎅이는 영어로 말하잖아. 영어가 더 유식한 거 아냐?"
> 내가 물었다.
> "너, 바보지?"
> 춘미 언니는 내 얼굴이며 몸을 뚫어지게 쳐다봤다. 내가 정말 바보인지 아닌지를 밝혀내고야 말겠다는 듯이.
> "겉보기엔 멀쩡한데, 안됐다, 안됐어. 야! 너! 여기서 영어 쓰는 사람 봤어?"
> "우리 아저씨."
> "우리 아저씨? 야, 그 사람은 한국말도 하잖아. 한국말도 하면서 영어도 할 줄 아는 거랑 한국말도 못 하면서 영어만 할 줄 아는 거랑 같니?"

---

12) 아르준 아파두라이, 차원현 외 역, 『고삐 풀린 현대성』, 현실문화, 2004, 283쪽.

"아니."

"부산 가면 부산 말이 최고고 미국 가면 영어가 최고지? 그러니까 여기선 한국말이 최고라고. 야, 그리고 그 깜뎅이가 여기서 뭐야? 일 꾼 아냐? 주인들은 죄다 한국말 쓰는데 일꾼만 영어를 쓰면 그게 뭐 냐?"

……중략……

그 깜뎅이랑 무슨 말인가를 하려면 영어로 지껄여야 되는데 춘미 언니의 말대로라면 여기서 영어를 쓰는 사람은 일꾼밖에 없다. 그러 니까 괜히 그 깜뎅이랑 되지도 않는 영어로 지껄여봤자 유식해지기 는커녕 일꾼으로 전락해버릴 뿐이다.

그렇다고 내가 뭐, 박씨의 숟가락이 무서워서 이런 결심을 한 건 아니다. 절대로!

(『나의 이복형제들』, 36~38쪽)

이 소설은 주변인들에게 연민과 소통의 울림을 준다. 반면에 이들을 주변인으로 소외시키는 존재들에 대해서도 발언을 한다. 예를 들면, '협동합시다 아저씨'는 인도인 깜뎅이의 '불법체류자'라는 신분을 이용 해 노동 착취뿐만 아니라, '이십만 원'의 임금을 가로채기도 한다. 하지 만 '협동합시다 아저씨'는 부랑소녀 영원에 대해서는 인도주의적 선의 로 숙식을 제공하고, 후일을 도모해준다.

한편 조선족 머저리의 남편은 다른 여자와 관계를 할 뿐만 아니라, 머저리가 '다방 종업원'을 하면서 벌어온 돈을 착취한다. 머저리는 성 적 억압과 경제적 착취에 대한 현실의 굴레를 견디며 살아간다. 조선족 머저리가 한국 사회에서 완벽한 정착을 위해 개인 재산을 축적하고자 한다. 개인 재산을 소유하기 위해 소위 '비상금'을 축적한다. 또한 주민 등록증을 받겠다는 일념으로 남편 몰래 한글 공부를 한다. 그것은 조선 족 머저리가 남편의 폭행을 끝까지 견뎌낼 수 있는 동기가 된다. 겉으로는 '바보'처럼 보여도 그 뒤에 숨은 탈주 욕망을 향해 위험을 동반하면서까지 참아낸다.

사실 머저리는 자신의 몸을 매개로 사회적 노동에 참여하고 있음에도 불구하고, 여전히 '사적인 영역'의 일을 하고 있는 것으로 표현된다. 이는 "가부장이 이주 여성의 몸을 자신의 소유로 인식"하고 여전히 여성을 가정의 굴레 안에 가두려하기 때문이다. 여전히 "자본주의의 남근적 규범에 종속"되어 성적 착취를 당한 머저리는 현실 도피 차원에서 자신의 '통장'을 만들어 개인 재산을 축적하는 것으로 대응하려고 한다. 드디어 머저리는 춘미의 주민등록증을 빌려서 자신의 통장을 만들고는 "이건 내 거지요, 내 거!"(144쪽)라며 좋아한다.

'재생산 주체로서 법적 대상'인 여성에 관한 정의를 환유한 지워진 음핵을 검토하는 것은 자궁중심 사회 조직의 탈규범화를 집요하게 추구한다. 여성다움에 관한 자궁적 규범이 자본주의의 남근적 규범을 얼마나 광범위하게 지속시켜 왔는지 보여준다. 값싼 노동력의 최하위 수준으로서 여성의 구체적 억압을 작동시키고 있는 것은 성차화된 주체의 기표로서 음핵에 대한 이데올로기적 물질적 억압이다.[13]

> 이 통장은 분명 머저리의 사유재산이다. 그러나 그녀가 이 통장을 갖고 있을 수는 없다. 머저리의 남편이 언제 들이닥칠지 모르니까. 그 남자가 밥 먹고 하는 일이라곤 머저리의 소지품을 뒤지고 머저리를 때리는 일뿐이다. 만약에, 그 남자가 무언가를 찾아낸다면 무슨 일이 일어날지, 머저리는 상상조차도 하기 싫다. 그러나 무릇 마음속에 꿈꿈이를 간직하고 있는 자들은 어쩔 수 없이 위험을 제 생의 동반자로 삼게 마련이다.

---

13) 가야트리 스피박, 태혜숙 역, 앞의 책, 315~316쪽.

내가 계단을 내려가면 머저리는 내 잠바 주머니에 돈을 쑤셔 넣는다.
……중략……

머저리가 건네주는 돈의 액수는 일정치 않다. 어느 날은 1천원이
었다가 다음날은 1천2백 원이었다가 또 어느 날은 3만 원일 때도 있
다. 통장의 숫자가 손가락을 통과해 그녀의 뇌에 단단히 입력되고 나
면, 나는 머저리가 건네준 돈과 통장을 받아들고 은행으로 간다. 오늘
까지 정확히 121,700원이 입금되었다. 머저리의 남편이 찾아와 서랍
을 뒤엎고 그녀의 가방 안주머니를 찢어빌긴다 해도 이 돈만은 결코
찾아낼 수 없으리라. 그러니까 이 돈은, 온전히 머저리의 것이다.

(『나의 이복형제들』, 145쪽)

조선족 다방 종업원인 머저리는 남은 돈은 꼭 저금을 한다. 그러다가
남겨 놓은 돈을 남편에게 들킨 머저리는 알몸으로 남편에게 흠씬 두들
겨 맞는다. 머저리는 남편의 무차별적인 폭행을 당하고도 '여성의 전
화'에 신고할 생각도 하지 않는다. 머저리는 남편에게 통장을 빼앗길까
봐 돈을 영원에게 조금씩 맡겨 놓는다. 이러한 머저리의 '사유재산'에
대한 집착은 삶에 대한 강렬한 생의 의지를 가진 것으로 해석할 수 있
다. 장미다방의 여종업원으로 일하고 있는 조선족 여성 머저리, 선천성
불구인 춘미 언니, 난쟁이 왕눈이, 신병 내림을 거부하고 '협동합시다
아저씨'의 가게 일을 돕고 있는 나, 영원 등은 사회의 주변부이자 이방
인들이다. 하지만 그들의 완벽한 공동체의 희망은 그곳에서 구현되지
못한다.

사람이 저깟 새를 무서워한다는 게 어처구니가 없기도 했다. 그러
나 엄두가 나지 않았다. 일어났다 도로 주저앉으면서 나는 내가 얼마
나 한심한 도시인인지 깨달았다. 누가 나한테 알약 하나를 내밀며
"자, 먹어" 하면 마약인지 뻔히 알면서도 그건 먹을 수 있다. 그러나

까치는 무섭다. 하룻밤 푹신한 침대에서의 잠자리를 위해 입에서 군내가 나는 낯선 아저씨를 따라 여관엔 들어갈 수 있어도 까치는 만질 수 없다. 그게 나였다.

나는 진짜로 살아 있는 것, 길들여지지 않고 자연 그대로인 것, 마지막까지도 날개를 푸드득거리는 것, 살아보겠다는 의지를 끝내 놓지 않는 것은, 단 한 번도 가까이 해본 적이 없었던 거다.

저 까치는 언제, 어디에서 날아왔는지, 어쩌다 지하실에 갇히게 됐는지, 도무지 짐작이 가지 않았다. 철문은 닫혀 있었고 이곳의 어디에도 밖으로 난 창은 없다. 이런 곳에 저런 까치가 있을 이유는 전혀 없었다. 그러나 엄연히 까치는 이곳에 있었고 까치의 날갯짓 소리는 지하실을 가득 메우고 있다. 어디에고 구덩이는 있고, 아무 이유 없이도 누군가는 구덩이에 빠진다.

어둠 속에서 들려오는 날갯짓 소리를 듣다가 나는 그만 까무룩 잠이 들었다.

까치는 냉동 창고 문 앞에 웅크리고 있었다. 철문이 열리고 사람이 들어오는데도 한번 풀쩍 날아오르지도 않았다. 물기로 번들거리는 두 눈만 꿈뻑거리고 있는 까치는 이미 염까지 마치고 관 속에 옮겨질 일만 남은 시신 같았다.

깜뎅이의 등 뒤에서 다시 철문이 닫혔다.

(『나의 이복형제들』, 59~60쪽)

이렇게 만신의 운명을 수락하던 영원이 시장에서 발견한 것은 "진짜로 살아 있다는 것, 길들여지지 않고 자연 그대로인 것, 마지막까지도 날개를 푸드득거리는 것"과 같은 생의 의지이다. 보드리야르에 의하면 권력이란 그것이 다양한 등가물들로 분산될 때 더 많이 얻기 위해 버리는 방법을 터득할 때에만 절대적이라고 주장한다. 이것은 평화로운 공존뿐만이 아니라 비누거품에 상표를 붙이는 데에도 유용하다. 세계를 지배하고자 한다면 두 개의 강력한 힘이 필요하다. 단일한 제국은 스스로 무너지기 마련이다.[14) '협동합시다 아저씨'는 새들이 두 쌍 혹은 세 쌍까지도 하나의 둥지를 공유하며, 교대로 알을 품다가 새끼가 부화하면 정확히 누구 새끼인지도 모르면서 모두 친자식으로 간주한다는 정보를 얻는다. "어디에서 날아왔는지, 어쩌다 지하실에 갇히게 됐는지, 도무지 짐작이 가지 않는" 멸시와 천대를 당하면서도 생의 의지를 놓지 않는 '까치 한 마리' 같은 존재들이 바로 인도인 노동자와 조선족 출신의 다방 여종업원 머저리이다. 머저리는 심지어 난쟁이한테까지 놀림을 받고 성추행을 당한다.

그렇다. 나는, 전기로 만들어진 세상에서 살고 있는 것이다. 나의 둥지에는 전기로 냉기를 유지하는 냉동 창고와 전기로 따뜻해지는 전기장판이 있다. 냉동 창고와 전기장판, 이 두 가지 제품만 놓고 봐도 전기가 가지는 주요한 특성을 알 수 있다. 전기는 냉기와 온기 사이의 간극을 쉽게 극복한다. 이곳 사람들은 전기의 이러한 특성을 아주 높이 평가하고 있는데, 그래서인지 이들의 습성에는 어딘가 전기를 닮은 구석이 있다.

이곳에서는 모두가 피를 나눈 형제이면서 동시에 철저히 남이다. 어제의 형제가 차지하고 있던 자리에 오를 새로운 사람이 나타나면 이들은 처음 얼마간은 체면상 경계하는 태도를 보이다가 얼마 지나지 않아 이 새로운 이방인을 형제로 받아들이는 데 주저하지 않는다. 그리고 나면 과거와 마찬가지로 백반 두 상에 밥 한 공기를 주문하기 시작한다. 어쩌면 이렇게 밥값을 천 원이라도 줄일 수 있다는 이득이 이들로 하여금 새로운 이방인을 서둘러 형제로 맞아들이게 하는지도 모른다. 그렇게 해서 이방인은 이웃 점포의 사람들과 같은 쟁반을 앞에 놓고 한 냄비의 찌개를 퍼먹게 된다. 함께 머리를 맞대고

---

14) 리처드 커니, 이지영 역, 앞의 책, 224쪽.

앉아 밥을 먹고 있는 이들의 모습은 정겹기까지 하다. 간혹 뜨내기가 나타나 이 이방인에게 시비라도 걸면 이웃 점포의 사람들은 이를 묵인하지 않는다. 모두들 몰래 나가 나의 형제가 당한 모욕의 열 배, 스무 배는 갚아주어야만 직성이 풀린다. 그러면 이 이방인의 가슴, 저 은밀한 곳에서는 이런 말들이 모락모락 피어 올라오는 것이다.

"아, 이것이 바로 형제애로구나."

그러나 이 이방인의 심장에 이런 감동이 깃들일 공간이 아직도 남아 있다는 이 사실 하나만으로도, 그는 풋내기일 수밖에 없다.

(『나의 이복형제들』, 55~56쪽)

그들은 평소에 서로 반목하다가도 위기의 상황에서는 서로를 감싸주고 친밀감을 표현한다. 하지만 환대받는 타자들이 안심하고 방심한 사이, 터줏대감들이 손님을 낚아채려고 할 때면 어쩔 수 없는 '이복형제'라는 것을 실감하게 된다. 이처럼 소수자 집단과의 실천에서 고려해야 할 요소에 "문화 갈등과 충돌의 경험이 존재"한다. 또한 "소수자들에 대한 지배문화의 이중성이나 이중문화 주의를 지양"해야 한다. 완벽한 공동체를 주창하던 '협동합시다 아저씨'야말로 깜뎅이가 불법체류자라는 신분을 이용해 임금착취를 하는 고용인이다. 또한 텔레비전 시청 조건으로 장애인 춘미 언니에게 성관계를 강요하는 이중적인 인간임이 드러난다.

가출한 영원과 인도인 불법체류자 깜뎅이, '협동합시다 아저씨' 등 영등포시장 외부에서 유입된 주변부적 타자들의 하위주체 간의 연대를 통한 수난을 조명하는 소설이다. 여기에서 하위주체들은 주류 계층과의 연대를 형성하지 못하고, 그들만의 연대를 통해 기존의 지식 체계를 무너뜨리려는 정치적 힘을 행사함을 보여주는 소설이다. 작가는 이 소설에서 자식까지도 공유하는 새들의 완벽한 공동체를 서사 전략으로 보여주면서 메세지의 의도를 드러낸다. '협동합시다 아저씨'의 시장 안의 과일가게를 매개체로 그들이 완벽한 공동체를 구현할 수 있다는 희망이 이 소설이 추구하는 의미인 것이다.

3. 개인적 욕망을 극복한 삶의 방식 추구

:『이무기 사냥꾼』[15]

　한국 사회는 단일 민족의 형태를 유지해 온 특수한 상황을 가진 국가이다. 그런데 낯선 타자들의 이주로 인해 인종적·국가적 단일성이 허물어지고 있다. 이러한 변화에 대해 우리 사회의 "내면 의식은 낯섦을 경험하고 '거부'라는 방어 기제"를 내놓는다. 이 소설은 현상으로 이해할 수 없는 내면의식을 반영하고 있다. 이는 "작중 인물의 행동과 대사, 인물 간 대립 구도를 통해 더욱 명료"하게 드러난다.

　『이무기 사냥꾼』에서 한국 사회의 노동자나 이주노동자들은 모두 '죽은 체 하기'를 통해서만 생존할 수 있는 존재들이다. 이 소설에서 용태는 죽은 시늉을 계기로 연대하게 된다. 용태 아버지는 '상피 붙은 자식'이라는 누명을 벗기 위해 마을 사람들의 갖은 폭력에 저항하기보다는 '죽은 체'를 통해 자신과 가족을 보호하는 인물이다.

---

15) 손홍규, 「이무기 사냥꾼」, 『봉섭이 가라사대』, 창비, 2008.

용태는 벌레를 하늘색 페인트칠이 된 창틀에 내려놓았다. 창문으로 들이치는 햇살에 눈살을 찌푸리던 그는 손갓을 만들어 벌레를 주시했다. 일종의 보호본능이랄까. 벌레는 꼼짝도 않고 한동안 그대로 있었다. 죽은 체하는 게 분명했다. 용태는 피식 웃었다. 힘없고 나약한 것들은 이처럼 죽은 체하게 마련이었다.

아버지도 그랬다. 마을에서 사람들이 올라오면 숨부터 헐떡거렸다. 깊은 산에서 곰이나 범을 만난대도 눈썹조차 꿈틀거리지 않을 아버지였다. 그러나 그때만은 비루먹은 개와 다르지 않았다. 사람들의 매질이 어느 정도 무르익으면 아버지는 너구리처럼 웅크리고 죽은 듯이 꼼짝도 하지 않았다. 그러면 사람들은 한 무더기의 가래를 아버지의 몸에 뱉어놓고 마을로 내려갔다. 용태는 이제 그쯤이면 아버지의 언기, 죽은 시늉도 끝날 것이라 여겼다. 그러나 아버지는 사람들이 이미 마을에 돌아가 밥상을 받고 그날의 무용담을 식구들에게 떠벌리고 발을 닦고 이부자리에 들어가고도 남을 만큼의 시간이 지난 뒤에야, 야행성 길짐승과 날짐승의 눈동자가 달빛에 번들거릴 즈음에야, 그 시늉을 멈추고 일어났다. 이따금 용태는 정말로 아버지가 죽은 게 아닐까 싶어 부지깽이로 아버지의 옆구리를 찔러보기도 했다. 용태는 그런 겁쟁이 아버지가 미웠다. 어머니 역시 미웠다. 어머니는 어둑한 흙집 안에서 시체처럼 누운 채 아버지가 마을 남정네들에게 두들겨 맞는 소리를 들으며 눈물이나 흘렸을 것이다.

(『이무기 사냥꾼』, 73~74쪽)

용태가 자신의 몸에 생긴 사면발이를 죽이려다가 "힘없고 나약한 것들은 이처럼 죽은 체하게 마련이었다."라고 말하는 장면은 자신들의 인생을 상징한 부분으로 볼 수 있다. 용태의 부모는 오누이끼리의 혼인이라는 누명을 쓰고 마을 사람들에게 매질을 당하고 짐승 같은 취급을 받는다. 하지만 용태의 아버지는 소문처럼 근친상간을 한 것이 아니다. 빨치산 대장인 아버지의 친구의 딸을 용태네 집에서 기른 탓에 마을 사람들의 공격의 대상이 된 것이다. '상피 붙은 자식', '빨치산의 딸'이라는 금기를 위반한 가족은 마을 공동체에서 표적의 대상이 되어 공동체 내부를 결속시키는 희생양 역할을 맡게 된다. 내부에 포함되었지만 공동체에서 제외된 이들 가족은 법의 테두리 바깥에 존재한 '호모 사케르'와 같은 존재이다.16) 결국 용태 아버지는 소도둑으로 몰려 푼돈을 모아 장만한 산과 밭까지 강탈당한다. 소들의 임자가 몰래 소를 팔고 그 누명을 용태 가족에게 씌운 것이다. 하지만 용태 아버지는 소의 주인을 원망하기는커녕 저수지의 이무기가 소들을 잡아간 것이라 믿고 이무기 사냥을 시작한다. 이무기는 용태 가족의 "무죄를 입증해 줄 진짜 범인으로 대체해 마을 사람들의 공적이 될 대속물"이 된다. 용태는 알리의 '죽은 시늉'을 이용하여 돈을 벌어들이고 있다. 용태는 알리 몰래 그 돈을 빼돌려 도망갈 계획을 세운다. 즉 용태에게 알리는 생존을 위해 필요한 희생양이자 이무기이다.

---

16) 예외와 역설에 주목하여 아감벤은 정치 질서란 일반 정치권력의 작동하지 않는 자연상태의 혼란에 대한 공포를 조장함으로써 유지된다고 했다. 주권이란 배제에 대하여 바깥과 안 사이의 경계를 추적함으로써 '법적 질서의 합법성'을 내세우게 된다. 즉 근대 국가의 내부 정치는 법질서를 유지하기 위해 배제되어야 하는 대상을 모두 축출시키지 않고 그 내부에 둔다는 것이다. 이들은 내부에서 철저히 배제됨으로써 이 둘 사이의 경계를 외부와 내부, 정상적 상황과 혼돈이 법질서의 효력을 가능케 하는 복잡한 위상학적 관계 속에 진입할 수 있도록 해준다. 주권자의 예외란 근본적인 외부에 있는 것, 정상적 상황과 혼돈을 구별하는 것에만 한정하지는 않는다. 오히려 이 둘 사이의 경계(예외상태)를 그것에 기반해 외부와 내부, 정상적 상황과 혼돈이 법질서의 효력을 가능케 하는 복잡한 위상학적 관계 속으로 진입할 수 있도록 해주는 경계를 찾아내는 것이다. 혼돈에 적용될 수 있는 어떤 규칙도 없기 때문에 혼돈은 예외상태를 통해 질서 속에 편입된다. 따라서 원형적인 형태에 있어 예외상태는 바로 모든 법적 공간 확정의 원칙인 셈이다. 즉 예외상태를 통해서만 특정한 법질서와 주어진 공간의 확정을 비로소 가능하게 해주는 공간이 생겨나기 때문이다. 하지만 예외상태 자체는 본질적으로 장소 확정이 불가능하다. (조르조 아감벤, 박진우 역, 앞의 책, 60~63쪽.)

화자인 용태는 사채 때문에 캐나다로 이주했지만 강제 추방당하고 일용직을 전전한다. 그런 용태에게 사냥감이 생기는데, 알리라는 파키스탄에서 밀입국한 이주노동자이다. 용태는 알리를 통해 마을 공동체에서 배제된 아버지를 떠올리고 그와 잠시 연대한다. 하지만 알리는 용태보다 먼저 전세금과 차를 훔쳐 달아난다. 용태가 알리의 이무기 사냥감으로 역이용당한 것이다. 전셋집을 빼주어야 할 위기의 상황을 아버지와 알리의 '죽은 시늉'을 통해 모면하려 한다. "용태와 알리의 결핍과 소외라는 공통점은 소통의 통로이자 갈등"의 지점으로 나타난다.

세계 시민주의의 연대는 무의식에 기반을 둔다. 우리들이 각각 이방인은 바로 우리라는 사실을 무의식적으로 받아들일 수 있을 때만이 이방인이 없어지는 것이다. 즉 오직 우리와 비슷한 타자들이 있을 뿐인 것이다.[17] 공통분모가 아닌 차이를 강조하는 대응 방식은 주체와 타자 간의 분리를 요구하는 행동 유형이 나타난다.

이 소설에서는 이주노동자들이 한국인들의 차별과 멸시의 대상에서 벗어나 자신의 목소리를 낼 뿐만 아니라 한국인을 속이기까지 한다.

언젠가 그는 알리에게 죽은 시늉을 어쩌면 그렇게 기막히게 할 수 있느냐고 물은 적이 있다. 그때의 알리의 목소리가 귓가에 대고 속삭이듯 또렷하게 떠올랐다. 파키스탄, 우리, 원래 하나였어요. 우리 독립할 때, 파키스탄 군인, 사람 많이 죽였어요. 우리 할아버지. 죽은 척해서 살아났어요. 인도군 들어올 때도, 사람 많이, 죽었어요. 우리 아버지, 죽은 척해서 살아났어요. 신의 뜻으로, 살아났어요. 내 동생 호랑이, 죽을 때, 나도 아버지 옆에서, 죽은 척했어요. 죽는 거, 부끄럽지 않아요. 언젠가, 모두, 죽어요. 나, 카펫 만드는 공장, 사슬로 묶였

17) 리처드 커니, 이지영 역, 앞의 책, 139쪽.

어요. 잠도 못 자고, 도망도 못 가고, 열여섯 시간, 네, 잠도 못 자고,…… 죽으니까 풀려났어요. 죽으니까 공장 안 가도 됐어요. 죽으면, 고통에서, 풀려나요. 그래서 살아남아요. 죽고, 살고, 다 하나예요.

옥탑방에 돌아온 용태는 알리와 자신의 옷가지를 모두 옥상의 빨랫줄에 걸었다. 그리고 알몸이 되어 방 한가운데 누웠다. 땀이 흘러 등이 장판에 들러붙다시피 했다. 조금 뒤척일 때마다 쩌억 소리가 났다. 온몸의 힘을 풀고 숨을 멈추었다. 느슨한 상태로 몰입해갔다. 생각처럼 쉽지는 않다. 어머니가 떠올랐다. 노름꾼은 기어이 어머니를 범했다. 그리고 사면발이를 옮긴 게 틀림없었다. 어머니가 그 작자에게 강간을 당한 날 아버지는 여느날처럼 이무기 사냥에 실패하고 물이 뚝뚝 듣는 몸으로 돌아왔다.

(『이무기 사냥꾼』, 99~100쪽)

밀입국자인 알리는 교묘한 방법으로 한국인에 대해 복수를 하는 인물이다. 알리는 한국인들에게 인간 이하의 대접을 받는다. 알리는 죽은 척 하면서 사는 게 부끄럽지 않다면서 위태로움을 견디어 내는 방법을 터득한다. 알리가 죽음과도 같은 위험한 삶을 견딘 것은 돈을 벌 수 있었기 때문이다. 돈은 알리에게 죽지 않고 살아갈 수 있는 유일한 힘이자 버팀목이 된 것이다.

용태는 은근슬쩍 요즘 아픈 데 없느냐고 떠보았지만 칼리는 배시시 웃으며 고개를 저을 뿐이다. 칼리가 아니라면 레베카인가?

"나, 꿈꿨어요. 용태 형, 고향."

비영비영한 낯의 알리가 뜬금없이 이렇게 말했다.

"내 고향 꿈을 니가 왜 꾼다냐?"

알리가 입원한 병실에는 당뇨를 앓는지 얼굴에 황달기 가득한 노인 한 명이 더 있었다.

"이무기, 이무기 맞죠? 그거 잡으러 가자고, 형, 그 말, 떠올랐어요.

밤새 앓으면서."

용태는 알리에게 아직도 이무기를 잡겠다며, 저수지에서 살다시
피 하는 아버지에 관한 이야기를 해준 적이 있다.

"나, 그거 믿어요. 이무기. 우리 고향에도 호랑이, 벵골호랑이, 밤
이면 와서, 사람들 잡아갔어요. 그런데 아버지, 호랑이 오면 죽은 척,
숨도 안 쉬고, 동생 잡혀가도, 그랬어요. 그래서 형, 아버지, 부러웠어
요."

병원을 나온 용태는 이제 알리와 헤어져야 할 때가 왔다고 여겼다.
앞으로 더 정을 붙이면 헤어지기 어려울지도 모른다. 나, 그거 믿어
요. 용태는 진저리를 쳤다. 우스갯소리로 한 말이었다. 아니, 사실은
누구라도 믿어주길 바라고 한 말이었다. 그러나 지금까지 용태의 말
을 믿어준 사람은 알리밖에 없다. 한 사람 더 있기는 했다. 죽은 조선
족 노총각 장웅은 그의 말을 믿어주었다.

(『이무기 사냥꾼』, 98~99쪽)

알리는 용태에게 다른 이주노동자들처럼 '깜둥이'일 뿐이다. 캐나다
보호소에서 알리를 처음 만났을 때 더럽고 못 생겨서 호감이 가지 않는
인물이었다. 용태와 알리는 캐나다 보호소에서 만난 인연으로 동업을
시작한다. 그들의 사업은 알리의 체불된 임금을 받으려고 고용주를 만
나 실랑이를 벌이다, 알리가 '죽은 척' 연기를 하면서 돈을 챙기는 일이
다. 그들은 죽기 위해서가 아니라 살기 위해서 죽은 척해야만 하는 인
물들이다. 그런데도 용태가 알리와의 동거를 선택한 계기는 단순히 하
위주체로서 동일성을 갖는 것은 아니다. 용태는 알리와 같이 마련한 옥
탑방 보증금과 소형차를 빼돌릴 계획을 할 정도로 필요에 의해서 만나
는 존재일 뿐이다.

술에 취해 서로 주먹질하는 외국인 노동자들을 보며 그가 눈살을 찌푸리자 장이 정색하며 말했다. 용태 아우, 쟤들 너무 미워하지 말라우. 외국인이란 것만 빼면, 고향 떠나 밥 벌어먹고 사는 이주노동자인 건 아우나 나나 쟤들이나 한 가지 아니갔어. 그와 장은 얼큰하게 취해 고깃집을 나섰다. 그러던 장이 기숙사 앞에서 갑자기 배를 움켜쥐며 마른 짚단처럼 힘없이 쓰러졌다.

기숙사에, 약, 약, 있으니까이, 약 좀 갖다달라우……

그도 평소에 장이 알약 먹는 걸 몇 번 본 적이 있다. 그는 기숙사로 뛰어들어가 약병을 찾아왔다. 장은 약을 목구멍으로 넘기긴 했으나 곧이어 고깃집에서 먹은 걸 모두 게웠다.

……중략……

농성장을 나와 담배를 피우던 몇몇 가구공장의 외국인 노동자들이 달려오더니 구급차를 불렀다.

다음날 오전, 장은 싸늘한 시체가 되었다. 그는 믿을 수가 없었다. 이보쇼, 성님, 웅이 성님, 참말로 뒈진 거요? 웅? 눈 좀 떠보소, 웅? 지난밤, 맹장파열로 쓰러진 장은 다시 복막염이라는 진단을 받았다. 오한과 고열로 시달리던 장은 점차 맥박이 약해지고 숨소리가 거칠어지더니 급기야 헛소리를 지르며 할근거렸다. 의사는 복막염 때문에 생긴 패혈증이라고 했다. 그동안 진통제만으로 견뎠다는 게 기적이라고 덧붙였다.

(『이무기 사냥꾼』, 88~89쪽)

용태 역시 가구공장에서 열악한 환경의 가건물 기숙사에서 스무 명 남짓한 이주노동자들과 함께 생활한다. 그곳에서 조선족 이주노동자인 서른일곱 살의 장웅이라는 노총각을 만난다. 조선족 동포인 장웅은 부당한 대우에 대해 자신의 목소리를 내는 사람이다. 용태는 피부색이 비슷하고 말투는 좀 달라도 의사소통에 장애가 없는 장웅을 고향사람처럼 살갑게 여긴다. 장웅은 이따금 얼굴을 찡그리곤 했는데, 왼쪽 배를 손으로 움켜쥐곤 할 정도로 몸이 아픈 상태였다. 그런 가운데 가구 공장에 체불된 임금을 달라며 외국인 노동자들이 파업을 하는 장소에 참석했다가 변을 당한 것이다.

서구의 형제 이성 중심적 민주주의 공적 시스템의 억압 기제에 대응하기 위해 발현된 것은 스피박이 말하는 비결정적이고 이질적인 '집합성' 개념이다. 이 사회의 악에 해당하는 불법 이주자들 역시 법과 국가 권력의 공적 시스템의 억압 기제에 내응하기 위해 자신들의 집합성을 형성한다.[18] 그 네트워크는 이주민들뿐만이 아니라, 한국인 하위주체와도 연대한다는 특성을 갖는데 용태와 알리의 관계와 비슷한 상황이다.

> 며칠 전 밤샘 작업에서 제외된 한국인 노동자들이 술을 마시고 와서는 행패를 부린 일이 있었다. 그들은 알리의 멱살을 붙잡고 시룽시룽 콧김을 뿜으며 주먹을 울러댔다. 좆만헌 새끼야, 여기가 어디라고 뭉개고 있어? 너희 나라로 꺼져, 개새끼들아. 밤샘 작업은 힘은 들 망정 이틀 치 일당을 쳐주기 때문에 누구나 바라는 일이었다. 허나 외국인 노동자들은 하루치 일당만 쳐줘도 묵묵히 밤샘 작업을 했다. 그 탓에 한국인 노동자들은 찬밥신세였다. 용태도 그들의 심정은 충분히 이해했지만 그놈의 불뚝성 때문에 한국인 노동자들과 맞대거리를 했다. 이런 씨벌놈들이, 그렇게 아쉬우면 너그도 하루치 일당만 받고 하면 되잖아? 뭐, 이새끼야? 너는 어느 나라 놈이길래 깜둥이들 편을 드는 거여? 한바탕 주먹다짐 끝에 공사장에서 쫓겨나기는 했지만, 그뒤

---

18) 하위주체 문화 형성과 관련된 '집합성'은 젠더화된 우정의 개념일 수도 있고, 지구의 남반구 사람들의 반세계화 네트워크 연대에 해당할 수도 있다. 요컨대 스피박이 말하는 '집합성'은 공적, 일반화, 전체주의, 민족주의, 인종주의에 반대하여 보편성이나 동일성을 지양하는 사적인 개념으로, 글쓰기를 포함한다. (가야트리 스피박, 태혜숙 역, 앞의 책, 65~139쪽.)

알리는 용태를 친형처럼 여기는 눈치였다.

그는 자신의 이마를 툭 치며 옆에서 잠들어 있는 알리를 흔들어 깨웠다.

"알리, 너 한국에 돈 벌러 왔쟈? 응?"

알리는 방금 깨어난 녀석답지 않게 힘차게 고개를 끄덕였다.

"너, 동생 학비 대고 싶다매? 하세월에 그 돈 벌래? 형 말대로만 허면 그까짓 거 금방 벌 수 있다. 어뗘?"

그가 만나본 외국인 노동자들은 '돈'이라는 말을 들었을 때 마치 '귤' 혹은 '키위'란 말을 들은 것과 비슷한 반응을 보였다. 그 말에 침을 꼴깍 삼키는 건 알리도 마찬가지였다.

"월급도 못 받고 쫓겨난 게 여러번이라고 했쟈? 그거 형이 다 받아줄랑게 형이 시키는 대로만 혀."

알리는 연수생 신분으로 입국했다가 여권을 빼앗겨 불법체류자가 된 경우가 아니었다.

······중략 ······

밀입국에도 많은 돈이 들었다. 한국 돈으로 오백만원가량을 들여서 왔다고 했다. 밀입국자 신분이다보니 다른 불법체류자처럼 인권단체나 상담소에 도움을 청하기가 어려웠다. 그런 단체들도 밀입국자 신분으로는 법적 구제를 받기 어렵다며 난색을 표할 뿐이었다. 알리는 한국에서 지낸 두 해 동안 다섯 군데나 공장을 옮겼지만 어디에서도 제대로 된 월급을 받아본 적이 없었다. 위조여권마저 첫 번째 공장에서 빼앗기고 말았다.

(『이무기 사냥꾼』, 93~95쪽)

외국인 노동자들이 이틀 치 일을 하고도 하루 치 일당만 받고 밤샘작업을 하기 때문에 한국인 노동자들과 갈등이 생긴다. 한국인 노동자들은 값싼 노동력이라고 기피한 밤샘 작업을 이주노동자들이 대체하자 위협을 느끼며 충돌을 일으키고 있다. 이들은 서로 소통하고 연대하기보다는 새로운 집단을 형성하면서 반목하게 된다. 이주노동자인 타자는 결코 우리와 같은 성질로 용해될 수 없는 고유한 개성을 가진 존재이다.

용태는 "이런 씨벌놈들이, 그렇게 아쉬우면 너그도 하루 치 일당만 받고 하면 되잖어? 뭐, 이 새끼야? 너는 어느 나라 놈이길래 깜둥이를 편드는 거여?"라며 주먹다짐 끝에 쫓겨난다. 이 사건으로 인해 알리는 용태를 친형처럼 따르게 된다. 이는 용태가 이방인인 알리를 타자로 인정한 것이 아니라, 이용할 가치가 있기 때문이다.

밀입국자인 알리와 변변치 못한 학벌 때문에 사회 밑바닥을 전전하던 용태는 돈을 버는 것에서 서로 간의 이해가 맞아떨어진다. 알리는 용태의 재물 수단이 된다. 알리가 그렇게 될 수밖에 없었던 것은 용태가 밀입국자인 알리에 비해 우월한 존재였기 때문이다. 알리가 기존의 위계질서에 대한 전복을 한 반면에, 조선족 노동자 장웅의 복수는 좀 더 직접적이고 비극적이다. 인민해방군 장교 출신 장웅은 좀 더 나은 생활을 위해 한국을 찾은 것이다. 하지만 고국이라고 찾아온 한국은 장웅에게 인간 이하의 수모만을 안겨준다. 한국인들은 같은 동포임에도 장웅이 가난한 나라에서 온 이주노동자라는 이유만으로 그를 차별하고도 모자라 임금 착취까지 감행하면서 짐승처럼 취급한다.

> 다 죽여버리갔어! 싹 쓸어버리갔어! 투지이 이호우우!(돌격, 앞으로) 그는 장의 마지막 절규가 무슨 뜻인지 알고 있었다. 장의 시신이 안치된 영안실을 나오던 그의 귓불에 장의 목소리가 늘질늘질 매달려 있었다. 고깃집에서 얼큰하게 취한 장은 물기 가득한 벌건 눈으로 이렇게 말했다. 중국에서 뭘 했냐고 물었지? 이래봬도 인민해방군 장교이지 않았갔어! 장은 북조선과 남조선이 전쟁을 하면 다시 인민군에 들어가서 북을 도와 남을 쓸어버리고 싶다고 말했다. 남조선은 사

람이 사는 곳이 아니라고 했다. 짐승도 이보단 낫지 않았어? 보라우, 우리는 배가 고파도 사람을 그렇게 짐승 취급은 안해.

……중략……

국적을 알 수 없는 시커먼 노동자 두 명이 쓰러져 있었다. 그들 얼굴 주위로 피가 흥건히 고여 있었다. 몰려든 인부들이 웅성거렸고 알아들을 수 없는 이국의 언어들이 피어오른 먼지와 더불어 흩날렸다. 그는 손으로 입과 코를 가리며 사고 현장으로 다가갔다.

현장소장이며 감독관들이 달려왔다. 피투성이 외국인노동자들은 구급차에 실려갔다. 구급차의 경보소리가 아련해질 즈음 사람들은 여전히 쓰러져 있는 또 한 명의 사내를 발견했다.

"야 인마, 정신차려. …… 어? 이 자식, 숨도 안 쉬네!"

감독관 가운데 한 명이 흠칫 놀라며 여전히 쓰러져 있는 사내 곁에서 떨어져 나왔다.

"죽은 거 아냐?"

삽시간에 군중들이 술렁거렸다.

(『이무기 사냥꾼』, 89~90쪽)

이주노동자들은 사무실을 점거한 채 그곳에서 숙식을 해결한다. 파업 노동자들의 눈을 피해 기숙사를 찾아온 사장은 뒤에 서 있는 장에게 이주노동자들을 무시하는 발언을 한다. "자네들은 저런 놈들과는 다르지 않은가. 우리는 배달민족이잖어."(88쪽)라며 사장은 그에게 격려금이라며 봉투를 건넨다. 그런데 사실은 밀린 월급 가운데 일부를 먼저 준 것이다. 그런데도 장은 항의하지 않고, 얼굴이 환해져 용태를 고깃집으로 데려간다.

복막염 때문에 생긴 패혈증이 심한 장은 한국에 대한 적대감을 노골적으로 드러낸다. 거기에는 한국인들의 임금착취와 차별의 고통 속에서 "장웅은 통렬한 절규로 복수의 펀치를 날리는 일종의 반작용의 부산

물이 존재"한 것이다. 이런 장의 적대감은 죽어가는 순간에도 "다 죽여 버리갔어! 싹 쓸어 버리갔어! 투지이 이호우우(돌격, 앞으로)"라고 절규한다. "남조선은 사람이 사는 곳이 아니라고 말한다. 짐승도 이보단 낫지 않갔어? 보라우, 우리는 배가 고파도 사람을 그렇게 짐승 취급은 안해."라고 하면서 적대감을 표출하는 서사 장면이다. 민족주의자들이 민족이라는 범주를 세우면 타자들은 그에 대립하는 민족성을 만든다. 정치적 위기 상황에서 이러한 타자들은 새롭게 형성된 반민족주의에 기초한 기존의 국민국가에 대립하는 새로운 국가를 요구한다.[19]

그가 잠시 멍해 있는 동안 이 작은 벌레가 꿈틀거렸다. 안쪽으로 모으고 있던 더듬이와 다리를 바깥쪽으로 쭉 뻗더니 꼬물꼬물 움직이기 시작했다. 머릿니와는 달리 몸통도 작고 연한 우윳빛을 띠는 이 반투명의 벌레가 창틀을 따라 달팽이처럼 기어갔다. 그는 손가락으로 그 조그만 벌레를 건드렸다. 시야에서 사라졌다 싶어 살펴보니 손가락 끝에 묻어 있었다. 그는 잃어버릴세라 조심스레 벌레를 떨어냈다. 벌레는 다시 꼼짝도 않고 죽은 시늉을 했다.

거웃을 살피니 털마다 흰빛을 띠는 것들이 매달려 있었다. 엄지와 검지로 털 한 올을 뽑아놓고 그 흰빛을 띠는 것들을 떼어내니 마치 쉼표처럼 생겼다. 벌레의 알이었다. 그는 서캐를 바닥에 놓고 손톱으로 눌렀다. 진저리를 치는 그의 온몸에 소름이 돋았다. 손톱 아래서 미세한 저항이, 툭, 서캐의 몸통이 터지는 폭발이 느껴졌다.

들창을 통해 볕이 비치는 마루에서 그렇게 아버지도 사면발이를 잡았다. 아버지는 그 벌레를 가랑니라고 불렀다. 머릿니만 알고 있던 용태는 가랑이에도 그런 이가 산다는 게 신기하기 짝이 없었다. 대체 가랑니란 어떻게 생겨먹은 것일까 궁금해 그가 다가갈라치면 아버지

---

19) 아르준 아파두라이, 차원현 외 역, 앞의 책 282쪽.

는 냉큼 일어나 솥뚜껑 같은 손으로 그의 따귀를 갈기곤 했다. 그럴 때의 아버지는 묘하게도, 수치를 견디는 표정을 짓고 있었다. 그러고 보면 그게 꼭 아버지의 속곳이랄 수는 없었다.

……중략……

그의 머릿속에는 오로지 이 벌레를 한시라도 빨리 박멸해야 한다는 생각뿐이었다.

약이 피부에 스며들면 물로 씻어내야 하는데 그럴 틈이 없었다.

(『이무기 사냥꾼』, 74~76쪽)

이주노동자인 알리 역시 용태의 아버지가 그런 것처럼 죽은 시늉을 하면서 간신히 살아간다. 용태의 아버지나 알리는 모두 "생식기 근처에서 살기 위해 죽은 체"하는 '사면발이'와 같은 존재들이다. 용태의 부모는 공동체의 동일성을 확인시켜주기 위해 호모 사케르처럼 그곳에 포함된 채 배제된 존재들이다. 그들은 '세계—주변—존재'로서 오늘날 대중이 겪는 불안을 공동체[20]의 안과 밖으로 단순히 구별할 수 없다. 그것은 대중의 불안이 공동체 바깥에서 느끼는 감정이라기보다는 자기 공동체 안에서, 자기 나라 안에서 느끼는 감정이기 때문이다. 결국에는 용태마저도 경계 밖의 존재인 하위주체로 죽은 시늉을 하면서 살아가게 된다. 이처럼 소외된 타자들의 공통적인 생존 전략은 죽은 체하면서 살아간다. 알리의 할아버지, 알리의 아버지, 용태의 아버지, 알리, 용태 등은 죽은 체하며 위기의 순간을 모면하게 된다. 즉 타자들은 죽은 체하면서 납작 엎드려야만 살아갈 수 있는 것이다. 알리가 죽은 척 연기를 한 덕분에 그들은 벤쿠버 지하 보호소에서도 먹을 것을 얻어낸다.

용태와 알리 중 누가 '사면발이'이건 간에 그들은 닮은 인간일 뿐이

20) 고병권, 『추방과 탈주』, 그린비, 2009, 60쪽.

다. 그들의 소외된 인생에도 마냥 눈부신 햇살이 쏟아지길 바라는 감정이 있다. 그것은 용태를 떠난 알리에 대한 배신감이나 분노가 아닌 동질감에서 나올 수 있는 것이다. 이처럼 "개인의 내면의식을 허물고 혼란과 동질감을 야기하는 '타자'에 대한 경험"이 끝나면 새로운 '소통'을 향한 고민이 수면 위로 떠오르게 된다.

알리와 용태는 사기를 치며 번 돈으로 방을 구해서 같이 살게 된다. 이들은 하위주체들의 연대를 형성하기 위한 동거가 아니라, 사기를 쳐서 돈을 한몫 단단히 챙기려는 게 목적이다.

지난 여섯 달 동안 그와 알리의 사업은 순조로웠다. 알리가 못 받은 임금을 받으러 간 척 실랑이를 벌이다 상대방이 가볍게 밀치기만 하면 일은 끝난 셈이었다. 그는 알리의 동행 혹은 목격자를 위장해 알리의 시체를 처리하거나, 못 본 체하는 대가로 돈을 받아냈다. 그가 한국인이라는 점이 상대방에게 그 순간만은 놀라울 정도의 신뢰감을 부여했다. 알리의 전 고용주들을 모두 희생양으로 삼은 뒤에는 교통사고를 위장하거나, 폭력사고를 위장하였다. 그렇게 모은 돈으로 비록 옥탑이지만, 닭장 같던 알리의 자취방을 벗어났고 비록 고물이지만 소형차도 한 대 장만 했다. 물론 옥탑방의 계약자와 고물차의 소유주는 용태였다. 이게 바로 그가 노린 사냥감이었다.

용태와 알리는 자신들의 옥탑방이 있는 주택가 골목 어귀에 도착했다. 후끈한 공기가 골목을 빠져나가지 못한 채 맴돌고 있었다. 용태는 잇새로 침을 찍 뱉었다. 살이 끈적거렸다. 그 부근의 통증은 잦아들 줄을 몰랐다. 한시라도 빨리 올라가 찬물을 끼얹고 싶었다.

그는 알리를 부축해 옥탑방으로 올라갔다. 알리는 살금살금 다리를 절었다. 옥탑방에 들어섰을 때에는 용태와 알리는 모두 온몸이 땀으로 범벅이 되어 있었다. 용태는 욕실에 들어가 바지를 내렸다. 팬티를 벗어보니 안쪽에 사면발이의 시체가 무수히 들러붙어 있었다. 그는 샤워를 했다. 통증은 쉬이 사라지지 않았다. 절로 몸이 배배 꼬였다. 입으로는 후아, 후아, 가쁜 숨을 내쉬었다. 알리가 조심스럽게 욕실문 앞에서 물었다.

"용태 형, 괜찮아요? 왜, 그래요?"

"난 괜찮어. 옷장 안에 구급약 있응게 너, 약이나 발라라."

용태는 물 받은 대야에 얼음을 넣은 뒤 엉덩이를 뭉개고 앉았다.

(『이무기 사냥꾼』, 95~96쪽)

알리와 용태는 기득권 사회로부터 소외된 타자들이다. 용태는 출생의 이력 때문에 우리 사회로부터 천대를 받아 온 것이고, 알리는 외국인이라는 이유로 다문화 사회의 타자 아닌 타자가 된 것이다. 그들은 같은 방을 사용하고 있지만, 결국에는 서로에게 사기 칠 수밖에 없는 '개인의 욕망을 추구한 연대'라는 것이 드러난다. 용태가 알리를 사냥하려고 접근한 것처럼 알리도 용태를 이용하고 떠나버린다. 용태도 알리도 모두 '사면발이'처럼 가장 더러운 곳에서 그게 누구든 상관없이 피를 빨아먹고 살아야 하는, 죽은 체를 하며 살아가야 하는 하층민인 것이다. 용태는 차에 치인 시늉을 하다가 진짜로 다쳐서 입원한 알리가 몰래 퇴원한 것을 알게 된다. "하긴 사면발이란 녀석이 피부색 따져가며 피를 뽑지는 않겠지?"라고 웃으며 관용을 베푼다. 옥탑방 주인과 여자들이 올라오는 소리가 들리자 알리를 떠올리며 죽은 척 한다. 이처럼 기만과 배신으로 점철된 그들은 주도권 세력에 포섭된 모든 하위 계층들의 동일한 삶의 양태라고 볼 수 있다.

이 소설은 손홍규 작가가 다문화 소설의 서사 전략으로써 하위주체들 간의 기만과 배반의 양상을 악순환의 고리로 연결하고 있음을 알 수 있다. 하위주체 간 배반과 기만은 기본적인 생계유지를 위한 개인의 욕망 추구에 불과한 것이다. 하위주체들이 모여 의기투합할 수 있었던 원인은 생존경쟁의 측면에서 일종의 삶의 전략이라고 할 수 있다. 또한 한국 사회 이주노동자의 차별 문제뿐만 아니라 불안의식도 전제되어 있음이 드러난다. 자신이 원하는 것을 얻기 위해 눈앞의 굴욕을 참아내며 죽은 체하는 알리의 모습은 비참한 생의 의지를 표출하기 위한 일종의 전략이다.

VI

다문화 소설의
담론적 특질과 의의

문화의 내부에서 문화에 관해 현재 벌어진 논쟁들은 라캉과 자크 데리다, 미셸 푸코, 피에르 부르디외 등, 후기 구조주의자들의 흐름이 있다. 그 흐름들 중 몇몇은 도구이자 모델인 언어에 대해서 자각적이다. 텍스트, 의미, 담론 등 용법의 복수성은 우리가 모호한 장르들의 시대에 있을 뿐만 아니라 특별한 상태에 놓인 것을 말해준다.

　문화 연구의 주제는 단어와 세계의 관계라고 할 수 있다.[1] 말은 텍스트화된 모든 표현의 형식들을 포괄한다. 또한 세계는 생산 수단과 일상생활의 조직화로부터 문화적 재생산의 전 지구적인 것을 포함한 모든 것을 의미한다. 이러한 문화 연구는 세계주의적인 민족지학의 기초가 될 수 있을 것이다. 말과 세계 사이의 긴장을 생산적인 민족지학적 전

---

1) 아르준 아파두라이, 차원현 외 역, 앞의 책, 94쪽.

략으로 전환하기 위해서는 많은 사람들이 거주하는 탈영토화된 세계와 마음속에 그릴 수 있는 가능한 삶들을 새롭게 이해하지 않으면 안 된다.[2]

기독교적인 서사물에 관심을 갖는 구조주의자들 중 어떤 사람들은 좀 더 개방되고 기능적인 인물 개념의 필요성을 인정한다. <데카메론>, <아라비안나이드>, <신바드의 모험>의 일화적 서사물에 관한 연구에서, 토도로프[3]는 인물에 관한 프롭의 견해를 지지한다. 또한 동시에 두 개의 주요한 범주는 구성 중심적이고, 비심리적인 서사물과 인물 중심적인 심리적 서사물을 구별하고 있다. 심리적 서사물에서 행위들은 인물 특징에 대한 징후와 표현이 종속적이다. 반면에 비심리적인 서사물에서 행위는 쾌감의 독자적 요소로서 그 자체로 존재하기 때문에 독립적인 것이다. 하지만 인물은 묘사의 필수적인 국면을 이룬다. 그 국면 밖에서는 기록된 일상적 행위일지라도 쉽게 이해할 수 없다. 그래서 인물이 없거나 행위자가 없는 서사물은 이 세상에 존재하지 않는다는 사실을 쉽게 추측할 수 있다. 우리 시대의 순수한 서사적 견해를 받아들이는 수많은 행위자들이 인간들의 이름으로 묘사되거나 분류될 수 없는 것이다.

다문화 사회에서는 이원적인 대립 관계로 인하여 다수의 권력적 존재와 소수의 문화적 타자가 나누어진다. 다수의 언어와 소수의 언어를 대립 관계에 둔다. 여기서 소수의 언어는 열등한 항목으로 분류된다. 이러한 열등한 항목으로 분류된 소수의 언어를 사용하는 이들은

---

2) 위의 책, 95쪽.

3) S. 채트먼, 한용환 역, 앞의 책, 156~157쪽.

다수가 아닌 소수의 타자이다. 이들은 자신의 생김새나 국적뿐만 아니라 언어적 장벽으로 의사소통이 원활하지 못해서 이중의 어려움을 겪는다.

이와 같이 권력의 상징인 언어로 인하여 재타자화를 경험하게 된다. 이때의 언어는 단지 의사소통의 도구가 아니라, 권위와 주체의 상징체가 된다. 이처럼 이주자들은 가장 머물고 싶은 곳, 가장 돌아가고 싶은 곳에서 추방당한 '디아스포라'이다. 그들은 자신의 모국어, 예술, 전통, 등 모두가 적들의 손아귀에 있을 때 디아스포라는 존재의 마지막 안식조차 잃어버린다.[4] 이주자들은 "정주민들에 의해 훼손당하는 아픔을 겪을 수밖에 없는 실향민"들이다. 이런 모든 고통을 감내하면서 찾아온 "유목민들의 물질적 욕망을 통한 행복의 추구는 신자본주의 경제 논리의 당사자"이면서 동시에 희생자들이다.

그들에게도 타자—주체 간의 권리가 아닌 진정한 권리가 필요하다. 권리는 특정 문화 안에서 제공되는 개인의 권리가 아니라 집단의 권리이다. 왜냐하면 집단의 내재적 규범에 따라 운영되는 종교와 관습에 대해 간섭받지 않는 권리이기 때문이다. 내재적 규범에 대한 존중이 개인의 권리에 대한 존중을 함축하는 것은 아니다.[5] 국가는 그동안 자기 정체성을 유지하기 위해 한민족, 국민, 시민, 등의 호명으로부터 배제되어야 할 타자들을 필요로 한 것이다. 이러한 타자들의 부당함을 고발하고 최선책의 방안을 갈구하고 담아낼 수 있는 공간이 바로 다문화 소설이다. 다문화 소설[6]은 다양한 문화의 가치 인정이 기본 바탕으로 전제

---

4) 정여울, 「'국경'의 다면체들 : <북간도>에서 <리나>까지—한국소설의 국경은 어디까지 상상되었는가」, 『문학동네』 49, 겨울호, 2006, 460쪽.

5) 마르코 마르티니엘로, 윤진 역, 앞의 책, 117쪽.

되어야 한다. 그 이유는 다양한 가치 추구를 통해 공동체의 발전을 도모할 수 있기 때문이다.

여기에서 말하는 공동체는 민족이라는 범위에 한정된다고 말할 수 없다. 우리 사회가 가지는 공동체의 특성이 점차 다양화 되어서 민족의 범위를 뛰어 넘는 공동체에 대한 고려가 포함되어야 한다. 다양한 문화가 공존하는 사회에서 공동체 문화가 발전한다는 것이 다수자 입장에서의 소수자 포용이나, 소수자가 다수자의 문화를 받아들이는 동화의 과정과 일치하지 않는다. 오히려 인간과 세계에 대한 총체적인 이해를 바탕으로 다양성에 대한 인식에서부터 실천에 이르는 것까지를 공동체의 문화 발전의 양상으로 볼 수 있다.

문학은 사건 전개에 따라 상황을 통해 갈등이 극복되는 과정을 보여준다. 문학은 사회 구성원들이 살아가면서 실제로 경험하게 되는 갈등을 조화롭게 극복하는 방법을 깨닫게 해준다. 이러한 과정에서 다양한 가치를 인정할 수 있는 기회를 갖게 한다. 한국 사회의 현실에서 이주민들에 대한 대응책으로 관용과 경계심이 혼재해 있다. 또한 이주민을 다루는 담론에서도 다원주의와 동화주의가 혼재해 있는 양상을 보이고 있다.[7] 이러한 양상들은 다문화 소설 속에서도 그대로 서사적 담론으로 나타난다. 즉 소설 속 인물들에 대하여 관용과 배제, 배려와 폭력, 차별과 이해, 기만과 도움, 사랑과 미움 등 상호 대립적인 시선들이 다양하게 교차되면서도 인종차별적인 타자화가 서사의 핵심을 이루고 있다. 그것은 문화적 차이에 대한 합의가 안 된 상황에서 다문화

---

6) 김용재, 「다문화 시대의 서사교육 시론」, 『국어문학』 51, 국어문학회, 2011, 290쪽.
7) 엄한진, 『다문화 사회론』, 소화, 2011, 167쪽.

사회 진입을 서둘러 선언함으로써 초래한 이민 담론의 분절을 목표로 한 것이다.

국내 체류 중인 이주자들의 문제는 다양한 양상으로 나타난다. 그 중에서도 이주자들이 가장 많이 겪고 있는 차별적 형태는 인종적 차별과 경제적 차별이다. 이러한 배제와 차별의 논리는 이주노동자에 대한 인종적 하위주체 담론을 그대로 반영하고 있다. 이는 한국인들이 동남아 이주노동자들에게 서구의 제국주의가 식민지 아시아를 이미지화한 방식을 그대로 차용하고 있는 것이다. 인종적 특성이 한국인과 이주노동자의 차이를 가르는 중요한 고리로 부각되는 것은 이주노동자가 한국에서 약소자이면서 경제적 주변성을 갖는 위치에 있기 때문이다.[8] 또한 그것은 이주노동자가 한국인에 비해 열등하다고 상상적으로 관념화될 때 더욱 그 정당성을 부여받는다.

일반적으로 어떤 문화의 구성원은 불가피하게 다른 문화에 대한 편견을 갖고 있기 때문에 왜곡된 의식을 가질 수밖에 없다고 주장한다. 이는 다른 문화의 내재적 규범을 공정하게 평가할 수 없다는 주장이다. 어떤 문화가 그 구성원의 하층 계급을 억압할 경우, 내재적 억압이 관행화되어서 일어나는 현상이다. 내재적 억압이 있을 경우, 보통 이 억압으로부터 이익을 얻는 사람은 현상 유지를 강하게 선호하는 경향을 지닌 자이다. 따라서 내부자보다는 국외자가 내재적 억압을 더 쉽게 인식할 수밖에 없는 것이다. 예를 들면, 문화적으로 일반화된 여성에 대한 억압 역시 내재적 억압의 한 종류이다.[9] 관습화된

---

8) 오창은, 『절망의 인문학』, 이매진, 2013, 340~352쪽.
9) 윌리엄 J. 탤벗, 은우근 역, 『인권의 발견』, 한길사, 2011, 108쪽.

경제적 차별은 여성 억압을 강화하는 수단이 되어 온 것이다. 여성을 경제적으로 열등한 위치에 두고 차별과 착취를 정당화해 온 것이 내재적 억압의 관행적 일면이다. 경쟁적인 자본주의 체제에서 기존의 사회에 정착한 정주민과는 출발점부터 이미 격차가 존재한다. 이를 극복할 수 없는 이주민들은 결국 하위 계층으로 재편성될 수밖에 없는 구조이다.

이와 같이 다문화 소설 속 서술 태도 역시 타자를 규정하는 주체의 내면화된 목소리로 환원될 수 있다. 그런 점에서 다문화 소설의 외국인 이주자에 대한 형상화는 일정한 한계를 갖는다. 다문화 서사 담론의 특징은 소설 속에 형상화된 다문화 현상이 한국문화와 이국문화와의 차이와 갈등, 혼종의 양상으로 드러나는 것이 아니라, 외국인 이주자의 문화적 현상처럼 그려지고 있다는 점이다.

다문화 시대를 살아가는 사회적 소수자들은 지배 집단과 대립하며 갈등을 일으키기도 한다. 소설은 현실의 문제를 적극적으로 반영하여 공동체의 다양한 관심사들을 파악해야 한다. 또한 그 관심사들에 대한 문제를 제기하면서 갈등을 해결해 나가야 한다. 나아가 소설 속 서사를 통해 다문화 사회의 전망을 모색해 가는 것이 다문화 소설이 추구해야 할 방향이라고 본다.

이러한 문제를 극복하기 위한 방법으로, 타자에 대한 서로 다른 차이를 인정하고 포용하면서 그들을 하나의 주체적 인격으로 대해야 한다는 근본적 인식과 성찰이 요구된다. 이제는 그들을 국가의 경계 안에 포섭할 대상으로 보지 않고, 한 인간과 인간으로 더불어 살아가야 할 주체들로 인정해야 한다. 따라서 작가는 다문화 소설이 바람직한 다문화 공동체로 나아가기 위한 과제를 제시하고, 서사 담론 속에서 올바른 삶의 양상을 재현하여 우리 사회가 인식의 지평을 넓혀나갈 수 있도록 도와야 할 것이다.

VII

맺음말

이상의 논의에서 다문화 소설에 나타난 서사 담론의 양상을 살펴보았다. 서사구조를 이야기와 담론으로 나눌 때, 이야기를 내용의 형식에 '어떻게' 표현하는지에 대한 전달 방식이 담론이다. 이 논문에서는 담론을 서사의 표현 형식과 질료로 나눈 다음 사건의 플롯과 인물의 행동을 어떤 시점에서 바라보는가에 초점을 맞추어 연구했다. 나아가 우리 사회의 다문화적 현실이 소설 속에 재현되는 과정과 우리 안에 내면화되어 있는 타자를 다문화 서사 속에서 구체적으로 분석해 보려는 문제의식에서 출발한 것이다.

　본고에서 다문화 소설을 선택한 이유는 그 속에 형상화된 외국인 이주자의 소외된 삶이 서사 담론을 통해서 드러나면서 우리 사회의 타자 인식 현주소를 파악할 수 있기 때문이다.

문학은 당대의 사회와 문화적 가치들을 반영하고, 자아를 성찰하면서 세상의 가치들을 내면화하는 수단으로 작용한다. 따라서 다문화 사회라는 새로운 시대상은 그로 인해 발생한 문제 해결 차원에서 이주노동자를 다룬 소설을 등장시켰다. 이주노동자라는 타자는 결코 우리와 같은 성질로 용해될 수 없는 고유한 개성을 가진 존재이다. 이주노동자의 인권 유린과 차별은 한국사회의 불관용과 배타적 민족의식의 결과로 우리 사회의 모순을 드러낸다. 이러한 문제의식을 토대로 다문화소설의 서사 전략을 분석하고 그 담론적 의미를 검토한 결과를 요약하면 다음과 같다.

　Ⅱ장에서는 다문화 사회의 담론 조건과 서사적 전망을 토대로 다문화 사회에서 타자의 문제와 다문화 소설 유형을 서사 담론의 관점에서 제시하였다. 서사는 이야기하려는 스토리와의 관계이고, 담론은 그것을 말하는 서술 행위와의 관계 속에서 어떻게 표현되는가 하는 전달의 방식이다. 따라서 이주자와 이주노동자의 삶의 현장에 대한 작가의 태도는 다문화 소설의 담론 조건이 된다. 또한 다문화 소설의 서사적 전망에서는 다문화 소설의 개념 정의를 위해서 단일민족에서 다문화 사회가 된 배경과 더불어 다문화 소설, 다문화 문학 등을 이주자와 이주노동자의 소외된 현상과 차별 등에 대해 타자성을 인식하는 측면에서 제시하였다.

　Ⅲ장에서는 배타적 문화의 서사와 호모 사케르의 담론이라는 관점에서 세 편의 다문화 소설 텍스트를 아감벤의 호모사케르 개념으로 분석하였다. 이들 작품에서는 이주노동자나 이주자를 연약하거나 순수한 자연적 이미지로 비유하거나 묘사하는 부분이 많이 발견되었다. 또한 그들을 연민과 시혜의 시각으로 고착화하고 있어서 오히려

주체―타자의 관계를 더 부각하는 오류를 범하고 있는 시선이 포착되었다. 낯선 이주민을 수용하는 방식에서 혈연성이 강조되고 있어서 타자를 뛰어넘는 공동체적 유대감을 형성하지 못하고 단순히 고발하는 수준에 그치고 말았다는 아쉬움이 작품 속 서사를 중심으로 드러나 있음을 지적하였다. 또한 다문화 사회의 새로운 환경 속에서 서로 다른 문화적인 차이를 '호모 사케르'처럼 폭력적으로 대처할 것이 아니라, 서로 다름을 인정하고 소설 속에 나타난 다문화 서사 담론를 통해 타자와 소통하고 공감하는 장을 열게 하는 데 논문의 의의를 두었다.

Ⅳ장에서는 경계허물기의 서사와 타자성의 담론이라는 관점에서 세 편의 다문화 소설 텍스트를 활용하여 레비나스의 타자성 개념을 중심으로 분석했다. 이를 통해 다문화 소설 속에 나타난 이주자와 이주노동자들이 경계 허물기의 주체로서 관계를 회복해 나가는 방법과 언어 장벽을 뛰어넘은 공동체적 서사를 추구하는 모습을 살펴보았다. 또한 타자는 어떠한 경우라도 나에게 통합될 수 없는 절대적 타자성을 지닌다는 것을 알게 되었다. 더불어 다문화 소설이 이주자에 대한 일방적인 동정이나 시혜적인 시선에서 벗어나, 그들의 문제를 스스로 해결할 수 있는 환경을 만들어 실천하는 것을 바람직한 서사 전략으로 제시한 것이다.

Ⅴ장에서는 소통의 연대 서사와 하위주체의 담론이라는 관점에서 세 편의 다문화 소설 텍스트를 활용하여 스피박의 '하위주체' 개념을 중심으로 분석했다. 이는 작품 속에서 주체와 타자가 소통 부재를 극복하고, 하위주체들의 연대를 형성해 구원 의식을 통한 개인적 욕망을 추구해 나가는 방식에 대해 살펴보았다. 분석 대상으로 삼는 세 편의 작

품에서는 서사 전략으로써 하위주체들 간의 기만과 배반의 양상이 악순환의 고리로 연결된다. 하위 주체 간 배반과 기만은 그들이 기본적인 생계유지를 위한 개인의 욕망 추구에 불과한 것이다. 하위주체들이 모여 의기투합한 원인은 생존경쟁 측면에서 일종의 삶의 전략이라는 것을 밝힌 바 있다.

Ⅵ장에서는 다문화 소설의 담론적 특질과 의의에 대해서 그 위상을 살펴보았다. 다문화 소설 속 서술 태도 역시 타자를 규정하는 주체의 내면화된 목소리로 환원될 수 있다. 그런 점에서 외국인 이주자의 형상화에는 일정한 한계를 갖는다. 또 다른 특징은 소설 속에 형상화된 다문화 현상이 한국문화와 이국문화와의 차이와 갈등, 혼종의 양상으로 드러나는 것이 아니라, 외국인 이주자의 문화적 현상처럼 그려지고 있다는 점이다. 다문화 시대를 살아가는 사회적 소수자들은 지배 집단과 대립하며 갈등을 일으키기도 한다. 소설은 현실의 문제를 적극적으로 반영하여 공동체의 다양한 관심사들을 파악한다. 또한 그 관심사들에 대한 문제를 제기하면서 갈등을 해결해 나가야 한다. 나아가 소설 속 서사를 통해 다문화 사회의 전망을 모색해 가는 것이 다문화 소설이 추구해야 할 방향이라고 본다.

2000년대 이후 한국은 본격적인 다문화 사회에 진입함에 따라 외국인 이주민을 형상화한 다문화 소설이 다양하게 등장하였다. 문화 다양성을 옹호한 다문화주의는 소수의 문화적 권리를 인정한다는 점에서 공동체를 형성하는 데 요구되는 사회적 연대감이나 결속력을 해칠 수 있는 부정적 측면도 있다. 소설 속에 소수자는 비주류 계층을 이루어 소수 문화를 향유하고 타자 간에 나름의 연대를 형성해 간다. 다문화 소설에서 주로 다루는 타자는 소수자와 유사한 개념으로 사용된다. 이처럼 다문화 사회 구성원들의 문제가 우리 사회의 주요한 현안이 되면서 기억의 표상인 문학의 중요한 대상이 된 것이다.

다문화 소설은 다문화 사회 구성원인 외국인 이주노동자가 한국에서 이주자로 살아가면서 문제가 되는 사건들을 다룬 점에서 다양한 차원의 인식을 제공해 준다는 장점이 있다. 다시 말해서 다문화 소설은 한국인이 이주노동자를 타자로 인식하여 배제시키는 사회의 구조적인 모순들을 서사 속에 재현할 수 있는 장점이 있다. 더 나아가 우리 사회가 올바른 사회로 나아갈 수 있도록 인식을 전환하고 성찰할 수 있는 표상의 대상이 된다. 다문화 소설은 그들이 타자로서 겪는 모든 부당한 조건들을 담아내기에 충분한 서사적 요소를 지니기 때문에 가장 적합한 장르이다.

본고는 다문화 소설에서 등장인물을 외국인 이주노동자, 혼혈인, 이주자로 타자의 유형을 분류해서 소설 속에 형상화된 그들의 정체성이나 다양한 삶을 서사 중심으로 분석, 제시한 것이다. 다문화 소설은 다문화의 개별적인 다양성을 조화, 융합하는 슬기로운 방법에 대한 모색을 서사로 보여준다. 낯선 이주민에 대한 배려와 수용을 기본 전제로 타자에 대한 인식의 폭을 넓힌 것이다. 하지만 다문화 소설의 서사 속에서 이주민을 형상화한 방식과 그 포용 양상을 분석해 본 결과 타자에 대한 인식은 일정한 한계를 지니고 있음이 드러났다.

외국인 이주자의 가난 역시 자국에서의 가난의 연장일 뿐만 아니라, 자본주의화 된 세계화의 그늘이 만들어낸 필연적인 현상으로 보아야 할 것이다. 이주자에 대한 가난의 형상화는 주체—타자의 권력 관계, 경제구조, 인종적 차별에 기반한 정체성 문제와 가족이라는 사회 최소 공동체의 위기 등을 다양하게 내포한다. 그럼에도 불구하고 다문화 소설은 아직 학문적으로 장르의 개념화가 이루어지지 않았다. 앞으로 한국 다문화 소설은 다문화의 개별적인 다양성을 조화, 융합하는 방법에 대한 모색을 서사로 보여 주어야 할 것이다.

다문화 소설에 나타난 포용은 또 다른 타자화의 한계점을 드러낸다. 다양한 문화의 공존과 소수 이주민에 대한 이해를 목적으로 하는 다문화 서사의 담론 양상을 분석한 결과, 타자에 대한 관용을 내세워 그들을 연민과 시혜의 대상으로 동정해서는 안 된다는 것이다. 그들이 이방인이 아니라, 우리와 같은 한국 사람이라는 인식을 하고 공동체 의식을 가진 한 개인으로서의 권리를 추구하면서 살 수 있도록 해야 한다. 이주자들을 대하는 올바른 태도는 차이를 강조하거나 반대로 동일화를 강조하는 것이 아니라, 그들 역시 한국 사회를 구성하고 있는 주체적 존재라는 점을 우리 스스로가 인식해야 한다. 그럴 때에야 비로소 다양성에 대한 조화와 균형을 이룬 올바른 다문화 사회가 될 것이라고 본다.

[참고문헌]

1. 기본자료

강영숙, 「갈색 눈물방울」, 『빨강 속의 검정에 대하여』, 문학동네, 2009.

김연수, 「모두에게 복된 새해」, 『세계의 끝 여자친구』, 문학동네, 2009.

김재영, 『코끼리』, 실천문학사, 2005.

박범신, 『나마스테』, 한겨레출판, 2005.

손홍규, 「이무기 사냥꾼」, 『봉섭이 가라사대』, 창비, 2008.

이명랑, 『나의 이복형제들』, 실천문학사, 2004.

이혜경, 「물 한모금」, 『틈새』, 창비, 2006.

천운영, 「알리의 줄넘기」, 『그녀의 눈물 사용법』, 창비, 2008.

홍양순, 「동거인」, 『자두』, 문이당, 2005.

2. 국내저서

(1) 단행본

강영안, 『타인의 얼굴』, 문학과지성사, 2005.

고병권, 『추방과 탈주』, 그린비, 2009.

구인환, 『소설론』, 삼지환, 1996.

김대행 외, 『문학교육원론』, 서울대학교출판부, 2000.

김용환, 『관용과 열린사회』, 철학과현실사, 1997.

박경태, 『소수자와 한국사회』, 후마니타스, 2008.

_____, 『인종주의』, 책세상, 2009.

박구용, 『우리 안의 타자』, 철학과현실사, 2003.

이경원, 『검은 역사 하얀 이론-탈식민주의 계보와 정체성』, 한길사, 2011.

이석구, 『제국과 민족국가 사이에서』, 한길사, 2011.

오경석 외, 『한국에서의 다문화주의-현실과 쟁점』, 한울아카데미, 2007.

오창은, 『절망의 인문학』, 이매진, 2013.

엄한진, 『다문화 사회론』, 소화, 2011.

(2) 논문 및 평론

강수돌, 「이주노동자의 삶의 자율성과 정체성」, 『실천문학』 74, 실천문학사, 2004.

고명철, 「한국문학의 '복수의 근대성', 아시아적 타자의 새 발견 : 외국인 이주노동자와
   한국문학의 새로운 윤리감에 대한 모색」, 『비평문학』 38호, 한국비평문학회,
   2010.

고인환, 「이방인 문학의 흐름과 방향성」, 『문학들』 13, 가을호, 2008.

김민정, 『디아스포라 문학의 타자인식 연구』, 중앙대 박사학위논문, 2015.

김인경, 「1970년대 연작소설에 나타난 서사 전략의 '양가성' 연구」, 『인문연구』 59, 영남
   대학교 인문과학연구소, 2010.

김연숙, 「레비나스 타자윤리에서 윤리적 유통에 관한 연구」, 『윤리연구』 44, 한국국민윤
   리학회, 2000.

김용재, 「다문화 시대의 서사교육 시론」, 『국어문학』 51, 국어문학회, 2011.

김혜영, 「다문화 사회의 의사소통을 위한 문학의 역할-비판적 의사소통을 가능하게 하는
   정보자료 제공자로서의 문학」, 『이중언어학』 49, 이중언어학회, 2012.

문성훈, 「폭력개념의 인정이론적 재구성」, 『사회와철학』 20, 사회와철학연구회, 2010.

박광현, 「식민지제국의 경계와 혼혈의 기억」, 『일어일문학연구』 70, 한국일어일문학회,
   2009.

박 진, 「박범신 장편소설 〈나마스테〉에 나타난 이주노동자의 재현 이미지와 국민국가의
   문제」, 『현대문학이론연구』 40, 현대문학이론학회, 2010.

복도훈, 「연대의 환상, 적대의 현실-최근 한국소설의 연대적 상상력과 재현에 대한 비판
   적 주석」, 『문학동네』 겨울호, 2006.

서용순, 「탈경계의 주체성과 이방인의 문제: 레비나스, 데리다, 바디우를 중심으로」, 『인
   문연구』 57호, 영남대학교 인문과학연구소, 2009.

송현호, 「〈코끼리〉에 나타난 이주 담론의 인문학적 연구」, 『한국현대소설연구』 42, 한국
   현대소설학회, 2009.

_____, 「다문화 사회의 서사 유형과 서사 전략에 관한 연구」, 『현대소설연구』 44, 한국
   현대소설학회, 2010.

설동훈, 「혼혈인의 사회학: 한국인의 위계적 민족성」, 『인문연구』 52, 영남대학교 인문과
   학연구소, 2007.

_____, 「외국인 노동자 문제의 배경」, 『실천문학』 74, 실천문학사, 2004.

안남연, 「현대소설 속에 나타난 다문화 현상 연구」, 『한국문예비평연구』 40, 한국현대문예비평학회, 2013.

이경란, 「혼종성과 정체성의 서사」, 『현대영미소설』 18, 한국현대영미소설학회, 2011.

이정숙, 「다문화 사회와 한국 현대소설」, 『한성어문학』 30, 한성어문학회, 2011.

임경순, 「다문화 시대 소설교육의 한 방향」, 『문학교육학』 36, 한국문학교육학회, 2011.

임영석, 『한국 현대소설의 연구』, 고려대학교 박사학위논문, 2009.

우한용, 「21세기 한국 사회의 다양성과 소설적 전망」, 『현대소설연구』 40, 한국현대소설학회, 2009.

오윤호, 「디아스포라의 플롯 - 2000년대 소설에 형상화된 다문화 사회의 외국인 이주자」, 『시학과 언어학』 17, 시학과 언어학회, 2009.

_____, 「외국인 이주자의 형상화와 우리 안의 타자담론」, 『현대문학이론연구』 40, 현대문학이론학회, 2010.

연남경, 「다문화소설과 여성의 몸 구현 양상」, 『한국문학이론과 비평』 14, 한국문학이론과 비평학회, 2010.

_____, 「다문화소설의 탈경계적 주체 연구 -'이방인'의 정체성을 중심으로」, 『현대문학이론 연구』 49, 현대문학이론학회, 2012.

윤인진, 「한국적 다문화주의의 전개와 특성」, 『한국사회학』 42, 한국사회학회, 2008.

정여울, 「'국경'의 다면체들 : 〈북간도〉에서 〈리나〉까지 - 한국소설의 국경은 어디까지 상상되었는가」, 『문학동네』 겨울호, 2006.

정재림, 「타자·마이러리티·디아스포라」, 『작가와 비평』 6, 여름언덕, 2007.

최남건, 「다문화 소설에 나타난 공간적 타자화 연구-박범신의 〈나마스테〉를 중심으로」, 『글로벌 문화콘텐츠』 11, 글로벌 문화콘텐츠학회, 2013.

최현식, 「혼혈·혼종과 주체의 문제」, 『민족문학사연구』 23, 민족문학사학회, 2003.

황정미 외, 「한국사회의 다민족·다문화 지향성에 대한 조사연구」, 『한국여성정책연구원』, 한국여성정책연구원 연구보고서, 2007.

3. 국외논저

가라타니 고진, 『윤리 21』, 사회평론, 2001.

가야트리 스피박, 문학이론연구회 역, 『경계선 넘기』, 인간사랑, 2008.

_____, 태혜숙 역, 『다른 세상에서』, 여이연, 2003.

_____, 태혜숙·박미선 역, 『포스트식민 이성비판』, 갈무리, 2005.

리처드 커니, 이지영 역, 『이방인, 신, 괴물』, 개마고원, 2004.

롤랑부르뇌프 · 레알웰레 공저, 김화영 역, 『현대소설론』, 현대문학, 1996.

마르코 마르티니엘로, 윤진 역, 『현대사회와 다문화주의』, 2002.

슬라보예 지젝, 이현우 외 역, 『폭력이란 무엇인가』, 난장이, 2011.

S. 리몬-캐넌, 최상규 역, 『소설의 현대 시학』, 예림기획, 1999.

S. 채트먼, 한용환 역, 『이야기와 담론』, 고려원, 1990.

아르준 아파두라이, 차원현 외 역, 『고삐 풀린 현대성』, 현실문화, 2004.

악셀 호네트, 문성훈 외 역, 『정의의 타자』, 나남, 2009.

알랭 바디우, 이종영 역, 『윤리학』, 동문신, 2001.

엠마누엘 레비나스, 강영안 역, 『시간과 타자』, 문예출판사, 1996.

_____, 서동욱 역, 『존재에서 존재자로』, 민음사, 2003.

_____, 양명수 역, 『윤리와 무한』, 다산글방, 2000.

윌리엄 J. 탤벗, 은우근 역, 『인권의 발견』, 한길사, 2011.

제라르 쥬네트, 권택영 역, 『서사 담론』, 교보문고, 1992.

제임스 A. 뱅크스, 모경환 외 역, 『다문화교육 입문』, 아카데미프레스, 2008.

지그문트 바우만, 정일준 역, 『쓰레기가 되는 삶들』, 새물결, 2008.

질 들뢰즈, 김상환 역, 『차이와 반복』, 민음사, 2004.

조르조 아감벤, 박진우 역, 『호모 사케르』, 새물결, 2008.

자크 데리다, 남수인 역, 『환대에 대하여』, 동문선, 2004.

찰스 E. 메이, 최상규 역, 『단편소설의 이론』, 정음사, 1983.

츠베탕 토도로프, 신동욱 역, 『산문의 시학』, 문예출판사, 1992.

호미 K. 바바, 나병철 역, 『문화의 위치』, 소명출판, 2012.

│ 지은이 **김민라**(金敏羅)

　　　　　 전남 담양에서 태어나 조선대학교 대학원 국어
국문학과에서 박사과정 수료했고, 동신대학교 대학원 한국어교원학과
에서 문학박사 학위를 받았다. 2009년 <광주매일> 신춘문예에 소설
<배롱나무가 있는 주유소 풍경>이 당선되어 작품활동을 시작했다.
저서로는 소설집『고슴도치의 방』이 있으며, 논문집『한국 다문화 소
설의 서사담론 연구』를 펴냈다. 현재 동신대학교에 출강하고 있다.

한국 다문화 소설의 서사 담론 연구

| 초판 1쇄 인쇄일 | | 2018년 12월 21일 |
| 초판 1쇄 발행일 | | 2018년 12월 27일 |

지은이		김민라
펴낸이		정진이
편집장		김효은
편집/디자인		우정민 박재원
마케팅		정찬용 정구형
영업관리		한선희 우민지
책임편집		우민지
펴낸곳		국학자료원 새미 (주)

등록일 2005 03 15 제25100－2005－000008호
경기도 파주시 소라지로 228－2 (송촌동 579－4 단독)
Tel 442－4623 Fax 6499－3082
www.kookhak.co.kr
kookhak2001@hanmail.net

| ISBN | | 979－11－89817－00－8 *93800 |
| 가격 | | 21,000원 |